조직범죄 수사실화 소설

파이널
라운드

〈 조직범죄 수사실화 소설 〉

파이널 라운드

김성수

밥북
B·O·O·K

이 소설은 수년에 걸쳐 전국으로 은밀하게 유통되어 온 가짜 휘발유에 대한 이야기를 담았다. 70년대부터 지속적인 단속에도 불구하고, 가짜휘발유를 유통한 범법자들은 마치 그리스 신화 속의 괴물 히드라와 같이 강한 자생력을 가져 오늘날까지 근절되지 않았다.

소설은 2004년 세녹스 사태 이후 전국으로 가짜휘발유를 유통하던 조직망을 일거에 소탕한 실화를 바탕으로 하고 있다. 조직은 불법 화공 약품의 혼합으로 제조된 상품, 세녹스를 전국으로 밀거래하였다. 이는 법망을 피한 범죄이자, 뒤따르는 대기·수질 환경오염 문제는 모든 생명체, 특히 사람의 건강과 생명에 돌이킬 수 없는 피해를 끼치는 중범죄이다.

나는 법을 중시하는 태도, 윤리와 도덕에 온 국민의 관심과 성찰이 필요하다는 믿음으로 이 소설을 집필했다.

불법제품의 생산·판매행위에 용서란 없다. 돈을 아끼기 위해 불법제품을 소비하는 행위도 엄연한 범법행위이며, 그것이 눈덩이처럼 불어나 전국을 혼란하게 만들 수 있다. 그렇기에 소설을 통해 일상의 교훈이 되었으면 하는 작은 바람으로 이 소설을 완성하였다.

소설은 스릴과 흥미를 가미하여 사건을 재구성한 것임을 다시 한 번 강조한다. 이야기에 등장한 지역, 지명, 인물, 직책, 기관 등은 작품의 몰입을 위해 극대화한 것이다. 따라서 실제 사건사례와 전혀 관련이 없음을 밝히는 바이다.

2019년 봄, 김성수

차 례

프롤로그

칠곡에서 구미로 가는 길에 작은 시골 마을 하나가 있다. 20여 가구, 노인들만 사는 평범한 마을이다. 평소와 다르지 않은 아침이었다. 김 노인이 갑자기 쓰러졌다는 소식이 마을 전체로 퍼지기 전까지는.

아침 일찍 집을 나선 김 노인은 마당을 나오기도 전에 그대로 뒤로 나자빠졌다. 마침 물건을 빌리려고 왔던 이웃집 최 씨가 그를 발견하고 119에 신고했다. 봄에 태어난 손자를 아들네 부부가 주말에 데리고 온다고 좋아했던 김 노인이었다.

"어제까지 멀쩡했던 사람이 이렇게 갑자기 쓰러지나?"

"사는 게 마음대로 되는 건 아니지."

김 노인이 쓰러졌다는 소식에 마을회관으로 노인들이 모였다. 겨우 30분밖에 지나지 않았는데 소식은 인근 마을까지 퍼졌다. 몇몇 사람들이 김 노인의 집을 기웃거리다 김 노인의 아내가 버럭 소리를 지르는 바람에 물러났다.

"사람 쓰러진 게 무슨 구경거리요?! 왜 자꾸 들락날락거려요?!"

김 노인의 아내는 시뻘건 눈으로 사람들에게 소리쳤다. 김 노인은 칠순을 앞두고 있지만, 지금까지도 2,000평이 넘는 논밭을 혼자 일굴 만큼 정정했다. 환갑 때부터 담배도 피우지 않고, 술도 특별한 날이 아니면 마시지 않는 그였다. 그랬던 그가 갑자기 쓰러지니 김 노인의 아내는 금방이라도 쓰러질 것처럼 악을 썼다.

"괴팍한 늙은이 같으니라고. 걱정돼서 왔더니만 소리만 지르네."

"누가 좀 같이 가지? 이장이라도 차를 끌고 같이 가야 하는 거 아냐?"

사람들이 김 노인의 집 앞에서 떠들었다. 그사이, 구급차는 김 노인과 김 노인의 아내를 태우고 병원으로 향했다. 구급차의 뒷모습을 바라보던 사람들은 일할 생각도 없이 김 노인에 대해 이야기했다.

노인들만 있는 마을이니 누군가 병을 얻었다거나 세상을 떠났다는 소식은 어렵지 않게 들린다. 하지만 그것이 사람들에게 익숙한 건 아니다.

여름은 금방 지나간다. 가을이 올 때까지 일은 얼마든지 있다. 당장 그들의 손길이 필요한 논밭이 인근 산까지 드넓게 퍼져 있다.

"아니, 대체 봄부터 몇 명이나 쓰러지는 거야? 마을에 무슨 마魔라도 꼈나?"

"굿이라도 해야 하는 거 아녀?"

"시내에 있는 점쟁이라도 불러야겠어. 이거 어디 무서워서 나갈 수가 있나."

마을회관에서 노인들이 이야기를 나누고 있을 때, 회관으로 두 대의 자동차가 들어왔다. 몇 주 전부터 마을을 드나드는 자동차들이었다. 이제 노인들도 차량번호를 외웠다.

"안녕하십니까, 어르신?"

SUV에서 내린 젊은 남자가 노인들에게 인사했다. 30대 중반밖에 되지 않은 젊은 남자가 밝게 인사를 하여도 노인들은 눈길 한 번 주지 않았다.

그런데 한 노인이 그에게 다가갔다. 쓰러지는 마을 사람들과 기계들을 가지고 무슨 검사를 한다며 마을 이곳저곳을 쏘다니는 젊은 남자들이 무슨 관련이 있는지 의심스러웠기 때문이다.

"젊은 양반!"

"예, 어르신."

"우리 마을에 무슨 일이 있는 거여?"

노인이 말을 걸자마자 다른 노인들도 합심하여 젊은 남자를 쏘아붙였다.

"아님 우리 군에 무슨 일이 생긴 건가?"

"아무래도 이상해. 멀쩡한 노인들이 쓰러지지를 않나, 젊은 사람들이 검사 인지를 한다고 몇 날을 찾아오지를 않나 속 시원하게 말 좀 해봐."

"별거 아닙니다. 조류 독감이 발생하기 전에 예방을 해야 하잖아요?"

노인들은 남자의 말을 믿지 않았다. 그들은 논밭으로 가며 "아니야, 무슨 일이 생긴 게 분명해"라는 말을 했다. 그들의 말투에는 두려워하는 기색이 역력했다.

노인들의 모습을 보며 남자는 어깨를 으쓱거렸다. 어차피 무슨 말을 해도 노인들이 믿지 않을 거라고 남자는 생각했다.

곧 조수석에 있던 중년 남자가 젊은 남자에게 말했다.

"최 대리, 얼른 물건 내려."

"노인들도 멀쩡한 사람들이 쓰러지는 데는 어떤 연유가 있다고 생각하는데요."

"그러게 아까 오면서 들었는데, 이 마을에 또 누가 쓰러졌대."

"또요? 벌써 3명 째네요."

최 대리가 트렁크에 있던 물건들을 내렸다. 조류 인플루엔자와 돼지콜레라, 광우병 등을 확인할 수 있는 기기들이었다. 최 대리는 조수석에서 내리는 윤 과장과 함께 기기를 이동식 카트에 실었다.

"여기 온 지 얼마나 됐지?"

"벌써 한 달쯤 됐네요."

"그런데도 별 소득이 없으니."

윤 과장이 바닥에 침을 탁 뱉었다. 한 달 동안 세 명이 마을에 쓰러졌고, 그중 두 명은 세상을 떠났다.

이 마을에서만 사람이 쓰러진 게 아니다. 인근 마을까지 포함해서 일곱 명이 원인 모를 이유로 쓰러졌다. 모두 읍내 병원으로 후송되었으나 원인이 밝혀지지 않아 곧바로 대학종합병원으로 옮겼지만, 역시나 원인은 찾을 수 없었다.

결국 보건부에 보고되었고, 사람들이 갑자기 쓰러지는 이유에 대해 역학조사를 실시하였다. 윤 과장과 최 대리가 기기를 끌고 마을을 자주 드나드는 이유이기도 했다.

"가지, 최 대리. 낮부터 해야 할 일이 많아."

회관에서 벗어난 윤 과장과 최 대리가 이동식 카트를 이끌고 길을 따라 걸었다. 제대로 포장되지 않은 길이라 카트가 자꾸만 들썩였다. 기기가 카트 안에서 요란한 소리를 냈지만 윤 과장은 신경 쓰지 않았다.

"윤 과장님. 여기 계셨습니까?"

농가로 윤 과장과 최 대리가 움직이는데, 차 한 대가 멈추더니 한 남자가 윤 과장에게 인사했다. 환경부 소속 하 대리였다. 최 대리만큼이나 성격이 좋은 하 대리와는 얼마 전에 안면을 텄다. 보건부 말고 환경부에서도 역학조사 때문에 마을을 자주 드나들었다.

윤 과장이 하 대리에게 물었다.

"또 수질검사 하러 가나요?"

"아닙니다. 오늘은 다른 검사를 해야 해서요."

하 대리가 마을 주변에 있는 어느 야산을 가리켰다. 야산 중턱에 낡은 건물 하나가 있었다. 멀리서 보기에도 사용하지 않은 흔적이 역력했다.

"저기가 왜요?"

"버려진 곡물창고인데, 몇 달 전까지 저기를 사용했다고 하더라고요."

"시골마다 버려진 건물 하나씩은 있잖아요. 그게 지금 일어나는 일이랑 상관있나요?"

"수질에 문제가 없으니 토양검사라도 해야죠. 일단 빈 곳부터 해야죠. 그런데 아주 빈 곳도 아니어서… 후딱 끝내고 나가야죠."

"아예 빈 곳이 아니라고요?"

최 대리가 어깨를 으쓱였다. 이해할 수 없는 말을 들으면 하는 최 대리의 버릇이었다.

"봄까지 젊은 사람들이 곡물창고를 잠시 임대했었대요. 지금도 임대 중인지 아닌지 모르겠지만요."

"이장님한테 물어보고 검사하지 그래요?"

"통 말이 없는 분이어서요."

하 대리가 웃으며 말했지만, 그 웃음에는 피곤함이 가득했다. 환경부 직원들도 보건부 직원들처럼 바쁘긴 마찬가지였다. 두 부서가 열심히 움직이는데도 변하는 건 없었다. 그게 어느새 한 달 동안 이어지고 있었다.

"그럼 수고하십시오. 정보가 나오면 바로 알려드리죠."

하 대리가 윤 과장을 지나쳐 버려진 곡물창고로 향했다. 그사이, 최 대리가 가축들을 조사했지만 별다른 결과를 얻지 못했다.

"다른 곳으로 이동할까요?"

"그러자고."

윤 과장과 최 대리가 검사기기를 챙기는 사이, 마을 입구로 구급차 한 대가 들어왔다. 요란한 사이렌과 함께 구급차는 빠르게 논으로 향했다.

몇 분 뒤, 마을 사람 한 명이 또 쓰러졌다는 소식이 윤 과장과 최 대리, 그리고 환경부 하 대리에게 전해졌다. 아침에만 두 명이 쓰러졌다.

한 달 가까이 보건부와 환경부에서 경상도와 전라도를 중심으로, 사람들이 갑자기 쓰러져 가는 원인을 조사했다. 2018년 6월에만 광주, 여수, 대구, 울산 등 각 도시의 외곽지역에서 70명이 넘는 인원이 원인 불명 상태로 병원에 입원했다. 이 중 48명이 세상을 떠났다.

돼지콜레라, 조류 인플루엔자, 광우병 등 가축의 집단감염, 아니면 외국에서 유입된 질병, 공장에서 배출된 화학물질로 인한 수질오염이나 토양오염, 그것도 아니면 미세먼지나 황사까지 다방면으로 원인을 찾으려고 했다.

하지만 보건부와 환경부는 그 원인을 규명할 수 없었다. 지역이 다르고, 생활환경이 달랐다. 그나마 유일하게 확인된 공통점은 환자의 발생빈도가 농촌의 대형곡물창고 또는 폐공장이 있거나 그리 멀지 않은 곳에 저유시설이 집중되어 있는 곳에서 높다는 점이다. 그러나 도시지역에서는 별다른 이유를 찾을 수 없었다.

시간은 흘렀고, 사망자는 매주 보고되었다. 하지만 어느 언론사에서도 이를 다루지 못했다. 보건부와 환경부에서는 언론보도를 미루었고, 언론사들 사이에서는 공공기관에서 엠바고Embargo를 요청했다는 소식이 은밀하게 퍼졌다.

---

1 일정 시간까지 어떤 기사에 대하여 한시적으로 보도를 중지시키는 상황. 정부기관이나 공공기관에서 국가 안전 또는 이익에 직결되는 사건을 진행 중일 경우, 이를 해결할 때까지 언론사에서는 보도를 하지 않는다.

베일 속의 재앙이
깨어나다

화마火魔는 하늘 높이 치솟고

2018년 10월 2일 오전 10시 34분

수서역 사거리, 러시아워Rush hour가 지난 시간인데도 차량들이 길게 늘어서 있다. 20대가 넘는 차량이 거북이걸음으로 움직이는 동안, 반대편 차선의 차량은 빠르게 도로를 달렸다. 곧 거북이걸음을 움직이던 차량들이 차선을 변경했다. 거북이 행렬에서 빠져나온 차량들이 성질이 난 듯 경적을 울렸다.

시끄러운 경적 소리에 수서역을 지나던 사람들이 고개를 돌렸다. 행렬 맨 앞에는 세단 한 대가 멈춰 있었다. 세단은 우회전하는 길목에서 차량들의 움직임을 방해했다. 거북이 행렬 맨 뒤에 있던 SUV가 세단 앞으로 다가와 창문을 열고 욕설을 퍼부었다.

"야, 인마! 운전을 뭐 그딴 식으로 해?! 빨리 차 안 빼?!"

SUV를 운전하는 남자가 언성을 높이자 조수석에 있던 여자가 얼른 남자를 저지한다. 그녀 또한 얼굴에 짜증이 다분히 섞여 있었다. SUV 말고 거북이 행렬에 있던 차량들이 차선을 변경하면서 맨 앞에 서 있는 세단을 흘겨 봤다. SUV처럼 창문을 열고 욕을 내뱉는 이도 있었다.

세단 주인이 진땀을 뺐다. 그는 계속해서 들리는 경적 소리와 자신에게 향해 던져지는 욕설 때문에 머리가 어질했다. 그는 지나치는 차량들보다 더 빠른 발놀림으로 액셀을 밟았다. 엔진은 거친 소리만 내뱉을 뿐 꿈쩍도 하지 않았다.

"제발 좀 움직여라. 제발."

남자의 얼굴은 땀범벅이었다. 손도 땀으로 흥건했다. 차가운 바람이 부는 추운 날인데, 차 안은 열기 때문에 후끈했다. 남자는 신경질적으로 액셀을 밟다가 시동을 다시 껐다가 켜기를 반복했다. 남자의 몸이 자꾸만 들썩였다.

이제 세단 주인은 정신이 몽롱해졌다. 어디서 고약한 냄새가 났는데, 남자는 코만 킁킁거릴 뿐 그게 무슨 냄새인지 알아보려고 하지 않았다. 냄새의 원인보다 차를 먼저 빼는 게 급선무였다.

"좀 움직이라고!"

세단 주인이 핸들을 주먹으로 두드리는데, 갑자기 그림자 하나가 나타나 운전석 창문을 두드렸다. 세단 주인이 고개를 돌리니 교통경찰 한 명이 서 있었다. 젊은 경찰은 남자에게 거수경례를 한 뒤 물었다.

"신고받고 왔습니다. 무슨 일이죠?"

"차가, 차가 움직이지 않아요."

경찰이 왔다는 사실에 남자는 난감함과 안도감이 동시에 들었다. 자신이 얼마 동안 차도를 점거하고 있었는지 기억조차 나지 않았다.

교통경찰이 세단 주인에게 손짓했다.

"일단 나오세요. 차에 문제가 있다면 견인을 하셔야죠."

교통경찰의 말에 그가 운전석에서 내렸다. 세단 주인이 막 발을 도로에 내딛으려는 순간, 발에 힘이 빠지면서 그가 바닥에 주저앉았다. 깜짝 놀란 교통경찰이 얼른 그를 부축했다.

"뭡니까? 어디 아파요?"

"머, 머리가 어지러워요."

교통경찰은 세단 주인이 술을 마신 건 아닌지 코를 킁킁거렸다. 하지만 술 냄새는 전혀 맡을 수 없었다. 교통경찰이 세단 주인을 일으키려고 했지만, 그는 좀처럼 풀린 다리를 가누지 못했다.

"일어날 수 있겠어요?"

"어지러워요. 어지럽다고요."

"김 순경! 차! 보닛!"

세단 주인을 부축하고 있던 교통경찰이 자신을 부르는 소리를 듣고 세단 보닛을 바라봤다. 보닛에서 검은 연기가 새어 나오고 있는 걸 발견했다. 땀범벅이었던 얼굴이 순식간에 차가워졌다.

김 순경이 어깨에 힘을 줘서 세단 주인을 끌고 순찰차로 향했다. 어깨에 힘이 들어가자 숨을 크게 들이마셨다. 김 순경은 세단 주변에서 역겨운 냄새가 퍼지고 있다는 걸 알았다. 금방이라도 헛구역질이 올라올 것 같았다.

"빨리 차 빼세요! 얼른!"

황 경위가 주변에 있던 차량에게 소리쳤다. 순찰차와 세단을 지켜보던 사람들이 무슨 일이 일어났다는 걸 알고 재빨리 멀어졌다. 도로에 있던 차들은 급히 차선을 변경하여 세단에서 벗어났다.

순간 쾅! 하는 소리와 함께 세단 보닛에서 불길이 치솟았다. 폭발음과 함께 김 순경과 세단 주인이 바닥에 쓰러졌다. 불길은 순식간에 보닛을 덮쳤고, 이어 자동차 전체로 퍼졌다.

"이봐요, 정신 차려요. 얼른!"

김 순경이 바닥에 쓰러진 세단 주인을 두드렸다. 하지만 그는 이미 정신을 잃은 뒤였다. 황 경위가 다급하게 무전으로 상황을 보고했다. 이윽고 그가 김 순경과 함께 세단 주인을 순찰차까지 부축하고 갔다.

세단에서 발생한 화재는 좀처럼 가라앉지 않았다. 세단과 경찰을 지켜보던 행인들이 갑작스러운 폭발음에 얼른 몸을 움츠렸다. 멀지 않은 곳에서 비명소리가 들렸다.

***

"차량에서 불길이 치솟았다고요?"

"연기가 조금씩 올라오다가 갑자기 불길이 확 올라오는 거예요. 운전석에서 나온 사람이 뒤에 있는 차들한테 비키라고 할 때쯤에 갑자기 폭발이 일어난 거고요."

시꺼멓게 탄 자동차 주변으로 경찰차 두 대와 구급차 한 대가 서 있었다. 김 순경과 황 경위는 물론 지구대 경찰들이 상황을 정리하느라 분주히 움직였다.

세단 주인은 구급차가 올 때까지 의식을 찾지 못했다. 병원으로 이송하기 전, 구급대원은 쇼크로 인해 기절한 것 같다고 전했다. 목격자에게 상황을 듣고 있던 형사과 윤창구 팀장은 알겠다는 듯 수첩을 든 손을 휘이 저었다.

"아따, 점심때도 안 됐는데 이게 뭔 일이래."

"윤 팀장. 여기 무슨 일이야?"

경찰과 목격자, 그리고 그들을 구경하는 사람들 사이로 한 남자가 윤창구 팀장에게 다가와 물었다. 강구경찰서 형사과 윤창구 팀장이 그를 알아보고는 인사했다.

"형님, 어디 다녀오는 길입니까?"

"응, 경찰병원에 갔다 왔어."

"어디 아프세요?"

"아프긴 뭘. 이제 말년이니까 혹시 이상은 없는지 검사 좀 받고 왔어. 근데 저 차는 뭐야?"

강구경찰서 지능범죄수사팀장 김성호가 윤창구 팀장 뒤에 있는 시커멓게 탄 차를 훑어봤다. 보닛부터 올라온 불길이 자동차 전체를 집어삼켜 형체를 알아볼 수 없었다.

김성호 팀장이 혀를 끌끌 찼다.

"꽤 비싼 차네. 어쩌다 이렇게 됐어?"

김성호 팀장은 윤창구 팀장에게 다시 묻다가 차에서 나오는 역한 냄새를 맡고 얼른 뒤로 물러났다. 아주 잠깐이었지만 머리가 멍할 정도였다.

윤창구 팀장이 코를 막은 김성호 팀장에게 대답했다.

"차가 폭발했다는 무전 연락받고 왔더니 이렇게 됐어요."

"방금?"

"예, 차가 갑자기 멈췄고 한 10여 분 정도 꼼짝도 안 했대요. 조금 전에…"

10여 분 동안 자동차가 움직이지 않다가 불길이 번지는 경우는 흔하지 않다. 김성호 팀장이 코 막은 손을 풀었다가 이내 다시 뒤로 물러났다. 냄새가 좀처럼 가라앉지 않았다. 결국 김성호 팀장은 코를 막은 채 자동차 내부를 바라봤다.

그가 윤창구 팀장에게 물었다.

"다친 사람은?"

"쇼크로 기절한 운전자만 있어요. 교통경찰들이 폭발현장에 있어서 별 탈은 없었어요. 다행이죠. 이 정도 폭발이었으면 큰일 날 뻔했는데."

"그러게. 쇳조각이 여기저기 퍼졌는데."

김성호 팀장이 폭발현장 주변에 퍼진 유리 파편과 쇳조각을 확인했다. 적어도 5m 이상으로 파편들이 흩어졌을 것이다. 그만큼 폭발이 심했다는 뜻이다.

"과학수사팀은?"

"조금 있으면 올 겁니다."

"소방 쪽은 뭐래?"

"뻔한 말만 하더라고요. 차량결함일 가능성이 크다고 하던데요?"

차량결함이라. 쉬운 말이었다. 최근 엔진 결함이나 브레이크 결함, 차량 퍼짐 등 자동차 문제로 시끄러워 말이 많았다. 그러니 폭발사고가 자동차 결함 때문에 발생한 일이라면 기자들이 득달같이 달려들 것이라고 김성호 팀장은 예상했다.

유독 엔진 부근에서 그을림이 심한 게 김성호 팀장에게도 보였다. 엔진에서 발생한 불길은 다른 곳으로 번졌을 것이다. 그렇다면 윤창구 팀장의 말처럼 엔진 결함일 가능성이 컸다.

하지만 불에 탄 자동차보다 더 신경 쓰이는 건 바로 역한 냄새였다. 단순히 고무가 탄 냄새가 아니었다.

윤창구 팀장은 자신보다 더 사건에 관심을 보이는 김성호 팀장에게 과장된 웃음을 지으며 물었다.

"형님, 그러다 차 안으로 들어가겠어요. 제가 할 테니까 신경 쓰지 마세요. 그나저나 형수님은 괜찮으십니까?"

"우리 집 마나님이야 늘 바빠. 그 와중에도 조심하라고 잔소리는 잊지 않아."

"경찰병원 오가는 남편 때문에 하는 소리겠죠."

"이거 왜 이래? 나 아직 쌩쌩해."

"아까는 말년이라면서. 그래도 건강 챙겨주면 좋죠. 제 마누라는 건강은 커녕 돈 얘기만 해요. 조금 있으면 둘째도 중학교 들어가는데. 어쨌든 이 차, 더 볼 거 없겠죠? 요새 리콜 사태니 뭐니 그런 일들 많잖아요."

"운전자 상태는?"

"교통과 직원들 말에 따르면 몸도 못 가눴다고 하더라고요. 처음에는 취한 줄 알았대요."

"아니면 마약일 수도 있지."

"그럼 전 빠집니다. 마약 수사팀을 보내야지 왜 제가 여기 있어요?"

김성호 팀장이 농담을 건네자 윤창구 팀장은 일부러 어깨를 부르르 떨었다. 강구경찰서에서 일하는 동안 마약 문제가 있었던 적은 손에 꼽혔다. 마지막으로 마약 사건이 있었던 게 벌써 3년 전이었나.

"실없는 농담은 그만하지. 윤 팀장, 지금 차에서 나오는 역한 냄새는 모르겠어?"

윤창구 팀장이 김성호 팀장의 말을 듣고 자동차 옆으로 갔다. 그는 과하게 코를 킁킁거리는 모습을 보이다가 이내 뒤로 물러나더니 얼른 바닥에 침을 탁 뱉었다. 그러고는 욕설을 한 바가지 퍼부었다.

"뭐고, 이 냄새? 하수도 오줌 냄새도 이보다 안 독할 텐데."

"머리는 안 어지럽나?"

"그건 모르겠고 아주 냄새가 역하네요."

그렇다면 역한 냄새는 김성호 팀장만 맡은 게 아니었다. 어쩌면, 차량결함이 아닐 수도 있었다.

김성호 팀장이 윤창구 팀장에게 말했다.

"상황 끝나면 나한테도 좀 알려줘."

"신경 쓰이세요?"

"아니 뭐, 다른 문제일 것 같아서."

"다른 문제라뇨?"

"확실하지는 않아. 차 문제는 아닌 것 같아."

윤창구 팀장이 알겠다고 대답만 했다. 아무래도 믿지 않는 눈치였다. 하지만 김성호 팀장은 차량결함보다 더 큰 문제가 있다고 판단했다.

* * *

2018년 10월 4일 오후 3시 37분

평택역 경부선, 검은 차량 두 대가 평택물산 방향으로 움직였다. 그 옆으로 1톤 트럭과 물류 트럭 여러 대가 지나갔다. 도로변에 트럭을 세운 채 운전기사들이 담배를 피우고 있었다. 아침 날씨가 서서히 쌀쌀해지기 시작한 10월이었다.

검은 차량 두 대는 도로를 달리다 이내 속도를 줄였다. 검은 차량들은 도로변을 차지한 물류 트럭들 옆으로 조용히 움직이다 빈자리를 발견하고는 그곳에 주차했다. 근처에서 저들끼리 떠들던 운전기사들이 차에서 내리는 남자들을 힐끗 쳐다보다 이내 눈길을 돌렸다.

검은 세단에서 내린 남자들은 짧은 머리에 정장을 입고 있었다. 트럭 운전기사들에게는 눈길을 주지 않고 도로를 가로질렀다. 6차선 도로를 건너가 그들이 들어간 곳은 주유소였다.

한일 주유소라는 간판이 걸려 있었고, 그 밑에 〈영업 중지〉라고 적힌 현수막이 달려 있었다. 현수막은 주유소 입구부터 자동주유기 전체를 가리고 있었다. 남자들은 현수막을 거칠게 밀어젖히고는 그 안으로 들어갔다.

남자들이 주유소에 들어간 지 30분 정도 지났을 때, 주유소 건물에서 검은 연기가 치솟아 올랐다. 연기는 주유소 건물보다 높이 하늘로 올라왔고, 길 건너 도로변에서 담배를 피우던 운전기사들이 수다를 멈추고 연기를 바라봤다.

"저거 뭐여?"

"불났나?"

"이상하네. 저기 영업한 적 있었나?"

"에이, 영업했으면 우리가 저기서 주유했지."

"저거! 저거!"

쿵! 하는 소리와 함께 주유소에 있던 탱크로리가 나온 건 그때였다. 현수막이 허공에서 휘날렸고, 도로로 온갖 잡동사니가 퍼졌다. 하지만 탱크로리는 멈추지 않고 불타는 주유소에서 나와 도로를 따라 달렸다.

그 뒤로 대여섯 명의 정장 입은 남자들이 뛰쳐나와 탱크로리를 향해 달려갔다.

"잡아! 빨리 뒤쫓아!"

정장을 입은 다른 남자들 중에서 유독 덩치가 큰 남자가 소리쳤다. 사내들이 쫓아가는데도 탱크로리는 멈추지 않았다.

남자들은 방향을 틀어 검은 세단으로 뛰었다. 야생동물처럼 뛰쳐나온 남자들 때문에 도로를 달리던 트럭들이 일순간 멈췄다. 사방으로 타이어 긁는 소리가 들렸고, 경적 소리가 요란하게 퍼졌다. 몇몇 트럭운전사들이 창문을 열고 욕설을 내뱉었지만 남자들은 무시한 채 세단을 타고 탱크로리를 쫓아 갔다.

그사이, 주유소를 집어삼킨 불길은 하늘 높이 솟구쳤다. 상황이 심각하다 는 걸 안 트럭 기사들이 담배를 바닥에 던지고는 멀리 달아났다.

"뛰어! 저거 저러다 터진데이!"

"차 빼라! 빨리 차 빼!"

주유소 부근 10m에 주차된 물류 트럭을 향해 운전기사들이 뛰어갔다. 주 유소에서 발생한 불길은 가라앉을 기미가 보이지 않았다. 불길이 금방이라 도 물류 트럭을 집어삼킬 듯 솟구쳤고, 열기와 연기에 운전기사들은 주유소 근처로 접근하기 힘들었다. 결국 운전기사들은 트럭을 뺄 생각을 버리고 도 망쳤다.

하늘 높이 치솟은 화마火魔가 주유소를 완전히 뒤덮었고, 이윽고 쾅!, 땅을 뒤흔드는 소리가 사방으로 퍼졌다. 그 소리는 탱크가 움직이는 소리보다 더 컸다. 사방에서 대포 터지는 듯한 소리가 들리니 놀란 운전기사 몇몇이 바닥 에 쓰러졌다.

다시 한 번 폭발음이 들리더니 불길이 치솟았다. 불길과 함께 페인트 통이 며 드럼통이 허공으로 튀어 올랐다. 화마가 집어삼킨 건물이 모래성처럼 무 너졌다. 하늘 높이 올라가는 연기 사이로 먼지들이 사방으로 퍼졌다. 건물 은 폭발과 함께 쓰러졌고, 콘크리트 조각이 포물선을 그리며 사방으로 퍼지 더니 주차된 트럭들로 떨어졌다. 곳곳에서 유리창 깨지는 소리와 함께 쇳조 각 부딪히는 소리가 요란했다.

"이게 뭐고? 전쟁이라도 났나?!"

"전쟁은 무슨! 테러다! 테러!"

"이거 무슨 냄새고? 어디서 역한 냄새 안 나나?"

"그게 뭔 상관이여?! 빨리 도망가!"

놀란 사람들이 주유소 폭발현장을 넋 나간 표정으로 바라봤다. 다시 한 번 쾅! 하는 소리와 함께 불길이 하늘 높이 올라갔다. 이윽고 폭발과 함께 날아온 시멘트 조각 하나가 주변에 있던 트럭 기사의 머리를 강타했다.

둔탁한 소리와 함께 빨간 조끼를 입은 트럭 기사가 바닥에 쓰러졌다. 그는 신음소리를 내며 몸을 움츠리다가 쓰러졌다. 불길은 좀처럼 가라앉을 기미가 보이지 않았고, 쓰러진 운전기사를 향해 달려가는 이들은 없었다.

"저거 노 씨 아이가? 가서 도와줘야 하는데."

"미친나?! 경찰 부르라! 누가 연락 좀 해!"

물류 트럭 운전기사들이 주저하는 동안, 한 남자가 하늘에서 내려오는 검은 먼지들을 뚫고 간신히 노 씨를 부축했다. 절뚝거리는 노 씨를 따라 핏방울이 바닥에 떨어졌다.

노 씨를 다시 부축하려던 파란 조끼의 트럭 기사가 이내 주춤거리더니 뒤로 물러났다. 화마 때문이 아니었다. 그를 지켜보던 다른 트럭 기사들이 소리쳤다.

"홍 씨! 빨리 안 나오고 뭐 해?!"

"가까이 오지 말어! 이거 가스여! 가스 냄새여!"

홍 씨가 조끼주머니에 있던 마스크를 꺼내려다 바닥에 쓰러졌다. 남아 있던 사람들은 사색이 되어 주유소에서 멀리 달아났다. 탱크로리와 검은 세단들은 그들의 머릿속에서 깡그리 사라졌다.

화마가 주유소를 완전히 집어삼켰을 때, 경찰차와 구급대가 현장에 도착했다. 현장에 도착한 경찰들은 거대한 화마를 보고는 눈을 동그랗게 떴다.

누구 하나 주유소에 쉽게 접근할 수 없었다.

"지원 요청해! 사람 더 부르라고!"

구급차에 이어 소방차량 서너 대가 현장에 도착했다. 소방대원들은 호스를 땅바닥에 푼 뒤 화재를 진압하기 시작했다. 새하얀 물줄기가 포물선을 그리며 화마를 상대했다. 검붉은 악마는 물줄기에 이리저리 움직이다 서서히 모습을 감추었다.

소방대원들이 현장을 진화하는 동안, 구급대원들은 머리에 피를 흘리는 김 씨를 비롯하여 부상자 일곱 명을 찾아 병원으로 후송했다. 경찰들은 소방대원들이 불길을 진화하는 동안 현장을 정리하고 동시에 접근을 통제하기 위한 폴리스라인을 설치했다.

목격자를 확보하기 위해 경찰들이 운전기사들에게 접근했다. 하지만 화마가 분출한 콘크리트 조각에 트럭이 망가져서 운전기사들은 예민해졌고, 누구 하나 조용히 상황을 알려주지 않았다. 불길이 완전히 진정될 때까지 수십 명의 사람이, 차량이 뒤엉켰다.

경찰이 탱크로리 한 대와 두 대의 검은 세단이 주유소에서 빠져나갔다는 진술을 확보한 건 현장을 정리한 지 30분이 지났을 때였다.

* * *

"서장이요."

서장이 중년 남자에게 손을 내밀어 악수를 청했다. 단정하게 정리한 머리에 깔끔한 제복을 입고 있는 서장과 달리 대충 쓸어 넘긴 머리에 얇은 점퍼를 입은 중년 남자는 사람 좋은 웃음을 지었다.

그는 낡은 가방 하나를 들고 있었다. 서장이 가방을 힐끗 내려다보다 중년 남자 옆에 있는 남자에게도 악수를 청했다.

서장이 두 사람에게 물었다.

"한국 석유관리공사에서는 언제 조사가 끝날 것 같나요?"

"상황이 상황이니만큼 빨리 진행해야죠."

젊은 남자가 대답했다. 옆에 있는 중년 남자는 폭발현장을 보며 눈만 껌뻑거렸다. 현장은 어느 정도 정리가 되었지만, 어수선한 건 여전했다.

폭파된 주유소에서 멀지 않은 곳에 트럭 하나가 서 있었다. 한국 석유관리공사의 석유제품을 정밀 분석하는 기기가 장착된 트럭이었다.

"저렇게 좋은 트럭이라면 금방 원인을 분석할 수 있지 않겠어요?"

"트럭은 휘발유와 경유 같은 유류만 분석합니다. 직접적인 폭발 원인은 파악할 수는 없죠. 경찰 피해는 얼마나 되나요?"

"네 명이요. 두 명은 구토 증상을 호소했고, 한 명은 일시적으로 눈앞이 흐릿하다고 하더군요. 다른 한 명은 경련 증상을 보였고요."

처음 폭발현장으로 출동한 지구대 경찰과 형사가 이상 증상을 호소한다는 말에 서장이 급히 현장을 찾았다. 원래 오늘 다른 계획이 있었지만, 기자들까지 폭발현장으로 몰리는 통에 스케줄을 미룰 수밖에 없었다.

"소방서에서 무슨 일이 있는지 정확히 알 수 없다고 하더군요. 결국, 국과수로 의뢰하는 수밖에. 그쪽이나 이쪽에서 빨리 결과가 나와야 할 텐데 말이죠."

"최선을 다하겠습니다."

"그런데, 휘발유에 불이 붙었다고 해서 이런 상황이 발생하는 건 아니죠?"

"당연히 아니지요. 석유가 발화되는 과정에서 유독가스가 발생할 수 있지만, 그것 때문에 경련이 일어날 정도는…"

"난 발화 과정에서 생기는 문제를 지적하는 게 아닙니다. 이번 폭발로 사상자만 10명이 넘었어요. 그런데 소방당국은 아직 원인을 알 수 없다고 하고, 한국 석유관리공사에서는 화재 때문이 아니라고 대답하니, 이거 참."

"혹시 저희가 알아야 할 게 있나요?"

"악취요."

"악취요?"

"불이 가라앉은 다음에야 악취도 사라졌다고 하더군요. 그래도 혹시 모르니까 들어가는 건 위험하지 않겠어요? 왜 소방대원들이 저런 복장으로 움직이겠어요?"

현장으로 가는 동안, 서장은 심기가 불편해졌다. 보고에 따르면 폭발이 일어난 주유소는 영업정지가 된 지 2년이 넘었다고 한다. 땅 주인과 주유소 주인은 동일했는데, 그는 경찰의 연락을 받지 않는다고 했다.

영업정지인 주유소에서 갑자기 폭발이 일어났는데, 그 원인은 알 수가 없고 경찰과 트럭 기사들이 부상을 입었다. 심지어 한 명은 병원으로 후송하는 도중에 사망했다. 이번 일을 제대로 처리하지 않으면 당장 서장 자리에서 내려와야 할지도 몰랐다.

"현재 폭발현장에 대한 조사가 어디까지 이루어졌나요?"

"경찰 측에서도 부상자가 있다는 말이 있는데 사실인가요?"

"운영 미흡으로 인한 사고인가요? 아니면 방화인가요?

"정말 테러라는 말이 사실입니까?"

폴리스라인을 넘어가려는 서장과 한국 석유관리공사 직원들을 보고는 현장 주변에 있던 기자들이 벌떼처럼 달려들었다. 어떻게든 자극적인 말을 얻기 위해 달려드는 기자들을 보니 서장은 넌더리가 났다. 그는 기자라면 아주 지긋지긋했다.

"현재 정확한 진상을 조사 중입니다. 원인이 확인되면 브리핑하죠."

"인명 피해는 어떻게 되나요?"

"지금까지 10명이 병원으로 후송된 상태입니다."

서장이 석유관리공사 직원에게 가까이 오라고 손짓했다. 마스크를 쓴 소방대원이 가까이 다가온 유 팀장과 강 과장에게 말했다.

"최초 폭발지역은 건물 안이었어요. 불이 난 방향과 그을림의 흔적을 확인했어요."

"트럭이나 주유기기가 아니라요?"

"주유소에는 탱크로리가 없었어요. 그리고 주유기도 모두 고장이 나서 제대로 작동되는 게 없습니다."

소방대원의 말에 유 팀장은 머리를 긁적였고, 강 과장은 미간을 찡그렸다. 주유소 건물 자체에서 폭발이 일어날 가능성은 주유기나 탱크로리에서 폭발이 일어나는 것보다 가능성이 작았다.

강 과장이 소방대원에게 물었다.

"혹시 인화물질이 건물 안에 있었나요?

"아직 더 조사해야겠지만, 그건 아닌 것 같아요. 대신 이상한 걸 발견했어요."

"이상한 거라면?"

소방대원이 종이와 펜을 가져오더니 거칠게 정사각형을 그렸다. 이어 그 안에 X 표시를 하더니 펜으로 가리켰다.

"건물 내에 임의로 만든 파이프가 있었어요. 파이프는 건물 내 주차장과 연결되어 있고요. 주유소에서 그런 걸 만들 이유가 없지요?"

"불법영업을 했군요."

유 팀장이 팔짱을 낀 채 그림을 바라보며 말했다. 소방대원이 이어 X 표시 옆에 다른 그림을 그렸다. 건물에 있던 파이프관이 밖으로 나와 있는 걸 그렸고, 그 위로 불길을 그렸다.

"건물 내 파이프에서 처음 불길이 올라왔어요. 건물 바깥의 그을림보다 건물 안쪽 파이프의 그을림이 더 심하거든요."

"불법영업을 했던 놈들이 사고를 일으킨 모양이네요."

"아냐. 이건 증거인멸이야."

강 과장의 말을 유 팀장이 부정했다. 이제 유 팀장은 웃음기를 완전히 거둔 채 그림을 따라 손가락을 움직였다.

"분명 안에서 사고를 줄일 수 있는 보호 장치가 있었을 거야. 바깥도 마찬가지고. 하지만 이 정도 폭발이 일어나는 걸 그냥 지켜보는 사람들이 어디 있겠어? 이게 돈줄인데."

"그럼 돈줄에 일부러 불을 붙인 이유는 뭐죠?"

"여기를 들켰거나, 아니면 무슨 이유로 증거를 인멸하고 다른 곳으로 자리를 옮겼거나."

"이럴 경우 후자의 가능성이 크죠."

서장이 경험을 바탕으로 유 팀장의 말에 동조했다. 이어 그가 유 팀장과 강 과장에게 말했다.

"안 그래도 폭발 직전에 차를 타고 달아난 기사와 쫓아가는 남자들을 봤다는 진술을 확보했어요. CCTV로 돌려보고 있죠."

"저희도 탱크로리 번호를 조회해야 하니까 꼭 알려주세요."

"차량번호를 알면 사용자가 누군지 알 수 있나요?"

"유류를 운반하는 탱크로리는 운행사항을 신고해야 합니다. 석유관리법에 의거해서요. 그러니 우리 쪽에서도 확인할 수 있어요."

"그리고 탱크로리 운전자도 확인할 수 있습니다."

출발점은 여기부터라고 유 팀장은 판단했다. 사라진 탱크로리, 그리고 전화를 받지 않는 주유소 사장, 불법 제조된 파이프까지. 주유소 사장이 파이프와 연관이 있는지는 알 수 없지만, 그래도 일단 조사는 해야 했다.

"파이프에도 불이 붙어서 어떤 성분이 남아 있는지는 파악이 안 됩니다. 대신 여기서 사용하지 않을 물건을 발견했죠."

소방대원이 누군가에게 손짓하니 방열복을 입은 다른 소방대원이 나타나 페인트 통을 가져왔다. 그을림이 심한 페인트 통이었는데, 안에는 검은 액체가 담겨 있었다.

유 팀장과 강 과장은 그걸 바라봤다. 유 팀장이 마스크를 벗어 냄새를 확인했다. 악취는 나지 않았다. 대신 휘발유 특유의 알싸한 냄새가 코를 찔렀다.

"평범한 휘발유로 보기는 힘드네요. 바로 조사해보죠."

"그럼 여기서 불법영업한 사람들이 멀쩡한 휘발유를 팔았다고 생각하는 건 아니시죠?"

물론 아니다. 유 팀장은 아무래도 이번 사건은 한국 석유관리공사에서 집중적으로 다루어질 것이라고 직감했다. 육안이나 냄새는 휘발유와 동일하지만, 발화하면 악취와 유해물질이 대량 발생하는 기름이 시중에서 유통되는 경우는 많지 않았다.

유 팀장이 서장에게 말했다.

"사실대로 기자회견을 하면 큰 혼란이 일어날 겁니다."

"그게 팀장님이 나한테 할 얘기입니까?"

"정확한 성분이 뭔지 모르는 가짜 석유제품이 평택에서 유통되고 있다고 기자들이 보도하면 서장님도 위태롭지 않겠어요?"

결국 서장이 입을 다물었다. 강 과장은 소방대원이 발견한 페인트 통에 담긴 성분을 같은 소속 팀원에게 넘겼다.

몇 분 뒤, 현장대응팀 후배가 강 과장에게 성분분석표를 넘겼다. 성분분석표를 읽은 강 과장의 표정이 묘했다. 이어 그는 성분분석표를 유 팀장에게 보여줬다.

"휘발유의 휘도 보이지 않네요. 용제와 메탄 알코올이에요. 거기에 몇 가지가 더 섞여 있어요."

"용제요?"

"용제는 솔벤트 또는 신나라고도 불리죠."

"그게 뭔지는 나도 압니다. 희석제잖아요? 그런데 그게 휘발유에 들어가나요?"

"아니죠."

성분 분석 결과, 검은 액체는 휘발유라고 불릴 수 없는 존재였다. 보통 용제는 주유소에서 거래하는 물품이 아니다.

"가짜 석유제품이겠네요."

용제와 메탄올만으로도 얼마든지 휘발유처럼 생긴 가짜 석유제품을 만들 수 있다. 이미 한 차례 국내에서 파동이 일어난 적이 있었다. 하지만 유 팀장과 강 과장의 눈을 사로잡은 건 따로 있었다.

한국 석유관리공사에서 끌고 온 성분 분석 차량은 국내에서 유통되는 모든 석유제품의 성분을 분석할 수 있다. 물론 외국의 석유제품도 95% 이상 확인할 수 있다.

그런데 성분분석표에 〈확인되지 않은 성분〉이란 말이 적혀 있었다. 그것도 15% 이상 함유되어 있었다.

한국 석유관리공사에서 감정하지 못한다면 국립과학수사연구원으로 넘기는 수밖에 없었다. 유 팀장은 강 과장에게 현장대응팀은 현장에서 철수하라고 지시했다.

"한국 석유관리공사는 빠지겠다는 거요?"

서장이 다소 신경질적인 반응을 보였다. 유 팀장은 발끈하지 않았다. 담당 경찰서의 경찰들이 피해를 입었으니 신경질적인 반응을 보이는 게 당연하다고 그는 생각했다.

유 팀장은 서장과 얼굴을 붉히고 싶지 않았다. 바로 눈앞에 처리해야 할 일이 있다.

"우리는 다른 곳에서 경찰을 도와줄 겁니다. 발을 빼겠다는 건 절대 아니지요."

재앙의 실체, 그것은

2018년 10월 5일 오전 8시 45분

다음 날, 한국 석유관리공사로 검은색 중형세단이 들어왔다. 방금 공장에서 나온 것처럼 번쩍이는 차를 보면서 유 팀장이 낮게 한숨을 내뱉었다. 옆에 있던 인사팀장이 물었다.

"왜 그래요?"

"차 좀 봐요. 번쩍번쩍하잖아. 얼마나 공을 들여서 닦았겠어요?"

"그게 왜요?"

"소문대로 성격이 깐깐하겠어요. 차를 저렇게 닦아냈는데, 사람은 얼마나 닦달하겠어요?"

인사팀장은 이해한다는 듯 고개를 끄덕였다.

이윽고 중형세단에서 한 남자가 모습을 드러냈다. 무릎까지 오는 코트에 포마드로 머리를 단정하게 정리한 남자는 다른 사람들과 악수하며 가볍게 인사를 나누었다.

유 팀장도 세단에서 내린 남자와 악수를 나누며 인사했다.

"현장대응팀 유홍민 팀장입니다."

"국과수에서는 아직 연락이 온 게 없습니까?"

남자의 질문에 유 팀장은 얼른 대답하지 않았다. 옆에 있던 다른 사람들은 유 팀장의 눈치를 살폈다. 남자는 인사치레로 머금던 미소를 거두고는 유 팀장에게 손짓했다.

"갑시다. 오자마자 보고부터 받아야겠군."

남자와 유 팀장이 사옥으로 들어갔다. 다른 사람들이 그 모습을 바라보다 수군거렸다. 이번에 새로 취임한 이사장이 매우 깐깐하다고 들었는데, 소문이 사실이라고 그들은 인정했다.

이사장은 자신의 집무실에 들어오자마자 유 팀장에게 보고를 지시했다.

"어제 평택에서 있었던 주유소 폭발사고. 그건 어떻게 처리됐습니까?"

"가짜 석유제품으로 인한 폭발인 것 같습니다."

"경찰 발표입니까, 아니면 유 팀장 생각입니까?"

"저희 팀이 분석한 사항입니다."

유 팀장은 최대한 차분한 말투로 보고했다. 그는 집무실로 오는 동안 보고서나 서류를 가져오지 않았다. 하지만 상관없었다.

새로 부임한 탁재준 이사장이 다리에 손을 얹은 채 유 팀장을 물끄러미 바라봤다. 회색빛 머리는 포마드 때문에 형광등에 반짝였다. 정장에 코트를 그대로 입은 탁재준 이사장은 등을 소파에 기댄 채 물었다.

"가짜 석유제품에 대한 소식은 나도 익히 알고 있어요. 2009년에 있었던 제녹스 파동 알지요?"

"알고 있습니다."

새롭게 취임한 탁재준 이사장 말고, 자동차에 조금만 관심이 있는 사람이라면 제녹스 파동을 안다. 그 문제 때문에 유 팀장은 2009년에 적잖게 고생을 했었다.

탁재준 이사장이 다시 물었다.

"그럼 제녹스와 평택에서 발견된 가짜 석유제품은 관련이 있습니까?"

"평택에서 발견된 가짜 석유제품은 제녹스와 거의 일치합니다."

"거의라니? 그럼 다른 게 섞여 있다는 거요?"

"확인할 수 없어 국과수에 의뢰했습니다."

"이런 적이 있나요?"

"특정 성분에 대한 업데이트가 되지 않아 분석되지 않은 적은 분명 있습니다. 하지만 손에 꼽히지요."

"그럼 우리 기술로 분석되지 않은 성분이 가짜 석유제품에 포함되어 있다는 뜻인데, 그 성분이 무엇인지 알 때까지 할 수 있는 게 뭐죠?"

유 팀장은 얼른 대답하지 않았다. 탁재준 이사장의 미간에 주름이 졌다. 두 사람 사이에서 냉랭한 기운이 지나갔다. 답답한 상황을 벗어날 방법은 많지 않다. 유 팀장은 웃으며 말했다.

"할 수 있는 일이 없다는 게 아닙니다. 다만…"

"다만 뭐요? 이사장으로 취임하자마자 이런 사고가 났는데 할 수 없다는 말이 답니까? 사상자만 10명이 된다면서요? 이게 웃으면서 보고할 일이에요? 됐고, 지금 나랑 같이 다시 현장에 갑시다. 내가 가서 직접 눈으로 봐야겠어요."

"이미 현장 관리는 경찰에서 진행 중입니다."

"내가 못 갈 이유는 없잖아요?"

유 팀장은 더 이상 탁재준 이사장을 말리지 않기로 했다. 탁재준 이사장이 적극적으로 나서는 이유를 유 팀장도 잘 알고 있었다.

한창 국정감사 기간이다. 국정감사 기간임에도 불구하고 한국 석유관리공사 이사장 자리는 공석이었고, 이를 위해 탁재준 이사장이 부임하였다.

탁재준 이사장은 자신이 한국 석유관리공사에서 할 역할이 무얼지 제대로 파악해야만 했다. 그런데 파악하기도 전에 가짜 석유제품으로 인한 폭발 사고가 일어났으니 유 팀장을 압박할 수밖에 없었다.

유 팀장은 이사장실을 나와 곧바로 현장대응팀 사무실로 가 외근 나갈 준비를 했다. 그런데 강 과장 자리로 사람들이 모여 있었다. 유 팀장이 머리를 한 번 쓸어 넘기면서 사람들에게 말했다.

"다들 무슨 일 때문에 그래?"

"국과수에서 성분 분석이 나왔어요."

강 과장이 유 팀장에게 서류를 건넸다. 평택에서 채취한 성분을 분석한 표였다. 유 팀장은 용제, 메탄 알코올, 그리고 다른 성분이 포함되어 있다는 걸 확인했다. 그 성분분석표에는 가짜 석유제품이라도 들어가기 어려운 성분 몇 개가 적혀 있었다. 그중 하나는 아크릴아마이드였다. 유 팀장은 다시 한 번 성분분석표를 확인하더니 강 과장에게 물었다.

"이거 분명 평택에서 온 거 맞지?"

"맞습니다."

"아크릴아마이드가 대체 왜 여기에 있는 거야?"

아크릴아마이드는 백색의 결정성 고체로, 보통 정수나 폐수시설 등에서 사용되는 화학물질이다. 일반인들이 흔히 접하기 어려운 물질이고, 국내에서는 발암물질로 분류되어 논란이 있는 화학성분이다.

그리고 다른 성분이 눈에 들어왔다. 그 성분은 20년 넘게 한국 석유관리공사에서 일한 유 팀장도 본 적이 없었다.

"게놈 C? 처음 들어보는 성분인데? 이건 무슨 성분이야?"

"독성물질이라고 해요."

"독… 뭐?"

유 팀장은 자신의 귀를 의심했다. 즉, 가짜 석유제품에서 독성물질이 나왔다는 건가?

"국내에서는 발견된 적이 없는 1급 독성물질이라고 해요. 적은 양으로도 쉽게 중독될 수 있고, 두통과 구토, 복통 등을 유발한다고 해요. 심한 경우에는 전신마비와 사망까지 갈 수 있답니다."

망할 자식들. 유 팀장은 강 과장의 보고에 머리가 아팠다. 그는 왜 폭발현장에서 악취와 함께 두통을 느꼈는지 그제야 이해했다. 머리가 아팠던 이유는 '게놈 C' 때문이었다.

유 팀장은 분석표를 바라보다 다시 탁재준 이사장실로 향했다. 탁재준 이사장이 어떤 반응을 보일지 예상되었다. 하지만 지금 그게 중요한 게 아니었다.

매우 위험한 일이 벌어지고 있다. 발암물질에 독성물질이라니. 아무리 가짜 석유제품이라도 절대 섞여 있으면 안 되는 성분이다. 한국 석유관리공사에서 이런 일이 발생하는 게 처음 있는 일이기는 하지만 앞으로 벌어질 재앙이 눈앞에 그려졌다.

* * *

같은 시간, 수서역 사거리에서 발생한 자동차 폭발사고의 주인이 병원에서 깨어났다는 소식을 듣고 윤창구 팀장이 그를 찾았다. 폭발사고가 일어난 지 이틀만이었다. 윤창구 팀장은 세단 주인에게 여러 정보를 얻을 수 있었다.

지금까지 세단은 단 한 번도 문제를 일으키지 않았다는 점, 그리고 겨울이 되기 전에 자동차 점검을 받았다고 세단 주인은 몽롱한 정신 속에서 진술했다.

"기절하기 전에 머리가 아프다고 했잖아요? 그 이유가 자동차와 관련이 있나요?"

윤창구 팀장의 말에 세단 주인이 고개를 끄덕였다. 그는 몽롱한 정신 속에서 대답하려고 했지만 쉽지 않았다. 윤창구 팀장이 수첩으로 다리를 툭툭 때리며 물었다.

"일단 차량결함은 아닌 것 같네요. 그렇다고 운전 부주의도 아닌 것 같고. 혹시 술이나 마약을 하신 건 아니지요?"

물론 순순히 음주운전을 했다거나 마약을 했다고 자백하는 사람은 없다. 윤창구 팀장도 그 사실을 알고 있었다. 그냥 농담으로 하는 말이었지만, 세단 주인은 사색이 되어 물었다.

"제가 그런 놈으로 보이나요?"

"얼굴에 범법자라고 써서 돌아다니는 사람은 없습니다. 착한 얼굴로 살인을 저지르는 게 현실이요. 하지만 그런 무서운 얘기를 하러 전 당신을 만나러 온 게 아니니까 걱정하지 마세요."

세단 주인은 여전히 몽롱한 얼굴로 윤창구 팀장을 바라보다 이내 입을 열었다.

"페인트 통이요."

"뭐요?"

"며칠 전에 주유를 했어요. 제 생각에는 아마 거기서 문제가 있었던 것 같아요."

"주유를 했는데, 문제가 있다고요? 페인트 통은 또 뭐고?"

"그게… 불법 주유였어요."

세단 주인이 어쩔 수 없다는 듯 한숨을 내뱉으며 말했다. 윤창구 팀장이 코를 킁킁거렸다. 무슨 일이 생기면 하는 그의 버릇이었다. 윤창구 팀장이 세단 주인에게 물었다.

"불법 주유가 뭔지 정확히 말해 봐요."

"돈을 아껴야 해서 싼값에 주유할 수 있는 곳을 알아봤어요. 그리고 거기서 페인트 통에 넣어 판매하는 휘발유를 넣었고요."

"그럼 가짜 휘발유 때문에 차가 폭발했다?"

"그거 말고 다른 이유는 없어요. 정말이에요! 술이나 마약 따위는 몰라요!"

세단 주인이 항변했다.

윤창구 팀장은 세단 주인에게 불법 주유를 한 곳에 대해 알아냈다. 그가 병실을 나가기 전, 세단 주인에게 다른 걸 물었다.

"혹시 차에서 내릴 때 역한 냄새 맡은 적 있나요?"

"역한 냄새요?"

"자동차를 조사하는데, 오줌 냄새 같은 게 나더라고요."

세단 주인이 무슨 말을 하는지 모르겠다는 표정으로 윤창구 팀장을 쳐다봤다. 윤창구 팀장은 어깨만 으쓱이다 이내 병실을 나갔다. 바로 형사과에 연락하여 긴급히 압수수색영장을 요청했고, 동시에 이 형사에게 형기차를 가져오라 지시했다.

1시간 뒤, 윤창구 팀장과 형사 둘은 수서에서 멀지 않은 주유소를 찾았다. 그런데 영업을 안 하는지 사람 하나 보이지 않았다. 주유소 바닥에는 낙엽과 먼지가 굴러다녔고, 간판과 주유기기에는 거미줄이 어지럽게 퍼져 있었다.

윤창구 팀장과 형사들은 주유소 옆에 작게 설치된 표지판을 발견했다.

"저기 있네. 1*l*에 990원. 더럽게 싸구만."

"팀장님. 사람은 없는 것 같은데요."

운전을 하던 짧은 머리의 형사가 주유소를 둘러보며 말했다.

주유소는 뭔가 이상했다. 구석에 수십 개의 페인트 통이 쌓여 있었다. 그 옆에 연기를 뿜어내는 드럼통 하나가 있었다. 흔한 주유소 모습은 아니었다.

윤창구 팀장과 형사들이 차에서 드럼통을 확인했다. 안에는 나뭇가지와 종이가 잔뜩 들어간 채 불이 붙어 있었다.

"영장은 괜히 가져왔네. 일단 흩어져서 찾아봐."

윤창구 팀장과 형사들은 김이 빠져 한숨을 내뱉었다. 불붙은 드럼통이 있다는 건, 방금 전까지 누가 있었다는 뜻이다. 불법영업이 확실했다. 하지만 그들은 이미 낌새를 채고 도망친 뒤였다.

형사들이 주유소 주변을 둘러보는 동안, 윤창구 팀장은 쌓여 있는 페인트 통을 살폈다. 못해도 스무 개 이상의 페인트 통은 아무것도 없이 텅텅 비어 있었다.

"이건 전부 어디서 나온 거야?"

깨끗하게 비어있는 페인트 통을 둘러보던 윤창구 팀장은 건물 안을 살폈다. 1층 건물이었다. 안에는 낡은 매트 두 개와 이불 몇 개, 라디오와 휴대용 버너, 주전자, 라면 등이 있었다. 건물 안엔 먼지나 낙엽이 거의 없었다.

곧 윤창구 팀장은 허리를 숙여 바닥에 있는 물건 하나를 집었다. 쌍안경이었다. 윤창구 팀장이 건물에 설치된 창문 앞에 서서 쌍안경을 들었다.

"이걸로 확인했군."

창문 너머로 보이는 방향은 아까 윤창구 팀장과 형사들이 주유소로 오는 언덕길이었다. 윤창구 팀장이 쌍안경을 바닥에 내려놓은 뒤 단서가 될 만한 다른 물건이 있는지 찾았다. 하지만 잡다한 물건만 있었을 뿐이었다.

"여기서 가짜휘발유를 유통하고 있던 건 분명한데…"

"팀장님, 나와 보세요."

주변을 수색하던 이 형사가 윤창구 팀장을 불렀다. 윤창구 팀장은 이 형사와 함께 주유소 건물 옆으로 향했다. 주유기기 옆에 타이어 자국이 퍼져 있었다. 근래에 생긴 자국 같았다. 그리고 주유기기는 먼지가 덜 쌓여 있었다.

"미리 알고 도망쳤는데요?"

"건물 안에 쌍안경이 있었어. 약삭빠른 놈들이야."

타이어 자국은 생각보다 컸다. 세단이나 봉고차는 아닌 듯했다. 그보다 훨씬 큰 타이어 자국에 윤창구 팀장의 아쉬움을 감추지 않았다.

"이런 곳에 큰 트럭이 올 정도면 동네 사람들이 알 텐데."

주유소가 있는 언덕 근처에 오가는 사람이나, 사람들이 살만한 집은 없었다. 그나마 가까운 건물도 차로 10분은 가야 나왔다. 장사가 안되는 자리에 주유판매소를 차린 것이다. 그리고 주인이 버린 주유판매소에서 몰래 불법 휘발유를 유통하는 일당이 분명 존재했다.

"팀장님."

"왜?"

"어디서 이상한 냄새 안 나요?"

이 형사의 말에 윤창구 팀장이 얼른 고개를 돌렸다. 수서역 사거리에서 김성호 팀장이 자신에게 했던 말과 비슷했다. 윤창구 팀장이 이 형사에게 물었다.

"무슨 냄새?"

"모르겠어요. 쓰레기 냄새 같기도 하고."

순간, 윤창구 팀장과 이 형사가 드럼통으로 달려갔다. 드럼통에는 잘린 나무와 종이가 타고 있었다. 그리고 그 안에서 이상한 냄새가 스멀스멀 올라오고 있었다. 윤창구 팀장이 얼른 이 형사를 뒤로 물러나게 한 뒤 지시했다.

"수서역부터 여기까지 진짜 이상한 일투성이구먼. 과학수사팀에 요청해. 한국 석유관리공사에도 연락하고."

윤창구 팀장은 주유판매소 밖에서 담배를 피웠다. 얼마 지나지 않아 강 형사가 페인트 통 하나를 들고 왔다. 주유판매소에 쌓여 있는 페인트 통과 동일한 것이었다. 윤창구 팀장이 의아한 표정으로 물었다.

"그거 어디서 났어?"

"주유판매소 밖에서 주웠어요. 하수구에 내용물이 쏟아지고 있었어요."

약삭빠르긴 한데 그다지 꼼꼼한 편은 아닌 듯했다. 그런 허당 기질이 윤창구 팀장이나 경찰들에게는 도움이 되었다.

윤창구 팀장이 페인트 통 안에 있는 잔여물 가까이 코를 킁킁거렸다. 휘발유 특유의 냄새는 났지만, 드럼통에서 맡았던 역한 냄새는 전혀 느껴지지 않았다.

"똑같은 게 맞아?"

윤창구 팀장은 이 일을 자신이 해결할 수 없다는 걸 깨달았다. 어쩔 수 없지만, 한국 석유관리공사가 올 때까지 기다려야 했다.

그동안 윤창구 팀장과 형사들은 혹시 모를 단서를 찾기 위해 다시 한 번 주유판매소를 살폈지만, 더 이상 증거는 나오지 않았다.

몇 분 뒤, 한국 석유관리공사에서 성분 분석 차량을 이끌고 현장에 도착했다. 현장대응팀 강 과장과 홍 대리는 윤창구 팀장이 건네준 페인트 통의 내용물을 분석했다. 강 과장이 성분 분석을 확인했고, 그것은 평택에서 발생한 주유소 폭발의 가짜 휘발유제품과 성분이 비슷하다는 걸 확인했다.

평택에 이어, 서울에서도 가짜 석유제품이 유통되고 있었다.

* * *

2018년 10월 9일 오전 10시 15분

청와대 국무회의실로 부처 장관들이 소집되었다. 산자부 장관, 보건부 장관, 환경부 장관, 그리고 검찰총장과 경찰청장이 소집되었다.

"대통령님께서 들어오십니다."

국무회의실로 대통령과 비서실장, 그리고 총리가 차례로 들어왔다. 장관들이 자리에 일어섰다가 대통령과 함께 자리에 앉았다.

곧바로 대통령 비서실장이 회의를 진행했다.

"먼저 자료부터 봐주십시오."

회의실 불이 꺼지더니 벽으로 사진 하나가 나타났다. 화학성분의 사진 옆에는 「게놈 C」라고 적혀 있었다. 비서실장이 직접 게놈 C를 가리켰다.

"1급 독성물질인 게놈 C입니다. 화학성분이 혼합되는 과정에서 발생하는 특수 독성물질로, 흡입할 경우 어지러움과 구토 등을 유발합니다. 심할 경우 사지 마비와 사망으로 이어질 수 있습니다."

처음부터 독성물질에 대한 브리핑이 시작되자 장관들은 의아해하면서도 심각한 표정을 지었다. 특히 환경부 장관과 보건부 장관의 표정은 어느 때보다 심각했다. 그들은, 게놈 C가 무엇인지 알고 있었기 때문이다.

이어 빔프로젝터의 화면이 지도로 바뀌었다. 지도에는 게놈 C 성분 검출 지역에 대한 표시가 되어 있었다. 주로 남부지역이었고, 그 외에 충청과 경기도 지역도 포함되어 있었다.

"2018년 5월부터 울산과 대구 등 경상도와 전라도에서 원인 모를 이유로 환자들이 발생했습니다. 환경부와 보건부가 이를 추적하였고, 얼마 전에 그 원인이 게놈 C 때문이라는 걸 확인했습니다. 특히 경북 칠곡과 구미에서만 게놈 C에 노출된 사람이 12명에 달합니다. 10월 현재까지 남부지역에서만 150여 명의 환자가 발생했습니다."

비서실장의 보고를 듣는 대통령의 표정은 좋지 않았다. 그는 2015년에 전국을 떠들썩하게 만들었던 대한민국 중동호흡기증후군 유행, 일명 메르스 사태를 떠올렸다. 메르스 사태 때 공식적으로 감염된 환자는 186명, 사망자는 38명이다. 그리고 그보다 더 심각한 상황이 남부지역에서 벌어지고 있었다.

"게놈 C는 국내 기관에서 실험되는 경우를 제외하고는 발견된 적이 없습니다. 가까운 일본에서도 발견된 적이 전혀 없습니다. 다만 중국에서 유입될 가능성은 배제하지 않았습니다."

비서실장은 브리핑 화면을 바꿨다. 게놈 C 검출 지역에서 주유소 폭발현장 사진으로 바뀌었다. 이번에는 경찰청장의 눈빛이 달라졌다.

"지난주 금요일에 발생한 평택 주유소 폭발현장입니다. 운영하지 않은 주유소에서 폭발이 일어났고, 이에 한국 석유관리공사에서 조사했습니다. 조사 도중에 가짜 석유제품이 유통되고 있다는 사실을 포착했습니다. 확인된 가짜 석유제품은 2009년에 가짜 석유제품으로 판정된 제녹스와 성분이 거의 동일했습니다."

"거의 동일하다는 게 무슨 뜻이죠?"

"이번 가짜 석유제품에는 게놈 C가 섞여 있다는 걸 확인했습니다. 정확히는 제녹스에서 검출되는 성분 중에 포름알데히드, 아크릴아마이드 등과 같은 발암물질과 게놈 C가 있었죠."

독성물질에 발암물질, 거기다 가짜 석유제품까지. 갑자기 비공식 국무회의가 진행되는 이유를 장관들은 이해하고도 남았다.

"위험성은요?"

"1급 독성물질이라고 소개되었지만 소량으로는 큰 문제가 없습니다. 다만 몸에 축적되면 큰 문제가 발생합니다. 몸에 축적되면 어지러움과 구토, 두통을 겪죠. 그리고 축적된 양이 일정 수준을 초과하면 체내에서 생체화학반응을 일으켜 사지 마비나 사망에 이르게 됩니다."

브리핑 화면이 바뀌었다. 불에 탄 자동차가 화면에 나타났다. 비서실장이 이어 설명했다.

"평택에서 발생한 폭발사고 전날, 수서역에서 발생한 차량 폭발사고 사진입니다. 강구경찰서와 소방당국이 조사한 바에 따르면 엔진에서 발생한 폭발이었고, 마찬가지로 가짜 석유제품을 사용한 것으로 확인되었습니다."

"평택에서 발견한 물건이랑 동일합니까?"

"똑같이 게놈 C가 검출되었습니다. 평택뿐만 아니라 서울에서도 동일한 가짜 석유제품이 유통되고 있는 것으로 파악됩니다."

서울과 수도권에서 유통되고 있다는 건, 지방에서도 가짜 석유제품이 유통되고 있다는 뜻이다. 즉, 게놈 C가 포함된 가짜 석유제품이 전국으로 유통되고 있다는 뜻이다.

지금까지 보고를 들은 대통령이 나지막이 말했다.

"평택 폭발사고는 누가 처음 보고했죠?"

"한국 석유관리공사 탁재준 이사장입니다. 평택 폭발현장에서 얻은 가짜 석유제품을 조사했지만 모두 성분 분석에 실패했습니다. 결국 국과수로 넘어가 성분을 분석했고, 최종적으로 게놈 C가 검출되었다는 걸 확인했습니다."

"수서역 사거리 폭발사고는요?"

"마찬가지로 한국 석유관리공사에서 확인해서 보고되었습니다."

"상황이 매우 중차대하다는 걸 모두가 이해했을 겁니다."

"이런 사안이 국민에게 알려지면 대혼란을 야기할 수 있습니다. 그리고 야당에서 이 사실을 알면 안 됩니다. 정쟁의 소용돌이에 들어갈 수 있어요. 최단 시일에 해결책이 나와야 하고 그때까지는 보안이 유지되어야 할 것입니다."

대통령이 엄하게 말했다. 만약 발암물질이나 독성물질에 대한 이야기가 조금이라도 언론에 공개된다면, 상황은 걷잡을 수 없이 커질 것이다. 아무리 진화하려고 해도 소용없으며, 만약 가짜 석유제품이 인명 피해의 원인이라는 사실이 알려진다면 장관은 물론 총리와 대통령까지 책임을 져야 할 것이다.

"경찰청장."

"네, 대통령님."

"경찰은 뭘 하고 있었어요. 지금까지 가짜 석유가 나돌게 하고 있다니…."

"송구합니다. 지속적으로 단속하고 있습니다. 원료공급이 원천적으로 배제되지 않는 한 단속만으로는 한계가 있으나 이번 기회에 뿌리를 뽑아내겠습니다."

경찰청장은 각료들이 보는 가운데 대통령으로부터 호된 질책을 당하자 이마와 등줄기에서 식은땀이 흘러내린다.

"뭐요? 그걸 변명이라고 하는 겁니까? 아무튼 이번 사태는 총리께서 총책임자로 나설 겁니다. 각 부처 장관들은 뉴 제녹스 사태에 대해 최우선 순위로 협조해주세요."

총책임자로 총리가 나선 이상, 상황 지휘는 그가 전적으로 담당할 것이다. 이어 총리가 차례대로 장관들에게 지시했다. 산자부에는 뉴 제녹스의 제조, 유통 및 가짜 석유제품의 주원료인 용제의 지난 10년간 생산량의 추이 파악을, 경찰청장에게는 신속한 수사와 더불어 보안유지를 특별히 당부했다.

"검찰도 경찰에서 수사하면, 이에 대한 영장 발부 등을 우선적으로 협조해주세요. 사태가 위급하니 신속하게 처리하셔야 할 겁니다."

"네."

"보건부 장관은 게놈 C를 치료할 수 있는 백신이 있는지 알아보세요. 국내에 없다면 해외까지, 그마저도 없다면 신속히 백신 개발을 연구하세요."

"알겠습니다."

"무엇보다 다들 이 사태에 대해 보안을 유지하시길 다시 한 번 강조합니다. 밖으로 새어나가는 순간, 모든 게 무너질 겁니다."

이제 각 부처가 분주히 움직일 것이다. 무엇보다 가장 급선무는 뉴 제녹스의 제조 및 유통을 확인하는 일이었다. 전국으로 퍼져가는 사태를 하루빨리 진화해야 했다.

이상한 기운이 골프장에

골프장으로 선선한 바람이 휘날렸다. 미세먼지는 거의 없어 청량한 하늘이 사람들 위를 지나갔다. 골프웨어에 선글라스, 모자를 쓴 사람들이 분주히 공을 따라 필드를 오갔다.

다섯 명의 남자들이 골프채를 쥔 채 홀로 향했다. 맨 앞에서 걷는 남자는 가볍게 휘파람을 불며 캐디와 함께 움직였고, 다른 네 사람들은 저들끼리 웃고 떠들었다.

선두에 있던 짧은 회색빛 머리의 남자가 멈춰 남자들에게 물었다.

"공이 대충 이 부분에 떨어지지 않았나?"

"분명 이 부근에 있을 텐데요."

김 상무가 대답했다. 빨간 골프웨어를 입은 남자 말고 다른 남자들도 고개를 끄덕였다. 짧은 회색빛 머리의 남자가 다시 한 번 주변을 둘러봤다. 그러다 귀찮다는 듯 말했다.

"뒤에서 떠들지만 말고 공을 찾아야 할 거 아니요?"

순간 남자들이 조용히 서로를 바라봤다. 빨간 골프웨어를 입은 남자는 입술을 삐죽 내밀며 회색빛 머리의 남자를 바라보다 옆에 서 있는 캐디를 바라봤다. 회색빛 머리의 남자가 화를 내니 당황한 기색이 역력했다. 하지만 그 모습도 꽤 봐줄 만했다.

"최 전무는 어딜 보는 거요?"

회색빛 머리의 남자가 빨간 골프웨어 남자에게 물었다. 선글라스 때문에 자신의 눈길을 모른다고 생각했던 최 전무가 당황했다. 곧 캐디가 불쾌한 표정을 숨기지 않으며 회색빛 머리의 남자 뒤로 물러났다.

"뒤에 누가 오니까 봤지요."

최 전무가 손가락을 가리켰다. 그가 가리키는 방향으로 남자들이 고개를 돌렸다. 검은 정장을 입은 거구의 사내가 골프카를 타고 남자들을 향해 다가왔다. 그는 선선한 바람에도 이마에 땀이 맺혀 있었다.

"박 사장 아니오?"

"대전에 있어야 할 분이 왜 여기까지 온 거지?"

사람들이 수군거리든 말든 골프카에서 내린 박 사장이 회색빛 머리의 남자에게 다가가 무어라 말했다. 회색빛 머리의 남자가 기분 나쁘다는 듯 아랫입술을 내밀더니 남자들에게 물었다.

"혹시 차돌반 이사가 어디에 있는지 아는 사람?"

대답은 들리지 않았다. 차돌반 이사를 왜 찾는단 말인가? 오늘 골프모임에도 오지 않은 사람인데? 무슨 일이 일어나고 있는 게 분명하다. 다들 의아한 표정으로 서로를 바라봤다.

그러다 최 전무가 선글라스를 벗고는 물었다.

"그야 인천에 있겠죠."

"인천에 갔다 왔는데 없으니까 당신들에게 물어보는 거지. 그 문어 대가리 어디 있는지 정말 몰라?"

거구의 박 사장이 짜증 섞인 목소리로 물었다. 문어는 차돌반 이사의 별명이다. 하지만 그를 문어라고 부르는 사람은 없었고, 그를 함부로 대하는 이는 박 사장밖에 없었다. 남자들은 기분이 나빴지만 눈을 부라리는 박 사장 때문에 제대로 말하지 못했다.

"진짜 아는 사람 없어? 어?"

박 사장이 재차 물었지만 대답은 들리지 않았다. 옆에 있는 회색빛 머리의 남자가 박 사장의 어깨를 두드렸다.

"됐다. 아는 사람이 있는 게 이상하지."

"사무실에서도 보이지 않는데 그럼 어디로 갔다는 거야? 그 자식이 무슨 짓을 했는지…."

"그건 우리들 이야기지 여기 있는 사람들까지 끌어들일 이유는 없어. 가서 찾아."

회색빛 머리 남자가 명령하니 박 사장은 더 이상 말하지 않고 다시 골프 카를 타고 사라졌다. 그가 가는 걸 바라보던 회색빛 머리의 남자가 고개를 돌려 다른 사람들을 바라봤다. 선글라스를 벗으니 왼쪽 눈썹 위로 작은 상처가 나타났다. 그는 미소를 머금었다. 눈은 웃지 않았다.

"아무래도 뭔가 착오가 있나 보네요."

"차 이사에게 무슨 일이 있는 거요?"

"연락도 안 받고, 사무실도 며칠째 비웠더라고요."

회색빛 머리의 남자가 골프채를 쥔 손을 흔들더니 공을 찾아 다시 움직였다. 최 전무가 다른 사람들을 바라보다 물었다.

"백 회장. 인천에 무슨 일이 있는 건 아니오?"

"전혀. 그런 건 없으니까 안심해요."

회색빛 머리의 백 회장이 껄껄 웃었다. 다시 고개를 돌려 최 전무를 바라봤다. 입으로는 웃음소리를 냈지만 최 전무를 바라보는 눈은 맹수 그 자체였다.

"뭐가 그렇게 궁금합니까, 최 전무? 언제부터 내 일에 신경을 썼나요?"

"그게 아니라…"

"우리 사업은 어느 때보다 잘 되고 있어요. 돈이 부족합니까? 아니면 사람이 부족합니까? 그것도 아니면 우리 아이템을 쓰는 사람이 없습니까?"

최 전무와 남자들은 대답하지 않았다. 얼마 지나지 않아 백 회장이 자신의 공을 발견했다. 공은 필드에서 벗어나 수풀에 떨어져 있었다. 움직이려면 필드 사이에 있는 워터 해저드를 건너야 했다.

백 회장이 자신의 공을 바라보다 쯧, 하며 혀를 찼다. 그리고 다른 사람들에게 말했다.

"지금처럼 내 말만 잘 듣고 따라오면 됩니다. 10년 동안 아무 문제 없었잖아요. 그렇죠?"

남자들은 대답 없이 서로를 바라봤다. 최 전무는 백 회장을 바라보다 캐디를 힐끗 쳐다봤다. 눈길을 안 보내고 싶지만 타이트한 옷 때문에 자꾸만 눈이 움직였다.

순간, 백 회장이 최 전무에게 다가가더니 그의 뒷목을 손으로 꽉 붙잡았다. 최 전무가 손길에서 벗어나려 했지만 백 회장의 손아귀는 강력했다. 그는 나지막이 최 전무에게 말했다.

"거 뼈다귀만 먹으면 될 놈이 자꾸 눈을 돌려! 성질나게?!"

"미, 미안합니다. 백 회장."

"당신 이렇게 된 게 누구 때문인지 잘 알잖아?"

"그, 그러니까 미안하다고 했잖아요? 내, 내가 잘못했어요."

최 전무는 백 회장보다 이마 하나만큼 키가 컸다. 그리고 식탐이 있어 필드에 있는 남자들 중에서 가장 육중했다. 그런 최 전무를 백 회장은 혐오했다. 그는 두툼한 최 전무의 배를 두드리며 노려봤다.

"먹은 만큼 일을 해야지. 그렇지?"

"무, 무슨…?"

백 회장이 골프채로 수풀 사이에 있는 공을 가리켰다. 그제야 무슨 뜻인지 알게 된 최 전무가 당황한 기색으로 백 회장을 바라봤다.

"그건 좀…"

"내가 뭐 어려운 거 시킵니까? 공 좀 가져와 달라는 건데."

워터 해저드는 먼지를 잔뜩 먹어서 탁했다. 거기다 새똥이나 나뭇가지도 한가득 있었다. 최 전무가 가려 하지 않자 백 회장은 골프채로 그의 두툼한 허벅지를 후려쳤다. 파악, 하는 둔탁한 소리와 함께 최 전무가 외마디 비명을 외쳤다.

살벌한 눈으로 백 회장이 최 전무와 다른 남자들에게 명령했다.

"빨리 가서 내 공 가져와."

그제야 최 전무와 남자들이 워터 해저드로 돌진했다. 첨벙거리는 소리가 들리더니 사방으로 물이 튀었다. 최 전무와 남자들이 입은 골프웨어가 순식간에 젖었다.

"공."

백 회장의 지시에 캐디가 공 하나를 꺼내 필드에 올려놓았다. 룰 따위는 신경 쓰지 않았다. 백 회장은 그대로 자세를 취한 뒤 홀을 향해 공을 냅다 후려쳤다. 공은 멀리 날아가더니 수풀 사이로 떨어졌다.

공이 엉뚱한 곳으로 떨어지자 백 회장이 쯧, 하며 혀를 차더니 캐디의 엉덩이를 쓰다듬었다.

"가자고. 공 찾으려면 또 엄청 걸어야겠네."

"저 사람들은요?"

"버러지 같은 새끼들, 알아서 따라오겠지."

가장 먼저 워터 해저드를 가로지른 남자는 빨간 골프웨어의 최 전무였다. 그는 공을 찾은 뒤 다시 워터 해저드를 가로질렀다. 이미 백 회장과 캐디는 멀리 다른 곳으로 걸어가고 있었다.

싸늘한 바람이 지나갔다. 워터 해저드에서 나온 사람들은 몸을 부르르 떨며 축축한 바지와 신발로 백 회장을 쫓아갔다.

정 체 가 없 다

2018년 10월 10일 오후 1시 05분

경찰청을 찾은 탁재준 이사장과 유 팀장, 그리고 강 과장은 곧바로 회의실로 향했다. 유 팀장과 강 과장은 묵직한 서류가방을 들고 있었다. 그 세 사람 뒤로 현장대응팀 직원들도 따라갔다.

평택 폭발사고 이후 며칠이 지났다. 청와대에서 지시가 내려온 이후 탁재준 이사장은 현장대응팀과 함께 뉴 제녹스에 대한 정보를 확보했다.

그리고 오늘, 산자부 제2차관이 경찰청으로 한국 석유관리공사를 호출했다.

집무실에 들어가니 차관과 경찰청장이 기다리고 있었다. 탁재준 이사장이 대표로 두 사람과 악수를 나누었다.

"오시느라 고생 많았습니다. 바로 시작할까요?"

"시한이 급한 만큼 빨리 진행하도록 하죠."

탁재준 이사장과 한국 석유관리공사 직원들이 자리에 앉자마자 회의실 불이 꺼졌다. 이윽고 프로젝트 빔이 켜지면서 설치된 스크린에 사진을 보였다. 제복을 입은 경찰 한 명이 스크린 옆에 서서 사진을 설명했다.

스크린에 나타난 사진에는 불에 탄 탱크로리가 등장했다. 그 모습을 탁재준 이사장과 유 팀장이 눈을 가늘게 뜨고 쳐다봤다.

"폭발 이후 주변 트럭 블랙박스와 CCTV를 확보해 확인해본 결과, 주유소에서 빠져나온 탱크로리는 고속도로 진입 직전에 폭발되었습니다."

"그럼 운전자나 차량 번호판은요?"

"차량 번호판은 사라지고 없었습니다. 그리고 운전자는…."

다시 화면이 바뀌었다. 불에 탄 탱크로리 주변으로 그을린 장갑과 작업화, 조끼가 있었다. 보고하는 경찰관이 엄중한 목소리로 말했다.

"행방불명되었습니다. 입고 있던 조끼와 작업화가 있었지만 심하게 불에 타서 제대로 감정하기가 어렵습니다."

"그렇다면 탱크로리 운전자의 신분도 모르고, 탱크로리는 어디 운수회사인지도 알 수 없다는 거지요?"

탱크로리의 차량번호는 물론이고, 운전자도 모른다면 평택 주유소 폭파 사고를 조사하기 어려워진다. 거기다 영업정지 된 주유소의 경우, 이미 사장이 오래전부터 병을 앓고 있어 병원에 입원 중이었다.

사장은 80대 초반의 노인이었는데, 사람도 제대로 알아보지 못할 정도로 노쇠했다. 그를 대신하여 아들이 주유소를 관리하고 있었다. 하지만 어느 누구도 관심을 보이지 않는 주유소여서 아들도 오랫동안 방치해뒀다.

즉, 주인조차 관리하지 않는 주유소에서 누군가 몰래 영업을 하고 있다는 뜻이었다. 그게 누구인지 한국 석유관리공사도, 경찰도 알지 못했다.

"수서역 상황은 어떻게 진행되고 있습니까?"

"수서에서 발견된 가짜 석유제품 불법 유통 지역도 조사 중이지만, CCTV를 확보하는 데 여러 어려움이 있습니다. 목격자도 없고요."

"아무래도 가짜 석유제품을 만드는 놈들이 철두철미하게 움직이는 모양이 네요."

경찰청장이 손짓하자 회의실에 불이 켜졌다. 더 이상의 보고는 무의미했다. 차관이 탁재준 이사장에게 말했다.

"지난 10년간 용제 생산량과 유통 추이는 파악이 끝났나요?"

"네, 2009년 제녹스 사건 이후 미세한 상승세로 증가했습니다. 그런데 최근 3년간은 이전의 생산량과 비교해 3배로 급상승한 점이 특이합니다."

"그게 전부 가짜 석유제품으로 팔렸다면 전국 주유량의 20%나 되는 거 아닙니까? 앞으로 인명 피해가 더 많이 늘어 날 수 있겠어요. 매우 심각한 사태예요."

"저희 한국 석유관리공사에서는 이번 일에 집중할 계획입니다. 뉴 제녹스 의 유통과 제조를 확인할 방법을 강구하겠습니다."

"장관님께서는 제가 한국 석유관리공사에서 담당할 부분에 대해 책임을 지기를 바랍니다. 동시에 경찰과의 협력을 지시하였고요. 그래서 오늘 이런 자리가 마련된 겁니다. 청장님, 경찰은 어떻게 움직일 예정이죠?"

개인이 뉴 제녹스를 제조 또는 유통할 수는 없었다. 그렇기에 전국으로 가짜 석유제품을 유통하려면 그만큼 체계적이고 은밀한 조직이 필요하다. 상대가 조직적으로 움직이면 경찰도 그에 맞는 대안을 내놓아야 했다.

"경찰청 직속 특별수사팀을 꾸릴 계획입니다. 수사국장과 이에 대해 협의 를 끝냈죠. 아무래도 많은 사람이 한꺼번에 움직이는 건 효율적이지 못하니 까요."

"그런데 청장님. 특별팀은 한국 석유관리공사와 함께 움직여야 하는데, 제 녹스나 가짜 석유제품에 대한 지식이나 수사 경험이 있는 분이 있을까요?"

2009년 제녹스 파동에 대해 아는 사람은 있지만 정확하게 이해하는 수사관은 적었다. 이는 청장도 마찬가지였다. 청장이 고개를 돌려 옆에 앉은 수사국장을 바라봤다.

수사국장이 청장 대신 대답했다.

"지능범죄수사팀이면 파악이 가능할 것 같습니다."

"경찰청 수사팀을 말하시나요?"

"경찰청 수사팀에서 직접 나서도 되지만, 각 관할마다 지능범죄수사팀이 있습니다. 이 중에서 이쪽 분야에 유능한 인재를 모아야겠죠."

이에 탁재준 이사장이 경찰청장과 수사국장에게 물었다.

"혹시 수서역 차량 폭발사고에 대해 조사한 사람들도 있지요? 그럼 그 사람들과 만날 수 있을까요? 수서역에 대한 정보를 알고 싶어서요."

"어려운 일은 아닙니다."

"저, 청장님."

회의를 진행하던 경찰관이 청장에게 보고했다. 탁재준 이사장과 청장, 수사국장이 그를 바라봤다. 경찰관은 잠깐 헛기침을 내뱉은 뒤 말했다.

"수서역 차량 폭발사고는 강구경찰서에서 조사했는데, 거기서는 차량결함으로 파악하였습니다. 그런데 다르게 생각하는 사람이 있다고 들었습니다."

"다르게 생각하다니?"

"지능범죄수사팀의 김성호 팀장은 최초 수서역 자동차 폭발 사건에 대해 차량결함이나 운전자의 상황과는 사건이 관련이 없다고 판단했다고 합니다. 차량 폭발사고가 휘발유와 관련이 있을 수도 있다고 보고했습니다."

경찰관의 보고에 탁재준 이사장이 옆에 있는 강 과장을 슬쩍 바라봤다. 이름과 직책을 적으라는 무언의 지시였다. 강 과장이 수첩을 꺼내 김성호 팀장에 대해 적는 동안, 탁재준 이사장이 청장과 수사국장을 보며 웃었다.

* * *

2018년 10월 11일 오후 1시 12분

　전국에 있는 모든 경찰서로 공문이 하달되었다. 공문을 보낸 이는 경찰청장이었다. 경찰청장이 공문을 하달하는 건 으레 있는 일이다. 하지만 그 공문은 평소에 하달되는 공문과 내용이 전혀 달랐다.

　경찰청장 직속으로 특별수사팀을 만든다는 내용이었다. 갑자기 청장 직속 수사팀을 만든다는 소식에 모든 이들이 관심을 보냈다.

　"갑자기 무슨 수사팀을 만든다는 거야? 요새 무슨 일 있어?"

　"우리가 어떻게 알겠어요? 그냥 뭔 일이 있나 보다, 라고 생각하는 거지."

　특별수사팀에 지원할 수사관을 모집한다는 내용도 있었는데, 인원은 12명 내외였다.

　강구경찰서 김성호 팀장도 그 공문을 확인했다.

　"형님은 관심 없습니까?"

　윤창구 팀장이 아침 식사를 마친 뒤 형사과 사무실로 들어가다 김성호 팀장을 만나 물었다. 먼저 식사를 끝낸 김성호 팀장은 시큰둥한 태도로 답변했다.

　"지금 여기서 하는 일도 많은데, 뭐."

　"그래도 경찰청장 직속 수사팀이잖아요? 수사팀이면 각 관할 수사팀장들에게 먼저 물어보지 않겠어요?"

"그럴 수도 있겠지."

"에이, 너무 반응이 미지근하네. 말년에 불꽃 한 번 태울 생각 없어요?"

"어이, 윤 팀장. 그 얘기는 나중에 하고. 전에 조사했던 그 사건은 어떻게 됐어?"

김성호 팀장이 묻자 윤창구 팀장은 무슨 말인지 모르겠다는 표정으로 그를 바라봤다. 김성호 팀장이 고개를 저으며 말했다.

"수서역 사거리에서 터진 자동차 말이야."

"아, 그거요? 자동차나 운전자는 문제없었어요. 가짜휘발유를 써서 문제였죠."

"가짜휘발유?"

김성호 팀장의 예상대로 자동차가 불에 탄 건 차량결함이나 운전자의 부주의 때문이 아니었다. 그런데 가짜휘발유라니?

가짜휘발유라면 김성호 팀장도 잘 알고 있었다. 2009년에 제녹스 사태가 터졌을 때 김성호 팀장은 지능범죄수사팀장으로 관할구역 내에서 판매, 유통되는 가짜 석유제품을 조사했었다. 안타깝게도 별 성과 없었지만.

지금은 달랐다. 가짜휘발유를 넣은 차량이 버젓이 관할구역을 돌아다니고 있다는 건, 가까운 곳에서 가짜휘발유가 판매, 유통되고 있다는 뜻이다. 2009년 이후에 다시 가짜휘발유가 활개를 치고 있다는 뜻이다.

"아니, 그럼 그런 걸 우리한테 알려줘야지, 왜 말을 안 하고 있었어?"

윤창구 팀장은 주변을 둘러보다 김성호 팀장에게 슬쩍 다가와 나지막이 말했다.

"설마 제가 형님 일을 뺏으려고 하겠습니까?"

"그럼 뭔데?"

"그때 함께 있었던 한국 석유관리공사 직원들이 이상한 말을 하더라고요. 다른 게 섞여 있다고요."

"다른 거라니?"

"그걸 내가 어떻게 알겠어요? 어쨌든 저도 수사보고서를 작성해야 하는데, 한국 석유관리공사에서 아직 회신자료를 주지 않아서 보고도 못 하고 있어요. 그래서 형님한테도 말 못했고요."

김성호 팀장은 팔짱을 낀 채 윤창구 팀장의 말을 듣기만 했다. 한국 석유관리공사에서 자료를 넘기지 않을 이유가 무엇일까? 이상한 성분이 섞여 있어서? 그렇다고 지금까지 자료를 넘기지 않는다는 건 이상한 일이다.

"회의시간 다 돼가네요."

"자세한 건 나중에 말하자고."

김성호 팀장은 업무일지를 책상에 놓으며 서무반장에게 지시했다.

"서무반장, 회의소집하지."

서무반장의 소집과 함께 일일수사회의가 진행되었다. 각자 맡은 사건에 대해 가볍게 이야기를 주고받았다. 김성호 팀장은 수사일지를 확인하며 각 반에 지시했다.

"먼저 1반부터 뇌물수수 사건 진행사항 보고해. 2반은 재건축아파트비리 사건, 3반은 진행하고 있는 유사수신업체 사건에 대해 이번 주 수사사항 그리고 다음 주 예정된 사항에 대해 담당자별로 보고하고."

그런데 김성호 팀장의 지시에 수사관들의 반응이 묘했다. 김성호 팀장이 이상한 분위기를 감지하고 그들에게 물었다.

"왜들 그래?"

"팀장님 퇴직 1년도 안 남았어요. 언제까지 일만 할 거예요?"

"팀장님을 다른 서에서 뭐라도 부르고 있는지 알기나 하세요?"

"무슨 말이야?"

김성호 팀장은 수사관들의 말을 전혀 이해하지 못한다는 표정을 지었다. 그러자 수사관들이 눈을 반짝이며 한마디씩 했다.

"벌레래요."

"그것도 아주 지독한 벌레랍니다. 돈벌레보다 심한 일벌레요."

"거 정확히 말합시다. 일에 중독되어 일에만 찰싹 달라붙어 있는 딱정벌레지!"

수사관들이 와~아, 하며 호탕하게 웃었다. 김성호 팀장도 피식 웃음을 터뜨렸다.

"꼰대라고 안 불러서 다행이네."

"벌레가 더 안 좋은 말이에요. 그러니까 팀장님, 이제 좀 쉬엄쉬엄해요."

"그래요. 기력도 달리고 더는 못하겠어요. 몸보신도 좀 해야지."

"그런 의미에서 오늘 회식 어때요? 다들 시간 되지?"

"하하! 그럼 소고기 사는 겁니까?"

"이제 보니 소고기가 목표였군."

김성호 팀장이 펜으로 머리를 긁적였다. 다들 이렇게 반응하는 이유를 잘 알고 있었다. 그도 그럴 것이, 수사를 위해 태어난 사람처럼 일만 하는 팀장을 만나서 모두가 앞만 보고 뛰어오기만 했다.

"팀장님, 손님이 왔는데요."

경제 1팀 수사관이 김성호 팀장에게 다가와 말했다. 손님이 왔다는 말에 김성호 팀장과 수사관들은 서로를 바라봤다. 결국 소고기를 먹자는 이야기는 나중에 들어야 할 것 같았다.

김성호 팀장이 회의실 밖으로 나가니 웬 젊은 남자가 서 있었다. 김성호 팀장은 재빨리 자신이 아는 얼굴인지 떠올렸지만, 아무리 생각해도 기억이 나지 않았다.

젊은 남자는 미소를 머금은 채 김성호 팀장에게 인사했다.

"본청에서 왔습니다. 팀장님을 찾는 분이 계셔서 직접 안내하러 왔습니다."

본청이라면 경찰청을 말했다. 그런데 안내라니? 젊은 남자가 김성호 팀장을 안내하려 했으나 그는 꿈쩍도 하지 않았다. 김성호 팀장이 낮은 목소리로 말했다.

"날 찾는 분이 누구인지 먼저 알려주십시오."

"청장님께서 찾으세요."

"무슨 일로?"

"가서 직접 뵙는 게 빠릅니다. 사실 저도 팀장님을 안내하라는 지시만 받았거든요."

결국 김성호 팀장은 부름에 응해야 했다. 그는 먼저 회의실에 들어가 일일 수사회의를 중단하겠다고 전달했다. 농담이 오가던 회의실 분위기가 갑자기 멈췄다.

"무슨 일 생겼나요, 팀장님?"

"청장님이 날 찾는다고 해."

순간 회의실 분위기가 급격히 냉랭해졌다. 수사관들을 뒤로하고 김성호 팀장이 회의실을 나갔다. 그 모습을 지켜보던 수사관들이 수군거렸다.

"갑자기 뭔 일로 찾는 거야?"

"느낌이 싸하지 않아?"

"설마 팀장님, 말년에 업무지원 가는 거야?"

수사관들이 저들끼리 떠들고 있을 때, 김성호 팀장이 간 곳은 서장실이었다. 안으로 들어가니 서장과 경찰청장, 그리고 수사국장이 앉아있었다. 김성호 팀장은 세 사람에게 거수경례했다.

청장이 허허 웃으며 그의 인사를 받았다.

"편히 앉아요, 팀장님에 대한 여러 얘기를 듣고 있었어요. 대단하신 분이더군요."

김성호 팀장은 서장 옆에 앉았다. 청장 외에 수사국장까지 왔다는 건, 분명 공문과 관련이 있다는 걸 직감했다. 김성호 팀장은 차라리 허심탄회하게 말하는 게 좋겠다고 판단했다.

"혹시 절 찾는 이유가 오늘 하달된 공문과 관련이 있습니까?"

청장이 고개만 끄덕였다. 이윽고 수사국장이 서류 한 장을 꺼내 김성호 팀장에게 보여줬다. 국립과학수사연구원 로고가 새겨진 서류였다.

"수서역 사거리에서 일어난 차량 폭발사고는 가짜 석유제품 때문입니다. 다양한 성분이 섞인 가짜휘발유가 엔진에서 문제를 일으켜 발생한 사고죠. 예상하고 있었다고 들었는데요?"

"예. 차량이나 운전자의 문제가 아니라고 생각했습니다. 분명 다른 문제가 있다고 믿었고, 결과를 기다리고 있었습니다."

"혹시 팀장님이 담당하는 일인가요?"

"아닙니다."

"그럼 왜 사건에 관심을 가졌나요?"

"궁금한 건 못 참는 성격이어서요. 다른 뜻은 없었습니다."

청장이 고개를 끄덕였다. 김성호 팀장의 얼굴에는 긴장감이 전혀 나타나지 않았다. 청장이나 수사국장은 그의 태도가 마음에 들었다. 수사국장이 청장 대신 상황을 설명했다.

"아마 2009년 제녹스 사태를 기억할 겁니다. 그때 팀장님도 조사를 했었나요?"

"그렇습니다."

"지금은 새로운 가짜휘발유가 유통되고 있어요. 제녹스와 성분이 비슷하죠. 그래서 위에서는 뉴 제녹스로 이름을 붙였습니다. 문제는…."

서류에는 다양한 이름의 성분들이 자세히 적혀 있었다. 수사국장이 그중 하나를 가리켰다.

"게놈 C라는 성분도 검출되었다는 거죠. 가짜휘발유를 제조하는 과정에서 발생한 성분으로 파악됩니다. 게놈 C는 심각한 독성물질이에요. 구토나 설사, 어지러움은 물론이고 몸에 일정량이 축적되면 사망에 이르는 성분이죠."

김성호 팀장의 눈썹이 꿈틀거렸다. 머릿속으로 여러 생각이 떠올랐지만, 그는 일단 잠자코 수사국장의 이야기가 끝날 때까지 기다렸다.

이어 수사국장이 다른 서류를 보여주며 설명했다.

"수서역 사거리에서만 이런 일이 일어난 게 아닙니다. 며칠 전에는 평택에서 주유소 폭발사고가 일어났는데, 이와 동일한 성분의 뉴 제녹스를 발견했어요."

"그럼 가짜 휘발유제품을 단속하기 위해 특별수사팀을 구성하는 건가요?"

"그렇지요."

"하지만 가짜 석유제품 문제는 이전에도 있었습니다. 독성물질이 포함되어 있다지만, 이렇게 은밀하게 진행되어야 하나요?"

"아직 언론보도가 나가지 않았지만, 울산과 구미 그리고 여수 등 남부 지방에서 사람들이 갑자기 쓰러지는 일이 몇 달째 일어나고 있어요. 벌써 관련된 사상자만 150명이 넘어요."

150명이면 심각한 일이다. 발생 규모만 따진다면 국가 안전을 위협하는 일이었고, 이는 재앙에 가까웠다. 경찰 내부에서도 이런 소문이 퍼진 적이 없다. 그만큼 보안이 철저히 진행되고 있다는 뜻이었다.

"조직적으로 제조, 운반되고 있군요."

이제 서장이 나섰다. 그는 헛기침을 몇 번 내뱉더니 김성호 팀장에게 제안했다.

"팀장이 그동안 여러 사건을 맡아서 해결한 경력도 있고, 이 일에 적합하다는 생각이 들었습니다. 위험한 일이라는 걸 알지만, 수사팀 지휘를 맡아주셨으면 좋겠습니다."

잠깐 침묵이 서장실 주변을 맴돌았다. 김성호 팀장은 선뜻 대답할 수 없었다. 김성호 팀장의 반응을 다른 세 사람은 이해했다.

"김 팀장님, 수사팀 결성이 얼마나 어려운 일인지 잘 아실 거라 생각합니다. 공문을 띄우긴 했지만, 각 관할 수사팀을 찾아다니면서 유능한 수사관들과 접촉할 예정입니다. 누구 하나 쉽게 나서지 않겠죠? 어려운 일이라는 걸 알지만, 꼭 팀장님께서 맡아주셨으면 좋겠습니다."

"하지만 전 내년에 정년퇴직입니다. 사건이 얼마나 걸릴지 모르는데 퇴직을 앞둔 사람이 투입되는 건 이해가 되지 않습니다. …이제는 한 걸음 물러나 후배들을 지도하다가 안전하게 가족에게 돌아가고 싶은 게 개인적인 소망입니다."

"팀장님의 그 마음 모르지 않습니다. 하지만 국민을 위한 마지막 사건을 담당해준다고 생각해주시면 안 될까요?"

"늦어도 주말이 되기 전까지 답을 주셨으면 좋겠습니다. 이번 수사는 경찰 말고 한국 석유관리공사에서도 맡을 예정이에요. 공조수사이니만큼 많은 사람을 지휘할 수 있는 경력자가 필요합니다. 이 점을 꼭 알아주셨으면 좋겠군요."

청장의 말에 김성호 팀장은 알겠다고만 했다. 곧 김성호 팀장이 세 사람에게 인사를 한 뒤 서장실에서 나왔다.

김성호 팀장의 머릿속은 복잡해졌다. 먼저 사건에 대해 간략하게나마 알아볼 필요가 있었다. 그다음에 사건을 맡을지 안 맡을지 결정해도 늦지 않았다.

김성호 팀장은 일단 2009년에 자신이 수사했던 제녹스에 대한 보고서를 다시 한 번 살펴볼 생각이었다.

* * *

같은 시간, 한국 석유관리공사 강 과장은 임 대리와 함께 파주에 있는 한 건물을 찾았다. 건물은 파주로 가는 길에 있었는데, 주변은 온통 논밭이었다. 임 대리는 가지고 있는 서류를 살펴보더니 말했다.

"여기가 맞습니다."

"확실해?"

"네. 여기가 용제대리점입니다."

대리점이라고? 어떻게 이런 곳에 대리점이 있다는 말인가? 적어도 용제대리점이라고 하면 저장탱크 정도는 있어야 하는데?

용제 생산업체는 대부분 대기업이고, 생산 과정을 제대로 파악할 수 있다. 문제는 대리점과 판매점, 그리고 개인업자다. 여기서부터는 생산업체에서 여러 갈래로 용제가 운반되기 때문에 이 많은 경로를 일일이 확인해야 했다. 그런데 처음부터 일이 꼬였다는 걸 강 과장은 알아차렸다.

강 과장과 임 대리가 찾은 건물은 지은 지 20년은 족히 넘어 보였다. 차에서 내린 강 과장과 임 대리가 건물로 들어가기 위해 문을 찾았다. 하지만 시작부터 문제였다. 위로 올라갈 수 있는 철문은 굳게 잠겨 있었다. 강 과장이 손잡이를 돌렸지만 철컥거리는 소리만 들릴 뿐이었다.

"혹시나 했더니 역시나군."

"불도 켜져 있지 않아요."

"사무실 번호로 전화는 걸어봤나?"

"받지 않아요."

임 대리가 핸드폰을 꺼내 사무실로 전화를 걸었지만, 상대는 전화를 받지 않았다. 연결되지 않는다는 안내 목소리만 들릴 뿐이었다.

강 과장이 주변을 둘러봤다. 논밭에는 사람 하나 지나가지 않았다. 그나마 장사를 하는 음식점은 걸어서 10분 정도 걸어가야 했다. 그냥 버려진 건물이 확실했다.

"기다릴까요?"

"아니, 기다릴 필요도 없어. 그냥 가지."

간판 하나 없는 건물에 무슨 사무실이 있겠는가. 강 과장은 사무실도 제대로 꾸리지 않은 페이퍼 컴퍼니가 용제를 가져간 게 분명하다고 확신했다.

탁재준 이사장은 차관을 만난 뒤, 전국에 유통되는 용제를 파악하라고 지시했다. 일단 가짜휘발유가 제조되는데 가장 중요한 원료는 용제였으니까.

서울 본부 외에 지방에 있는 각 지역본부에게도 지시가 떨어졌다. 용제를 구입하는 회사와 개인업자는 전국적으로 수천 군데에 달했다. 한국 석유관리공사 현장대응팀은 용제를 가장 많이 구입하는 회사를 추려냈다. 그중 하나가 강 과장과 임 대리가 찾은 건물에 있었다. 적어도 서류상에는.

"회사 이름이 뭐라고 했지?"

"초이 에너지입니다. 최기운이라는 사람이 대표고요."

임 대리는 최기운 대표의 개인번호는 물론 사무실 전화번호로 연락을 시도했지만 이내 포기했다. 어느 쪽도 임 대리의 전화를 받지 않았다.

"일단 표시해. 유력한 후보야."

강 과장과 임 대리가 다시 차를 타려는데, 건물로 한 중년 남자가 다가왔다. 낡은 점퍼에 두툼한 코르덴 바지를 입은 남자는 이를 쑤셨다.

중년 남자는 건물 옆에 주차된 차와 강 과장을 발견하고는 의아한 표정으로 물었다.

"거기 누구요?"

중년 남자는 얼굴이 붉었다. 추워서 붉은 것 같지는 않았다. 술 냄새가 풀풀 났다. 강 과장이 남자에게 물었다.

"이 건물에 있는 회사를 찾아왔는데요. 여기 건물주인입니까?"

"건물 관리하는 사람인데, 무슨 회사를 찾으러 왔다는 거요?"

"한국 석유관리공사에서 나왔습니다. 이 건물에 초이 에너지이라고 있나요?"

"초이 뭐요?"

건물 관리인이 무슨 말인지 모르겠다는 듯이 눈살을 찌푸렸다. 얼마 지나지 않아 무슨 생각이 들었는지 손바닥을 마주쳤다.

"아, 몇 달 전에 나간 사람들을 만나러 온 거요?"

"나가다니요?"

"한 서너 달 있었나? 여기서 사무실 차린다고 하더니 어느 날에 나갔어요. 여름쯤에 나갔는데?"

트림을 한 건물 관리인이 머리를 긁적이며 설명했다. 그의 말을 들은 강 과장은 자신의 예상이 틀리지 않았다는 걸 알았다. 간판조차 없는 유령회사가 분명했다.

"사람들이 자주 오갔나요?"

"한 2명 되었나? 30대 정도 되는 젊은 남자가 자주 들락날락했지. 다른 한 명은 뭐 잘 보이지도 않았고."

"그럼 탱크로리가 온 적은 없나요?"

"무슨 탱크?"

"탱크로리요. 아니면 화물트럭 같은 큰 차가 오지 않았나요?"

"탱크로리는 무슨. 여기가 무슨 주유소인 줄 아슈?"

건물 관리인은 곧 강 과장을 지나쳐 어디론가 사라졌다. 강 과장은 조수석에 올라탔다. 자동차는 건물에서 멀어졌다.

강 과장이 가방에 있는 서류를 살폈다. 초이 에너지 말고 다른 회사에 들렀다가 사무실로 갈 예정이었다. 회사는 의정부에 있었는데, 초이 에너지에 비하면 용제 구매량이 절반도 되지 않았다.

파주에서 의정부로 향할 때, 유 팀장에게서 연락이 왔다. 강 과장이 전화를 받자마자 유 팀장은 한숨을 내뱉으며 말했다.

"거기는 있나?"

"팀장님도 없었나요?"

두 사람은 잠시 동안 말이 없었다. 파주와 의정부에 있는 회사를 강 과장과 임 대리가 확인하는 동안, 유 팀장은 분당과 구리에 있는 회사를 조사했다.

유 팀장이 말했다.

"파주 먼저 들렀지? 의정부는 확인하고 와. 분당은 확인되었는데, 구리는 복잡하게 꼬였어."

"꼬였다니요?"

"대리점은 분명히 존재해. 사장도 확실하고. 그런데 사장은 용제를 구입한 내역에 대해 전혀 몰라."

"아예 모르나요?"

"전혀. 내역서를 들이밀었는데도 자기는 전혀 모른다는 얼굴이야. 그리고 아무래도 바지사장인 것 같아."

유 팀장은 구리에 있는 대리점에 대해 확실히 조사했다. 사장은 자신이 명의만 빌려주었다고 주장했다. 용제 구매 내역을 물어봤지만 아는 게 전혀 없었다. 심지어 자기가 일하는 회사가 용제대리점이라는 것조차 몰랐다.

"파주는 간판조차 없어요."

"사무실 주소만 있는 회사들이 분명하군. 전화도 안 받지?"

"혹시 파주랑 구리가 연관되어 있을까요?"

"일단 확인해보자고. 상호명이랑 대표가 모두 다르지만, 가능성은 있지."

강 과장은 유 팀장과 전화를 끊은 뒤, 서류 뒷면에 파주와 구리에 있는 사무실 상호를 적었다. 분당은 확인이 되었는데, 강 과장이 파악하기로는 분당 회사는 용제 구매량이 가장 적은 회사였다.

임 대리가 고개를 갸웃거리며 물었다.

"과장님, 혹시 서로 연결되어 있다고 생각하세요?"

"크게 보려는 거야. 확실한 건 아니지. 문제는 그 많은 용제가 어디로 증발했느냐는 거야."

용제를 구입하기 위해서는 한국 석유관리공사에 보고해야 했다. 온라인상으로 용제 구매 프로그램에 접속하여 필요한 용제만큼 구매할 수 있다. 거의 모든 대리점과 판매점, 개인업자가 이렇게 용제를 구매한다. 그래서 어느 대리점이 얼마나 많은 용제를 구매했는지 한국 석유관리공사에서 확인할 수 있었다.

하지만 파주처럼 대리점이 서류상으로만 존재한다거나, 구리처럼 사장이 전혀 용제 구매에 대해 모른다면 상황은 달라진다. 실제 용제가 어떻게 거래되고 유통되는지 한국 석유관리공사에서도 확인할 방법이 없었다.

의정부로 들어가는 길에, 강 과장이 눈썹을 찡그렸다. 운전하고 있던 임 대리가 물었다.

"왜 그러세요?"

"파주 초이 에너지 말이야. 몇 개월 전에 없어졌다고 했지?"

"여름부터요."

"그때부터 거래하지 않았어. 의정부도 마찬가지고."

"그럼 두 회사가 관련이 있을 수도 있다는 건가요?"

"파주, 의정부, 구리 모두. 분당만 한 달 전에 거래했군. 평소랑 똑같아. 각자 다른 회사가 동시에 거래를 하지 않았다면, 그게 무슨 뜻이겠어?"

임 대리가 이해했다는 듯 고개를 끄덕였다. 서로 연관이 있는 게 분명했다.

강 과장의 예상대로, 의정부에 있는 회사도 파주 초이 에너지처럼 사무실이 없었다. 이미 몇 달 전에 문을 닫았다는 건물주인의 이야기를 들을 수 있었다. 그리고 각 지방 본부에서 용제유통신고 내역과 같이 용제가 공급된 사실이 없다는 보고였다.

특별수사팀 탄생

2018년 10월 11일 밤 10시 12분

김성호 팀장이 집으로 돌아오니 그의 아내가 피곤한 얼굴로 거실 소파에서 일어났다. 거실에 있는 TV에서 드라마가 방영되고 있었다.

"당신, 오늘 왜 이렇게 늦게 왔어요? 그건 또 뭐예요?"

구두를 벗기 위해 김성호 팀장은 들고 있던 쇼핑백을 바닥에 내려놓았다. 안에는 서류철 몇 개와 종이뭉치가 들어있었다. 김성호 팀장의 아내는 쇼핑백을 힐끗 보더니 물었다.

"사건 맡았어요? 저녁은요?"

"간단하게 먹지 뭐. 애들은?"

"다들 늦는대요."

김성호 팀장은 안방에 들어가 옷을 갈아입은 뒤 식탁에 앉았다.

김성호 팀장의 아내는 냉장고에서 반찬을 꺼내 차렸다. 국이 끓자 조금 떠 김성호 팀장 앞에 내려놓았다. 그녀는 움직이면서 앓은 소리를 냈다. 환절기 감기를 심하게 앓은 탓이었다.

"약은 먹었어?"

"먹었는데도 소용이 없네요. 내 몸은 내가 알아서 챙길 테니까 말해 봐요.

무슨 사건인데 자료를 다 가져왔어요? 위험한 일은 아니죠?"

"우리가 하는 일이 위험하지 않은 게 어디 있나."

김성호 팀장은 그가 아직 팀 내 막내였을 때, 친구의 소개를 받아 지금의 아내를 만났다. 연애 시절에는 외근수사를 나간다면서 몰래 아내를 만나곤 했다.

그때 경찰의 모든 면에 대해 알려줬다. 혹여나 결혼하면 상처를 주는 게 아닐까 두려웠기 때문이다.

그럼에도 아내는 김성호 팀장의 직업을 이해했다. 그래서 결혼을 결심했고, 지금까지 큰 문제 없이 지낼 수 있었다. 하지만 지금은 사정이 다르다.

"가짜 석유제품에 대한 사건이야."

"가짜 석유요? 그럼 큰 문제는 아니잖아요?"

"전국으로 유통되고 있어. 출장이 잦을 거야. 아니, 어쩌면 며칠 동안 집에 안 들어올 수도 있어."

"난 또. 당신이 언제 안 그랬던 적 있어요?"

김성호 팀장의 아내는 그제야 안심하는 말투로 되물었다. 그는 피식 웃음을 터뜨렸다. 생각해보면 정년퇴직이 1년밖에 안 남은 지금까지도 집을 비운 날이 많았다. 그릇에 쌓인 밥알보다 훨씬 많을 테지.

"퇴직하기 전에 한 번 큰 사건을 맡아보는 것도 좋아요. 유종의 미가 있잖아요."

아내는 아직 상황을 다 모른다.

식사를 끝낸 뒤, 김성호 팀장은 씻고 나와 쇼핑백에 있던 서류철을 쭉 꺼냈다. 〈2009년 제눅스 사태 계보〉라는 제목이 적혀 있었다. 퇴근할 때까지 제눅스에 관한 보고서만 읽었다. 늦은 시간까지 보다가, 그것만으로는 부족해서 기어이 집까지 가져와 확인하려고 챙겼다.

김성호 팀장이 서류철을 훑어보는데, 아내가 다가와 서류를 슬쩍 쳐다봤다.

"규모가 커요?"

"정말 크지. 예전에 전국을 떠들썩하게 만들었던 사건이 다시 나타나려고 해. 그때도 몇천억의 돈이 오갔었지."

"그중 100만 원 줬으면 좋겠네요."

"당신도 참! 누가 공무원 마누라 아니랄까 봐… 100만 원이 뭐야, 돈 드는 것도 아닌데 10억 원 정도는 달라고 해야 퇴직 후에도 걱정 없이 살지."

"뻔한 봉급에 애들 등록금 내고 나면 남은 게 있었어야죠. 10원짜리 한 번 내 마음대로 써본 적이 없는데."

김성호 팀장이 옅은 미소를 머금었다. 남편의 모습을 빤히 바라보던 아내가 다시 물었다.

"그런데 그 사건, 정말 당신이 맡은 거예요?"

"아직. 조만간 확답을 줘야 해."

"다른 사람들은요?"

"아마 우리 서에서는 없을 거야."

"왜요?"

김성호 팀장은 대답하지 않았다.

남편의 분위기가 이상하게 바뀌었다는 걸 안 아내가 쇼핑백에 있는 서류를 보려 했다. 그중에는 독성물질과 발암물질에 대한 서류도 있었다. 김성호 팀장이 황급히 쇼핑백을 뺏었다.

"보지 마."

"깜짝이야. 그냥 달라고 하면 되지 뭘 그렇게 무섭게 말해요?"

김성호 팀장의 눈빛을 읽은 아내는 남편이 자신에게 말하지 않는 게 있다는 걸 직감했다. 그녀가 진지한 얼굴로 물었다.

"당신, 나한테 뭐 말하지 않은 거 있죠? 이 사건, 많이 위험해요?"

"여러 사람이 죽은 일이야."

"경찰이요?"

"아니, 사상자가 많은 일이야."

"그런 일을 당신이 한다고요?!"

그제야 아내가 큰 목소리로 외쳤다. 김성호 팀장은 서류철을 덮었다. 이제 올 것이 왔다고 생각했다. 그는 차분한 말투로 말했다.

"아직 확답은 하지 않았어. 먼저 어떤 사건인지 보려고 서류만 가져왔을 뿐이야."

"그래도 맡을 거잖아요?"

한참 뒤에 김성호 팀장이 작게 한숨을 내뱉으며 말했다.

"나 말고는 맡을 사람이 없어."

"왜 그렇게 단정 짓는 거예요? 대한민국에 경찰이 얼마나 많은데, 왜 위험한 사건을 당신이 해야 하는 거예요? 전국 단위 규모라면서요?"

"청장이 직접 날 찾아와서 부탁했어. 이 사건을 맡아달라고."

"그게 이유에요? 경찰청장이 왔다고 해서 사건을 맡는 거예요? 대통령이 와서 부탁하면 간첩이라도 잡겠네요?"

김성호 팀장은 아내가 따지는데도 화 한 번 내지 않았다. 그는 조용히 듣고만 있었다. 아내가 자신이 생각한 것보다 더 큰 위험이 도사리고 있다는 것에 충분히 놀랄 수 있었다.

"애들 생각은 안 해요?"

"했어."

"나는요?"

"당연히 했지."

"했는데도 이 사건을 맡을 이유가 뭐예요? 이제 퇴직하는 사람이잖아요."

"퇴직 전에 큰 사건 맡으라고 한 사람이 누군데."

"이건 경우가 다르죠!"

"경우가 다르지 않아. 결국 나한테는 하나의 사건일 뿐이야. 당신 말대로 유종의 미를 거둘 기회라고."

"다른 사람은요?"

"아직 해야 할 일들이 많은 친구들이야. 갈 길이 많은 애들 대신 내가 하는 게 좋아."

"그게 당신 생각이에요? 당신은 그게 유종의 미라고 생각하는 거예요? 내가 보기에는 그냥 당신한테 독박을 씌우고 총대를 메라고 하는 거로 보인다고요!"

김성호 팀장의 아내는 답답했다. 30년 넘게 경찰로 지내면서 온갖 일을 도맡았던 남편이었다. 그리고 그녀는 30년 넘게 그 모습을 지켜봤다. 때로는 그녀가 걱정하는 것보다 사건의 규모가 작아 안심했고, 때로는 예상의 범주를 벗어나기도 했다. 지금은 후자였다.

그녀는 몇 번이고 남편을 말리고 싶었다. 이제 정년이 얼마 남지 않은 그가 조용히 은퇴하기를 바랐다. 그런데 또 목숨을 걸 사건에 뛰어들겠다고 하니 머리가 지끈거렸다.

가을 밤하늘은 어느 때보다 맑았다. 그리고 추웠다. 겨울이 오고 있었다. 밤바람이 창문을 두드리다 멈추기를 반복했다.

김성호 팀장은 창밖을 바라보다 다시 보고서를 들었다. 여전히 글자가 눈에 들어오지 않았다. 하지만 김성호 팀장은 보고서에서 눈을 떼지 않았다.

* * *

　며칠 뒤, 김성호 팀장이 자기 책상을 정리했다. 윤창구 팀장이 그 옆에 서서 측은한 눈길로 바라봤다.

　"가는 거요, 형님?"

　김성호 팀장은 대답하지 않았다. 그는 조용히 수사일지를 챙겼다. 답답해진 윤창구 팀장이 김성호 팀장의 종이를 낚아챘다. 김성호 팀장은 귀찮다는 표정을 숨기지 않았다. 윤창구 팀장은 보고서를 테이블에 내려놓은 뒤 그를 똑바로 쳐다보며 물었다.

　"대답 좀 해요. 갈 거요, 말 거요?"

　"보안 좀 지키지그래?"

　"보안은 무슨. 이미 공문 다 돌렸는데 무슨 보안이오? 그리고 나만 아는 줄 알아요? 다른 서에 있는 애들이 그럽디다. 거기도 서장이 특별수사팀에 지원할 사람 없는지 찌르지 않느냐고 말이에요."

　"여기는 청장이 직접 왔다고 하지 그랬어?"

　김성호 팀장이 웃으며 말했지만 윤창구 팀장은 한숨을 내뱉으며 물었다.

　"이미 형님 마음이 굳어진 것 같으니 말리지 않겠어요. 말년에 고생하는 건 내가 아니니까. 하지만 분명히 말할게요. 이거, 생각보다 위험한 일이에요. 잘못하면 목숨을 잃을 수도 있다고요."

　"언제는 그런 거 따지면서 우리가 사건 맡았어?"

"말 한마디 지지 않는 건 형님 특기죠. 집에서는 뭐라 안 그럽니까? 형수님한테는 말했죠?"

"안방에도 못 들어오게 하더라. 소파에서 잤어."

"밥그릇 안 던진 것만 해도 다행이죠."

김성호 팀장은 살짝 미소를 머금었다. 출근길에 아내는 보지 못했다. 심한 감기를 앓고 있으면서도 속이 상했던지 말도 없이 집을 나서 복지관에 봉사활동을 간 모양이다.

"또 할 말 없어요?"

"나 없는 동안 여기 좀 잘 지켜줘."

"어차피 내년이면 없을 거면서 자리는 왜 지키라는 거요?"

윤창구 팀장은 결국 형사과로 돌아갔다. 그는 언제라도 김성호 팀장을 도와줄 것이다. 다른 일은 제쳐놓고 당장 달려올 것이다. 하지만 김성호 팀장은 그에게 도움을 청하지 않기로 마음먹었다. 이건 공조의 문제가 아니다. 위험한 전장에 첨병으로 투입할 결사대를 꾸리는 일이니까.

윤창구 팀장이 수사팀을 나간 지 얼마 되지 않아서 김성호 팀장에게 연락이 왔다. 서장실에서 온 전화였다.

수화기 너머로 서장이 낮은 목소리로 말했다.

"김 팀장. 서장실로 와요."

김성호 팀장이 곧바로 사무실을 나왔다. 그를 따라가는 수사관들의 눈길이 있었지만 김성호 팀장은 모르는 척 무시했다. 다들 김성호 팀장의 분위기를 읽었지만, 차마 물을 수 없었다.

서장실에 도착하니 서장이 소파에 앉아 김성호 팀장을 맞이했다. 청장이 다녀간 뒤로 그의 얼굴엔 피곤함이 묻어 있었다. 그가 손가락으로 머리를 누르며 물었다.

"벌써 사흘이나 지났지? 생각해봤나?"

"다녀오겠습니다."

"다녀온다는 말을 너무 쉽게 하네."

"여러 번 고민했습니다. 그리고 청장님이 직접 부탁했으니 모르는 척 넘길 수 없죠. 서장님도 난감하게 만들고 싶지 않고요."

"그 와중에도 날 챙겨주는 건 김 팀장밖에 없군. 자네 같은 사람이 더 있으면 우리 경찰조직이 잘 돌아갈 거야."

"지금 있는 애들도 좋죠."

"그냥 김 팀장을 본받았으면 해서 하는 말이야. 조사는 좀 해봤나? 우리 쪽에서 넘어온 자료가 없어서 말이야."

김성호 팀장의 태도에 서장은 더 이상 말을 하지 않기로 했다. 그는 수사 국장에게 연락하겠다고 약속했다. 김성호 팀장은 알겠다고 하면서도 자신이 궁금한 부분을 물었다.

"혹시 서 내에서 특별수사팀에 합류할 사람이 저밖에 없나요?"

"지금 김 팀장밖에 할 사람이 없어. 제대로 사건에 대해 알려주지 않는데 누가 나서겠나? 그래도 소문은 참 빨라. 어떻게 알았는지 모두 입을 꾹 닫고 있다고 하더군. 본청에 연락하지. 김 팀장이 합류할 거라고."

서장이 나가보라고 손짓했지만 김성호 팀장은 여전히 소파에 앉아있었다. 서장이 의아한 표정으로 그를 바라봤다.

"무슨 할 말 있나?"

"괜찮다면 한 명 데려가고 싶습니다."

"지원자가 아닌데? 누가 갈 사람이 있을까?"

"제가 설득하겠습니다."

"본인이 나선다면 상관없지만, 자네 말을 들을지 의문이군."

서장은 암묵적으로 승낙했다. 어제부터 김성호 팀장은 특별수사팀에 데려갈 사람을 고민했었다. 생각 같아서는 수사팀 모두를 데려가고 싶었다. 오랫동안 함께 해서 손발이 잘 맞으니까. 하지만 그럴 수 없다는 걸 김성호 팀장은 알고 있었다.

분명 아무도 나서지 않을 것이다. 모두가 그렇게 생각했다. 하지만 김성호 팀장은 딱 한 명만은 다르다고 판단했다.

* * *

"굳이 저에게 부탁하는 이유가 있다면요?"

"자네가 여러 경험이 있으니까."

"그냥 그 이유 하나뿐인가요?"

김성호 팀장과 함께 이야기를 나누는 사람은 경제수사팀 소속 조기연 수사관이었다. 현재는 부서가 다르지만, 오랫동안 김성호 팀장과 일했던 경험이 있었다.

김성호 팀장은 조기연에게 음료를 건넸다. 날씨가 빠르게 추워졌다. 조기연은 날씨와 상관없이 늘 아이스 아메리카노를 고집했다. 조기연은 커피를 한 모금 마신 뒤 그에게 물었다.

"팀장님. 솔직히 어려운 부탁을 하시는 거 아시죠?"

"알지."

"그런데 여러 경험이 있다는 이유 하나만으로 저한테 팀을 꾸려보자고 하는 거, 앞뒤가 안 맞아요. 다른 이유가 있잖아요.”

틀린 소리는 아니다. 굳이 베테랑 수사관과 함께해야 한다면, 조기연 말고 더 경험과 역량이 많은 사람은 얼마든지 있다.

김성호 팀장이 조기연에게 부탁하는 이유는 따로 있다.

“자네 외삼촌, 몇 달 전에 쓰러졌다면서? 지방에서 농사를 짓는다고 했지?”

김성호 팀장의 말에 조기연의 눈썹이 꿈틀거렸다.

조기연이 김성호 팀장을 물끄러미 쳐다보며 낮은 목소리로 말했다.

“팀장님께서 말씀하실 일이 아닌데요. 개인적인 일이에요. 프라이버시라는 게 있죠.”

“만약 외삼촌이 쓰러진 이유가 이번에 내려온 공문과 관련이 있다면?”

조기연은 대답하지 않았다. 그의 외삼촌은 대구 근처에 꽤 큰 농지를 갖고 있었다. 농사꾼이지만 사업수단이 제법 있었고, 여동생인 조기연의 어머니를 경제적으로 자주 도와줬었다.

일찍 아버지를 여읜 조기연에게 외삼촌은 아버지 같은 존재였다. 어릴 때부터 조기연의 외삼촌은 그와 그의 어머니에게 많은 도움을 줬고, 때문에 고마움을 모르는 척 넘어갈 조기연이 아니었다.

그랬던 외삼촌이 갑자기 가을에 쓰러졌다. 지병이 있긴 했었으나 크게 걱정할 정도는 아니라고 외삼촌이 호언장담했었다. 그리고 그가 쓰러진 이유가 지병과는 전혀 관계가 없다는 걸 조기연은 알았다.

“근데 팀장님이 저희 외삼촌 일을 어떻게 아세요?”

“우리 경찰서에 내가 모르는 일도 있었나, 이 손이 부처님 손바닥이거든. 하하.”

술만 마시면 자신의 고민을 술술 털어놓은 조기연이다. 언젠가 김성호 팀장이 부서 회식에서 조기연의 이야기를 들은 적이 있었다.

조기연이 눈을 이리저리 굴리다 자신의 머리를 탁 때렸다.

"그놈의 술이 웬수지."

"조기연. 팀장 몰래 이번 사건에 대해 조사하고 있었다는 얘기는 들었어."

"그건 또 누가 말하던가요? 이놈의 부서는 보안이 없다니까."

"같은 팀 내에서는 말하지 않았으니까 걱정 마."

김성호 팀장이 가지고 있던 보고서를 테이블에 올려놓았다. 얼마 전에 있었던 수서역 사거리 차량 폭발사고와 평택 주유소 폭발사고, 그리고 형사과 윤창구 팀장이 조사한 가짜 석유제품에 대한 보고서였다.

"공문 내려온 다음에 이 보고서에 대해서 궁금해했다면서? 자네도 외삼촌 일이 이번 일과 관련이 있다고 생각해서 조사했었지?"

조기연에 대한 소식은 다름 아닌 윤창구 팀장이 알려준 것이다. 강구경찰서 마당발인 윤창구 팀장은 동료의 자잘한 개인사까지 모두 알고 있는 사람이다. 이럴 때 그가 도움이 되었다.

하지만 조기연은 본청에서 직접 꾸리는 수사팀에 들어가고 싶지 않았다. 조기연은 한숨을 내뱉었다.

"팀장님, 이번 일은 따로 조사하겠습니다. 아니면 제가 알아낸 정보를 팀장님께 알려드릴게요."

"혼자 수사하면 제대로 안 된다는 거 모르나? 이번 일이 얼마나 크게 진행되는데."

"알고 있어요. 하지만 팀에 들어가고 싶지는 않아요."

"왜?"

"어머니 때문에요. 저랑 남동생만 바라보고 있는데, 이렇게 위험한 일에 뛰어들겠다고 어떻게 말하겠어요? 저 경찰 된다고 했을 때도 반대했었어요."

"벌써 10년도 더 된 옛날이지."

"옛날 분이니까 하는 말이에요."

조기연의 상황을 이해했다. 이미 공문만 보고 이 일이 얼마나 위험한 일인지 많은 사람들은 알고 있었다. 김성호 팀장도 깊은 고민을 하지 않았던가. 조기연이 왜 나서려 하지 않는지 그도 알고 있다.

"그럼 아예 생각이 없나? 시간 없으니까 솔직해지자고."

"그냥 마음에 걸려요."

"외삼촌이 쓰러진 이유는 알아냈어?"

조기연이 고개를 저었다. 아마 게놈 C에 대해서 모르는 게 분명했다. 김성호 팀장은 자신이 조사한 정보를 그에게 털어놓았다.

"외삼촌이 쓰러진 이유는 게놈 C라는 독성물질 때문이야. 그 물질이 포함된 가짜 석유제품을 만드는 조직이 있고. 그놈들을 소탕해야지 자네도 마음이 편하지 않겠나?"

다시 한 번 조기연의 눈썹이 꿈틀거렸다. 아마 사건에 대한 자세한 내막은 모르리라. 김성호 팀장은 그 부분을 파고들었다.

"이번 사건 잘 해결하면 좋은 일이 있을 거야. 어머니에게나 외삼촌에게나 경찰이 국민에게 꼭 필요하다는 걸 보여줘야지."

"팀장님. 제가 알아낸 것도 알려드리죠."

조기연이 카페 내부를 쭉 둘러보더니 낮은 목소리로 김성호 팀장에게 말했다.

"저희 외삼촌이 있는 마을에서만 세 명이 쓰러졌어요. 외삼촌처럼 사지가 마비된 사람들이죠. 거기만 그런 줄 알아요? 그 근방에 있는 다른 시골에서도 똑같은 일이 발생하고 있어요. 그런데 웃긴 건 뭔지 알아요?"

김성호 팀장을 바라보는 조기연의 눈이 다소 사나웠다. 그가 더 낮은 목소리로 말했다.

"사람은 계속 쓰러지는데 이걸 말하는 언론사가 단 한 군데도 없어요. 벌써 몇 개월이나 지났는데 말이죠. 우리라고 다르지 않잖아요?"

언론에서 조사를 하지 않는 건 아니다. 하지만 윗선에서 조치를 했을 게 분명하다.

김성호 팀장의 예상보다 조기연은 훨씬 더 많이 조사했다. 그렇기 때문에 김성호 팀장은 조기연이 더 필요했다.

"지금이라도 늦지 않았어. 팀에 들어가면 사건의 실체에 더 쉽게 접근할 수 있다는 거 자네도 알잖아. 자네가 아는 정보랑 한국 석유관리공사에서 가지고 있는 정보를 합치면 더 쉽게 일할 수 있어."

"하지만 팀장님…."

"자네가 날 도와줬으면 좋겠어."

김성호 팀장의 부탁에 조기연은 머리만 긁적였다. 그는 남은 커피를 단숨에 마신 뒤 자리에서 일어났다.

밖을 바라보던 조기연이 한숨을 내뱉고는 김성호 팀장에게 물었다.

"얼마나 걸릴까요?"

"빠른 시일 내에 끝내야지. 자네 같은 피해자가 안 나오려면."

"짐 쌀 준비를 해야겠네요."

김성호 팀장이 자리에서 일어나 조기연의 어깨를 두드렸다. 조기연이 함께 한다면 김성호 팀장에게는 분명 큰 힘이 될 것이다. 서로의 수사스타일에 대해서 아는 사람 한 명 있고 없고의 차이는 크니까.

하지만 동시에 김성호 팀장의 어깨는 무거워졌다. 책임져야 할 사람이 한 명 생겼다는 뜻이다. 조기연 말고, 앞으로 더 많은 책임감이 그를 힘들게 할 것이다. 김성호 팀장 스스로도 예상하는 일이었다.

* * *

늦은 저녁, 두 남녀가 식사를 마친 뒤 걷고 있었다. 원래 두 사람은 식사 후 영화를 관람할 계획이었는데, 여자는 내키지 않는다면서 영화 보기를 거부했다. 남자가 이유를 물었지만 여자는 대답하지 않았다. 대신 그녀는 길을 걷다가 멈춰 서서 남자에게 말했다.

"우리 간단하게 술 한잔할까?"

"방금 저녁 먹었는데?"

"맥주 한 잔만 해. 할 얘기가 있어서 그래."

여자의 분위기가 심상치 않다는 걸 안 남자는 알겠다면서 앞장서서 걸었다. 그러면서 왜 자신의 애인이 이런 반응을 보이는지 궁금했다. 생각해보면 점심때부터 표정이 좋지 않았던 그녀였다.

혹시 두 사람이 사귀는 게 다른 사람들에게 들통 난 걸까. 이미 사귄 지 몇 개월이 지났지만, 아직 주변에서는 두 사람이 사귀는 걸 모르고 있었다. 무엇보다 두 사람이 입단속을 철저히 했고.

하지만 남자는 곧 생각을 바꿨다. 만약 사귀는 걸 알았다면 그냥 둘 주변 사람들이 아니었다. 능글맞게 다가와서는 물어볼 사람들이 수두룩하다. 그렇다면 다른 문제가 있는가? 혹시 자신의 잘못인가?

남자의 머릿속이 복잡해질 무렵, 여자는 남자의 손을 붙잡았다. 자신도 모르는 사이에 남자가 맥줏집을 지나갔기 때문이다.

"무슨 생각을 그렇게 해, 오빠? 얼른 들어가자."

"어? 어, 응."

가게에는 두 사람 말고 몇몇 사람들이 테이블에 앉아 맥주를 기울이고 있었다. 대부분 회사원이었고, 대학생으로 보이는 청년도 있었다. 안으로 들어온 여자가 구석진 자리에 앉았다.

여자는 오자마자 맥주 두 잔과 튀긴 쥐포 하나를 주문했다. 곧바로 맥주가 나오자마자 여자가 마셨다. 그 모습을 남자는 빤히 쳐다보며 잔을 홀짝였다.

맥주를 반 이상 마셨는데도 불구하고 여자는 아무 말을 하지 않았다. 남자는 답답해졌지만 인내심 있게 여자가 먼저 말을 꺼내길 기다렸다.

여자는 맥주를 거의 다 마시고 나서야 무겁게 입을 열었다.

"위에서 내려온 공문 있잖아."

"공문?"

"특별수사팀을 꾸린다는 공문 말이야. 본청에서 온 공문."

"그게 왜?"

남자의 말투가 다소 건조해졌다. 그 공문에 대한 소문은 평서경찰서에서도 빠르게 퍼지고 있었다. 서장과 직접 면담을 한 수사팀장들에게서 나왔고, 때문에 수사팀 모두가 선뜻 나서지 않으려고 했다.

"나 본청 특별수사팀에 갈 거야."

맥주를 마시던 전종진이 순간 들썩였다. 그는 맥주를 입에 한 모금 우물거린 채 백세정을 바라봤다. 그녀의 표정은 너무나 진지했다.

전종진이 얼른 맥주를 마신 뒤 백세정에게 물었다.

"그게 무슨 말이야? 왜 상의도 없이 그런 결정을 해?"

"미안해."

"미안하다면 다야? 지금까지 이런 적 별로 없었잖아."

전종진이나 백세정 모두 각자의 사생활을 최대한 침범하지 않았다. 이는 두 사람의 약속이었다. 그리고 서로 사귀는 걸 수사팀에서 모르니 각자 맡은 일에 대해서도 관여하지 않는 편이다.

그렇다고 큰일까지 서로에게 말하지 않는 건 아니다. 특히 이번 일 같은 경우처럼 말이다. 전종진이 어이가 없어 헛웃음을 내뱉었다.

"농담이지? 오늘 안 좋은 일 있었어?"

"아냐. 그리고 농담도 아니고."

"그럼, 정말 이유가 뭔데?"

백세정이 쉽게 대답하지 못했다. 전종진은 이제 그녀의 태도에 답답함을 느껴 표정을 숨기지 못했다. 그의 표정을 읽은 백세정이 입을 우물거리기만 했다.

전종진은 이제 맥주잔을 잡지 않았다. 팔짱을 낀 채 자신의 애인을 바라보기만 했다. 본청 특별수사팀에 합류할 이유를 아무리 고민해봤지만, 당최 떠오르지 않았다.

그녀의 실적이 부족한가? 아니다. 아직 초짜 수사관이었을 때, 조직폭력배들이 시공사를 협박해 아파트 창호 공사를 하도급받아 부당이득을 취한 적이 있었는데, 그녀가 한 조직폭력배가 운영하는 사무실에 경리로 위장 취업하여 그 정보를 탐지하여 일망타진하게 한 적이 있었다.

덕분에 백세정은 매우 뛰어난 수사관으로 인정받았다. 물론 사람들이 그녀를 좋아하는 이유 중 하나엔 외모도 한몫했다. 경찰서에서 가장 예쁘다고 소문난 그녀에게 커피나 식사를 대접하려는 젊은 경찰들이 많다는 건 쉬쉬할 문제도 아니었다. 물론 몰래 사귀고 있는 전종진 입장에서는 속이 뒤집힐 일이었지만.

어쨌든 실적 문제는 없다. 전종진은 머릿속에서 온갖 잡다한 생각이 떠돌다가 한 가지 생각이 떠올랐다.

"설마 진급 때문에 그래?"

백세정은 대답 대신 남은 맥주를 마셨다. 전종진은 허, 하며 일부러 소리를 내뱉었다. 그건 백세정이 들으라고 내뱉은 소리였다.

"너 아직도 미련 못 버렸어?"

"…맞아."

"그거 이미 끝난 얘기잖아?"

백세정은 대답하지 않았다.

아직 사귀는 걸 주변 사람들에게 말하지 않았으나, 전종진과 백세정은 어느 정도 결혼을 염두에 두고 만나고 있었다. 전종진이 35살, 백세정이 33살이었으니 결혼에 대한 이야기가 오가는 건 서로 예상한 일이었다.

그리고 전종진은 내심 결혼을 하면 백세정이 일을 그만두길 바랐다. 경찰이라는 직업 때문이었다. 지금까지 전종진은 결혼날짜가 잡히면 백세정이 일을 그만두는 게 어떠냐고 은밀히 말한 적이 몇 번 있었다.

그럴 때마다 백세정은 대답을 회피하거나 미루었다. 전종진은 백세정의 태도에 걱정이 들었지만, 그래도 자신의 뜻을 어느 정도 이해했으리라 짐작했다.

하지만 그건 자신의 잘못된 짐작에 불과했다. 전종진은 심각한 표정을 숨기지 않은 채 백세정에게 말했다.

"내가 무슨 말을 할지 알지?"

"알아."

"그런데도 할 거야?"

"어."

"어? 지금 어, 라고 했어? 본청에서도 쉬쉬하는 문제를 그렇게 뛰어들겠다고? 진급하려고?"

전종진의 목소리가 점점 높아지자 주변에 있던 사람들이 그를 쳐다봤다. 두 사람 모두 주변 사람들의 시선에도 아랑곳하지 않았다. 백세정이 결심한 표정으로 전종진에게 말했다.

"나, 포기 못 하겠어. 오빠랑 만나는 동안 고민하고, 또 고민했어. 그리고 여기 올 때까지도 고민했어. 나, 큰 사건 담당해보고 싶어. 내 커리어를 위해서라도."

"그렇게 고민했으면서 왜 나한테는 말하지 않았어? 우리가 가벼운 사이도 아니잖아?"

"가벼운 사이는 아니지만, 오빠는 내가 일을 그만뒀으면 하잖아. 그런데 나는 그러고 싶지 않아."

"일을 선택하겠다고? 그럼 결혼은? 지금 나랑 헤어지자는 거야?"

"그런 뜻이 아니야."

"네 행동이 이기적이니까 하는 말이야."

대화가 진행되지 않을 거라는 걸 백세정은 예상했다. 무엇보다, 백세정은 전종진이 자신의 행동을 이해하지 못한다면 헤어질 각오도 하고 있었다.

"난 아직 내 일이 더 좋아. 내 커리어가 중요하다고 생각해."

경찰, 그리고 여자. 영화에서나 드라마에서나 여자 경찰은 카리스마가 넘치는 인물이 아니다. 항상 일을 보조하는 역할을 담당했고, 어떨 때는 팀 내에 짐이 되기도 했다. 거친 생활을 하는데 괜찮겠냐는 말을 수십, 수백 번 들었다.

그런 말을 듣고 싶지 않아서 백세정은 많은 노력을 했다. 단거리 육상선수 출신이라는 타이틀이 퇴색되지 않기 위해 자기 관리를 철저히 했다. 사건 수사에도 적극적으로 나섰다. 그래서 다른 이들에게 인정받았다.

적어도 처음에는 그런 줄 알았다. 하지만 커리어를 쌓기 위해 고군분투할 때마다 돌아오는 시선은 한결같았다. 이제는 나이가 있으니 결혼해야 하지 않겠냐는 그 말은 비수처럼 날아와 가슴에 꽂혔다.

그리고 봄부터 사귀었던 전종진의 생각도 다른 이들과 크게 다르지 않았다. 아예 결혼하면 일을 그만두라는 생각이 전제조건으로 깔려 있었다. 백세정은 그게 불편하다고 말하고 싶었지만, 그래도 자신을 생각하는 마음이라며 대답을 미루었다.

하지만 이제 미룰 수 없다. 결혼? 물론 중요하다. 하지만 커리어가 더 중요했다. 그래서 본청에서 내려온 공문을 처음 봤을 때 크게 고민하지 않았다. 위험한 사건이고, 죽을 수도 있다는 소식이 은밀히 퍼졌지만 위험은 경찰에게 흔했다.

백세정이 자리에서 일어나려 했다. 전종진은 얼른 그녀의 팔을 붙잡았다. 하지만 백세정은 그의 손길을 뿌리쳤다.

"더 할 말 없어. 난 내가 생각하는 대로 움직일게. 그걸 이해해달라고 하지 않을게."

"그게 네가 하고 싶은 말이야?"

"응."

미안하다고 해야 할까. 백세정은 잠깐 고민했다. 그래도 자신을 좋아하는 사람이지 않은가. 하지만 쉽게 입이 떨어지지 않았다.

일어난 백세정은 전종진을 내려다봤다. 그리고 전종진은 그녀를 올려다봤다. 서로를 바라보는 눈길이 말없이 서로를 교차했다. 이제 주변 사람들은 두 사람에게 관심을 거두었다.

백세정이 가방을 들고 나가려는데, 전종진은 나지막이 말했다.

"그럼 나도 신청할게."

전종진의 말을 백세정은 똑똑히 들었다. 백세정은 눈을 동그랗게 뜨다 이내 고개를 저었다.

"그럴 필요 없어. 오빠가 왜 나서?"

"네가 하니까."

"내 문제야."

"네가 위험한 일을 한다는데 내가 어떻게 가만히 있어? 나 이렇게 너랑 헤어지기 싫어. 그러니까 같이 움직여."

"…미안해."

"대신 끝나고 다시 진지하게 얘기해. 알겠지?"

전종진도 자리에서 일어났다. 그는 먼저 계산을 한 뒤 맥줏집을 나섰다. 그 뒤를 백세정이 따라나섰다.

밖으로 나오니 찬바람이 맹렬히 불었다. 백세정의 단발머리가 거칠게 휘날렸다.

팀
블랙

붉은 산 속 하얀 건물

백 회장의 사무실로 정장을 입은 거구 박 사장이 나타났다. 백 회장은 소파에 앉아 지난달 매출보고서를 보고 있었다. 그 옆에 미모의 비서가 서 있었다. 몸에 착 달라붙은 원피스에 웨이브를 넣은 머리를 한 비서는 박 사장을 보며 싱긋 웃었다.

하지만 박 사장은 비서의 웃음에 화답할 겨를이 없었다. 그는 웃음기 하나 없는 얼굴로 백 회장에게 말했다.

"못 찾았습니다."

"파주에 없는 건 확실하나?"

"그렇습니다."

"그럼 서울은?"

"서울은 아직 다 뒤져보지 못했습니다. 하지만 빠른 시일 내에 찾아보겠습니다."

"그래야지. 우리 박 사장이 수고해야지."

백 회장이 웃으며 말했다. 이어 그는 박 사장에게 파주와 분당, 그리고 의정부 등 경기 북부 지역도 찾아보라고 지시했다.

"파주랑 분당은 이미 다녀왔습니다."

"그래도 한 번 더 봐. 문어 그놈, 멀리 움직일 놈 아냐. 무슨 생각으로 숨었는지 모르겠지만, 문어 대가리가 잠수 타면 우리도 골치 아프다고. 그 녀석이 얼마나 중요한 사람인지 박 사장도 잘 알잖아?"

"알겠습니다."

"나가 봐."

백 회장이 손짓하면서 노골적으로 비서의 다리를 쓰다듬었다. 비서는 반항하지 않고 그대로 서 있었다. 박 사장은 백 회장의 행동에도 아랑곳하지 않았고, 사무실에서 나가지 않았다.

"또 무슨 할 말 있나?"

"사무실에 이상한 놈들이 왔다가 갔다고 합니다."

박 사장의 보고에 백 회장은 비서의 엉덩이를 두드리며 나가라고 지시했다.

두 사람만 남은 사무실에서, 백 회장이 눈을 가늘게 뜬 채 박 사장에게 다시 물었다.

"누가 냄새를 맡았다는 거야?"

"아직 확실한 건 아닙니다. 그런데 파주 사무실로 누가 다녀왔다고 하더군요. 남자 둘이었고, 사무실에 아무도 없냐고 물어봤다고 했어요."

박 사장은 건물 관리인에게 들은 이야기를 그대로 백 회장에게 보고했다. 차돌반 이사를 쫓아 움직이던 박 사장은 파주와 분당 사무실에 다녀왔다. 드나드는 사람이 없는 사무실인데, 갑자기 사람들이 찾아왔다고 하니 박 사장은 의심이 들 수밖에 없었다.

백 회장이 귀찮다는 듯 머리를 쓸어 넘겼다. 이런 일이 없었던 건 아니었다. 돈 냄새를 맡고 파리처럼 꼬이는 놈들이 한두 번 있었다. 그럴 때마다 박 사장이 잘 처리했었다.

"누구인지 짐작도 안 가나?"

"CCTV를 돌려봤는데 다른 조직은 아닌 것 같아요. 그렇다고 문어 대가리 쪽도 아닌 것 같고."

"경찰이었나?"

"경찰은 아닌 것 같아요. 뭔가 허술해요."

"어쨌든 누가 우리 사무실을 들쑤시고 있다는 거지?"

바보처럼 당할 백 회장이 아니었다. 그는 자신의 사업수단에 대한 자부심이 대단했다. 이 사업을 위해 얼마나 많은 시간과 돈을 투자했는가. 그는 콧방귀를 뀌며 말했다.

"그래도 다들 입단속은 시켜야 하겠군. 요새 슬슬 기어오르는 꼴도 보기 싫었는데 잘 됐어."

"그럼 전 문어 대가리를 빨리 찾겠습니다."

"그 자식이 문제야. 빨리 찾아. 뒤에서 무슨 짓을 할지 모르는 놈이니까."

박 사장은 고개를 끄덕인 뒤 사무실을 나갔다. 백 회장은 이어 자신이 가지고 있는 전화번호부를 꺼냈다. 약 30개의 전화번호가 적힌 수첩이었다. 요새는 핸드폰에 저장만 하면 전화번호를 관리할 수 있지만, 백 회장은 아날로그 방식을 선호했다.

그는 30개의 전화번호를 천천히 훑다가 그중 몇 개의 번호를 손가락으로 가리켰다. 며칠 전에 함께 골프를 쳤던 임원들이다. 또한 각 지역을 관리하는 보스들이기도 했다.

"멍청한 놈들."

백 회장이 중얼거리며 그중 한 명의 전화번호를 눌러댔다. 통화음이 울리다가 핸드폰 너머로 낮은 목소리가 들렸다. 백 회장은 그에게 무어라 말한 뒤 곧바로 통화를 끝냈다. 그리고 다른 이에게 다시 전화를 걸어 짧게 통화를 걸었다.

총 다섯 명에게 연락을 돌린 뒤 백 회장이 사무실에서 일어났다. 고급스러운 소파와 책상, 그리고 두툼한 서류철이 몇 개 꽂혀 있는 책장으로 꾸며진 사무실이었다. 화초 몇 개가 있었으나 백 회장은 관리하지 않았다. 비서가 수시로 물을 갈아주었지만 그는 단 한 번도 신경 쓰지 않았다.

화초만 신경 쓰지 않는 게 아니다. 백 회장은 자신과 함께 하는 누구에게도 신경 쓰지 않았다. 합법적이든 불법적이든 가리지 않고 오직 돈이 되는 일과 자신의 쾌락에만 관심이 있었다. 양심이나 도덕성 같은 건 그에게는 큰 사치였다.

그런데 누가 쫓아온다고? 또 돈 냄새를 맡은 동네건달일까? 그것도 아니라면?

"조심할 필요는 있겠지."

백 회장이 고개를 이리저리 흔들었다. 두둑, 하며 뼈마디 부딪히는 소리가 들렸다.

곧 비서가 사무실로 들어갔다. 백 회장은 코트를 입으며 비서에게 지시했다.

"차 대기 시키라고 해."

"그럼 아까 그 일은 어떻게 할까요?"

"무슨 일?"

"사업장에서 쓰러지는 사람들 말이에요."

비서의 말에 백 회장은 반응하지 않았다. 지난달 매출보고 외에 비서는 사업장 문제를 보고했다. 최근 각 지역에 있는 사업장에서 일하는 외국인노동자들이 갑자기 쓰러지는 일이 발생한다는 보고가 들어왔다.

특히 경상도와 충청도 사업장에서 이런 일이 발생했다. 전라도는 차돌반 이사가 관리하는데, 그가 없으니 전라도에서 무슨 일이 있는지 보고되지 않았다.

비서가 다시 물었다.

"어떻게 할까요?"

"사람이 없으면 또 다른 놈을 부르면 되잖아. 돈 주는데 일할 놈들은 얼마든지 있어. 내가 왜 그런 것까지 신경 써야 하지?"

"그건 그렇죠."

"당연한 일이야. 돈이나 잘 보내라고 해야겠군. 차질이 생기면 안 되니까."

사람이 없다고 사업이 제대로 돌아가지 않는 꼴을 보고 싶지 않았다. 사업이 안 돌아가면 그만큼 들어오는 수입이 줄었다. 수입이 줄어든다는 건 수중에 들어오는 돈이 적어진다는 뜻이다. 그걸 그냥 두라고?

백 회장은 지역 보스들에게 다시 한 번 경고를 해야겠다고 마음먹었다.

"골프장에서 그렇게 경고를 했는데. 정말 쓸모없는 자식들이야."

백 회장이 사무실을 나갔다. 비서는 그를 쫓아가지 않았다. 대신 사무실 불을 모두 끈 뒤 그녀는 어디론가 모습을 감추었다.

* * *

"아니, 무슨 수사본부를 이런 곳에서 꾸렸대요? 그렇게 쓸 만한 곳이 없나?"

"딱 봐도 모르겠어? 주변이 산이고 사람들도 거의 오지 않는 곳이야. 그만큼 보안을 지키겠다는 거지."

"그놈의 보안은. 그래도 단풍도 붉게 물들고, 공기도 좋네요."

김성호 팀장과 함께 온 윤창구 팀장이 주변을 둘러보며 투덜거렸다. 하지만 김성호 팀장은 경찰청에서 이미 들은 게 있어서 크게 신경 쓰지 않았다. 빨리 사건을 해결하고 다시 자신이 일하던 강구경찰서로 돌아가길 바랐다.

김성호 팀장이 특별수사팀에 지원했다는 소식에 수사국장은 용인에 수사본부를 만들었으니 그곳으로 집결할 것을 지시했다. 집에 있는 옷가지와 부서 내에서 사용하고 있던 자료 등 몇 가지만 챙겼다. 개인용품 외에 수사에 사용될 물품은 모두 본청에서 지원했다.

용인 수사본부는 과거 전의경부대가 사용한 시설이었다. 건물도 크고, 주차장도 넓었다. 적어도 백 명은 사용할 수 있는 건물이었다.

김성호 팀장은 짐을 챙기며 윤창구 팀장에게 물었다.

"그런데 넌 비번이라고 해도 이렇게 용인까지 와도 돼? 집에서 걱정하겠는데."

"언제 내가 마누라 말 들었어요? 나 그리 공처가 아니요. 그리고 집에 있으면 돈 없다고 바가지만 긁을 텐데요."

수사본부로 들어가는 날에 굳이 따라오겠다면서 윤창구 팀장이 개인 차량까지 끌고 왔다. 속이 깊은 건지, 아니면 놀러 온 건지 속내는 알 수 없었다. 그런 윤창구 팀장을 보며 김성호 팀장은 한숨이 나왔다. 어쩌면 둘 다일 수도 있고.

"이제 가 봐. 괜히 돌아다니다가 사람들 눈에 띄면 그렇잖아."

"그래 봐야 다 같은 경찰이잖아요? 그나저나 기연이는 어떻게 꼬셔서 데리고 왔어요? 그 녀석이 머리가 빠르게 돌아가서 정보 파악은 잘하는데, 그래서 데려오기 쉽지 않았을 것 같은데."

"다 방법이 있지. 그만 떠들고 어서 가 봐."

윤창구 팀장은 마지막으로 몸 건강하라고 말한 뒤에 수사본부를 빠져나갔다. 김성호 팀장은 챙겨온 가방을 바닥에 아무렇게나 내려놓은 뒤 조기연을 기다렸다. 동시에 그는 들고 있던 서류를 훑어봤다.

김성호 팀장이 훑어보는 서류는 함께 일할 특별수사팀 수사관에 관한 신상기록이었다. 이름과 나이, 소속 경찰서 외에 주특기나 경력 등이 간단하게 적혀 있었다. 하지만 김성호 팀장은 서류만으로도 대충 누굴 어떻게 움직여야 하는지 파악이 되었다.

"팀장님, 얼마나 집중하면 사람이 부르는데도 대답을 안 해요?"

한참 뒤에 조기연이 캐리어를 이끌고 김성호 팀장 옆에 섰다. 김성호 팀장은 조기연과 가방을 눈길로 보더니 물었다.

"차는 안 가져왔나?"

"어머니께서 써야 한다고 해서 그냥 왔어요. 팀장님은요?"

"형사과 윤 팀장이 태워다줬어."

"여기까지 오셨어요? 하긴, 두 분 친하시잖아요."

조기연이 슬쩍 다가와 김성호 팀장이 보고 있던 서류를 훔쳐봤다. 신상기록이라는 걸 안 조기연은 고개를 갸웃거리더니 물었다.

"특별수사팀 인원이에요? 총 몇 명이에요?"

"듣기로는 15명이라고 했어. 하지만 나랑 자네가 직접 부딪힐 사람은 서너 명이겠지."

"괜찮은 사람은 있어요?"

"대부분 본청 출신이야. 거기도 억지로 왔겠지."

김성호 팀장의 말에 조기연은 허어, 하면서 헛웃음을 내뱉었다. 하지만 김성호 팀장의 표정은 심각했다. 사람이 없다고 예상은 했지만, 그래도 이렇게 없을 줄이야.

어쨌든 팀은 꾸려야 하니 본청에서 압박을 줬을 것이다. 상당수가 울며 겨자 먹기로 지원했을 것이라고 김성호 팀장은 판단했다.

"그래도 여기 둘은 좀 괜찮겠네요."

조기연이 두 사람을 가리켰다. 한 사람은 전종진, 다른 한 사람은 백세정이었다. 김성호 팀장이 물었다.

"이유는?"

"평서경찰서 출신이잖아요. 주유소 폭발사고에 대해 분명 알고 있을 거예요."

"그거 하나 때문에?"

"설마요. 여기 보세요. 경력도 괜찮네요. 여자는 육상선수 출신에 무에타이 전국대회 우승했어요. 거기다 재작년 무도대회에서 체포술 2위도 했네요? 예쁘장하게 생겼는데 실력이 대단하네요."

"흔한 여경은 아니네."

"남자들 중에서도 흔하지 않죠. 그리고 전종진 이 친구도 괜찮네요. IT 프로그램 교육 과정도 수료하고. 첨단과학 교육 과정 수료는 뭐에요? 기계 만지는 교육인가?"

"이런 게 여기서 소용이 있으려나?"

"다 생각이 있어서 특별수사팀에 소집됐겠죠. 저도 추적수사하고 SI2 프로그램 이수했잖아요. 그리고 통장 거래내역은 저한테 맡기세요."

"너 그런 교육도 이수했었어?"

"그거 알고 저랑 같이 일하자고 한 거 아니에요?"

"아니, 너 유도 좀 하잖아. 그래서 힘쓸 때 있나 싶어 데려온 건데?"

"뭐요?"

조기연은 어이가 없다는 표정으로 김성호 팀장을 바라봤다. 물론 조기연이 뛰어난 수사관이라는 건 알고 있었다. 그렇지 않으면 같이 특별수사팀에 지원하자고 권유했겠는가.

김성호 팀장은 서류를 접어 가방에 넣으며 말했다.

"정확한 건 만나봐야 알지."

종이는 정보에 불과하다. 사람은 직접 만나서 판단하는 게 좋다. 김성호 팀장이 오랫동안 경찰로 일하면서 터득한 경험이다.

김성호 팀장과 조기연에 이어 속속 사람들이 도착했다. 개인차량으로 온 사람도 있고, 조기연처럼 캐리어나 가방 같은 걸 들고 걸어오는 이도 있었다.

얼마 지나지 않아 경찰청 소속 차량들이 도착했다. 사람들이 각종 장비를 차에서 내려 수사본부로 운반했다. 조기연이 그 모습을 보더니 나지막이 휘파람을 불었다.

"이거 생각보다 크게 움직이네요."

"총책임자가 총리잖아. 그러니까 확실히 준비하겠지."

경찰청 소속 차량들 사이로 수사국장의 차도 있었다. 수사국장은 김성호 팀장을 발견하고는 그에게 악수를 건넸다.

"여기서 보게 되니까 좋네요. 곧 청장님도 도착하실 겁니다."

"아직 준비가 다 된 건 아닌 것 같네요."

"본청에서 이것저것 준비하느라 바빴어요. 사람 모집하는 게 가장 힘들었죠. 이미 예상했겠지만 지원자가 많지 않았어요. 시간이 부족했죠."

"시간의 문제가 아닙니다. 사건을 맡고자 하는 열의가 있어야죠."

모두가 굳은 표정으로 움직였다. 어수선한 분위기와 달리 사람들 사이를 오가는 공기는 차가웠다. 이대로 움직인다면, 수사는 난항을 겪게 될 것이다.

"그만 들어가죠. 청장님이 오시면 팀장님을 호출할 겁니다."

수사국장이 먼저 수사본부로 들어갔다. 그 뒤를 김성호 팀장과 조기연이 따라가려는데, 한 남자가 막 수사본부에 도착했다. 큰 키에 다부진 체격, 짧은 머리를 한 남자는 누군가와 연신 통화를 하고 있었다.

"알았으니까 그만 끊어. 나 지금 바쁘다니까? 아, 나중에 통화할게. 나 지금 중요한 사건 맡았다고 말했… 아니, 왜 소리를 질러?!"

남자는 꽥 소리를 질렀다. 주변에 있던 사람들이 그를 힐끗 쳐다봤다. 남자의 목소리는 김성호 팀장과 조기연에게도 들렸다.

조기연은 그를 바라보더니 허어, 하며 한숨을 내뱉었다.

"저 친구는 어디 소속인지 알아요? 설마 특별수사팀에 지원한 사람인가?"

"본청에 있던 양승연이라는 친구야. 본청에서 일한 지 얼마 안 됐다고 하던데."

"아니, 이런 일에 왜 저런 초짜를 끌어들였대요?"

"말 함부로 하지 말고. 이번 사건을 아무한테나 맡겼겠어?"

"팀장님이 갖고 있는 서류 좀 보여주세요. 저 녀석은 뭐 하는 놈이에요?"

조기연이 김성호 팀장의 서류를 훑어봤다. 분명 양승연이라는 수사관이 특별수사팀에 지원했다. 조기연은 눈을 가늘게 뜨며 중얼거렸다.

"경찰대학 출신. IT 관련 학과 석사 수료. 컴퓨터공학 및 스마트기기 보안 프로그램 교육 수료. 저 녀석은 공대생인데요?"

"우린 경찰이야."

"썰렁 개그 좀 해봤어요. 경찰대학에 저런 녀석은 꼭 있어요. 남들이랑 약간 다른 케이스. 그래도 검도할 시간은 있었나 보네, 4단이에요."

"너 언제부터 그렇게 남 품평하는 일을 했어?"

"첫눈에 딱! 한눈에 알아보는 게 수사관이잖아요."

"그걸 편견이라고 하는 거야. 수사관이 버려야 할 첫 번째 덕목."

"그래도 같은 팀으로 일하고 싶은 생각은 없네요."

"왜? 너보다 잘생겨서…? 젊은 패기에다 열의까지 있어 보여서 좋네."

김성호 팀장이 미소를 머금으며 조기연의 어깨를 두드렸다. 아주 잠깐이지만, 조기연은 특별수사팀에 지원한 걸 후회했다.

* * *

수사본부에 경찰청장이 도착했다. 청장 외에 산자부 제2차관, 한국 석유 관리공사 탁재준 이사장, 그리고 현장대응팀 유 팀장이 참석했다. 청장은 비장한 태도로 소집된 특별수사팀 인원들에게 부탁했다.

"이번 사건은 국내에서 보기 드문 대형 참사를 동반한 대기환경오염사건임은 물론이고, 매우 위험한 일입니다. 그만큼 우리의 임무가 막중합니다.

이 사건의 조속한 해결을 위해서 모든 분에게 각고의 노력을 부탁합니다."

청장의 말을 듣는 사람들은 무표정한 얼굴로 서 있었다. 김성호 팀장이 그들을 바라봤다. 이미 사건에 대해 아는 사람이 있을 것이고, 그렇지 않은 사람도 있을 것이다. 하지만 특별수사팀에 모인 이상, 사건이 해결될 때까지 이들과 함께 움직여야 했다.

사건의 규모가 크면 클수록 혼자 해결하는 건 불가능하다. 협력이든 공조든 모든 방법을 동원해야 하고, 서로의 손발이 잘 맞아야 했다. 서로 다른 소속으로 일했을지언정 지금은 한 팀이다. 김성호 팀장은 이 점을 분명히 하고 싶었다.

이어 청장과 수사국장, 제2차관과 탁재준 이사장, 유 팀장, 그리고 김성호 팀장이 회의실에 모였다. 청장은 김성호 팀장을 보며 말했다.

"김 팀장님의 어깨가 무겁겠네요. 하지만 잘하시리라 믿습니다. 전에 말했던 대로 이번 사건은 한국 석유관리공사와 공조할 예정입니다."

청장이 옆에 앉은 탁재준 이사장을 슬쩍 바라봤다. 이윽고 탁재준 이사장이 김성호 팀장에게 말했다.

"한국 석유관리공사에서는 이미 뉴 제녹스에 대해 조사를 하고 있습니다. 현장대응팀이 조사하고 있죠. 그렇지요, 유 팀장님?"

유 팀장이 고개를 끄덕이며 김성호 팀장을 바라봤다. 김성호 팀장과 눈이 마주쳤다. 두 사람은 이번 사건을 맡으면서 서로 자주 만날 것이라고 직감했다.

유 팀장은 미리 준비한 보고서를 나누어줬다. 뉴 제녹스에 대한 분석표를 비롯하여 현재 한국 석유관리공사에서 진행한 조사에 대한 보고서였다.

"뉴 제녹스를 구성한 가장 큰 원료는 용제입니다. 용제는 어떻게 사용하느

나에 따라 세부적으로 나눌 수 있습니다. 그중 뉴 제녹스에서 검출된 용제는 용제 6호와 용제 12호입니다. 용제 외에 메탄올과 솔벤트 등이 혼합된 혼유가 제녹스였죠."

한국 석유관리공사의 설명에 따르면 용제 6호와 용제 12호는 용제품질기준이 개정된 2009년부터 새로 만들어진 제품이다. 보통 등유나 경유와 비슷한 제품인데, 윤활유, 잉크 제조원료 등으로 사용되는 제품이다.

"제녹스 사태 이후에 용제 6호와 용제 12호가 사용되는 경우는 아주 적습니다. 사용 범위에 한계가 있으니까요. 하지만 2010년부터 꾸준히 구매량이 늘어 오다가 3년 전부터는 3배로 대폭 증가했습니다."

"모두 뉴 제녹스에 사용되는 경우였나요?"

유 팀장이 고개를 끄덕였다. 한국 석유관리공사가 용제 6호와 용제 12호에 주목하는 이유도 여기에 있다.

"하지만 뉴 제녹스는 여기에 몇 가지 성분이 더 포함되어 있습니다. 바이오 메탄올과 같은 성분들이 그렇죠. 각 성분만 따지고 보면 큰 문제가 없습니다. 하지만 혼합과정에서 발생하는 화학성분이 문제죠. 그중 하나가 바로 '게놈 C'입니다. 한마디로 뉴 제녹스는 끔찍한 혼합유라는 거죠."

산자부 제2차관이 보고받은 정보를 회의실에 있는 사람들에게 알려줬다.

"칠곡과 구미를 비롯한 경남, 경북, 그리고 충남 지역에서 게놈 C가 계속 발견되고 있습니다. 이로 인한 사상자만 이번 달을 기준으로 230여 명이 넘었어요. 달리 말하면, 전국 각지에서 뉴 제녹스를 제조하는 조직이 있다는 거죠."

"한국 석유관리공사에서는 주원료인 용제를 취급하는 기업들을 조사했습니다. 가장 많은 용제를 구매한 기업들을 위주로 조사했고, 의정부와 분당,

파주 등 네 군데의 업체를 조사했습니다. 하지만 모두 페이퍼 컴퍼니였죠."

한국 석유관리공사 탁재준 이사장의 말에 김성호 팀장은 고개를 옆으로 움직였다. 용제를 구입한 회사가 그것을 어떻게 취급했는지 확인하지 못했다는 말이기도 했다.

김성호 팀장의 반응을 보던 수사국장이 물었다.

"궁금한 게 있나요, 김 팀장님?"

"그럼 용제 판매를 잠시 중단하는 건 안 되나요?"

그러자 탁재준 이사장과 유 팀장의 표정이 묘하게 바뀌었다. 사람의 표정으로 반응을 읽는 게 쉬운 김성호 팀장은 그게 어려운 일이라는 걸 직감했다.

"2009년 제녹스 파동 때였다면 가능했을 겁니다. 하지만 지금은 불가능하죠. 갑자기 용제 수급을 끊으면 먼저 뉴 제녹스를 제조하는 업체에서 상황이 어떻게 돌아가는지 눈치를 챌 겁니다."

"언론사나 시민단체에서도 가만히 있지 않을 겁니다. 용제로 만들어진 뉴 제녹스가 암암리에 유통되고 있는데, 거기서 독성물질이 발생하여 사상자가 발생했다고 언론사에서 떠들어대면…."

결국 조용히 움직일 수밖에 없다는 뜻이었다.

정확한 수사 방향과 향후 진행에 대해서는 특별수사팀과 한국 석유관리공사가 정해야 했다. 경찰청장과 수사국장, 제2차관이 일어나려 하자 김성호 팀장이 말했다.

"개인적으로 드릴 말씀이 있습니다."

김성호 팀장의 부탁에 세 사람이 서로의 얼굴을 바라봤다. 청장이 물었다.

"무슨 일이 있나요?"

"향후 저희 수사팀의 사건 진행에 있어서 꼭 필요한 일입니다."

김성호 팀장의 모습에 유 팀장은 자신이 빠져야 할 일이라는 걸 알았다. 그는 탁재준 이사장과 함께 잠시 회의실을 빠져나갔다.

두 사람이 회의실을 나간 뒤, 수사국장은 김성호 팀장에게 물었다.

"따로 해야 할 말인가요?"

"나중에 말씀드리려고 했지만, 오늘 소집된 수사관들을 보고 말씀드려야 할 것 같아서요."

"그게 뭡니까?"

"본청 소속 수사관을 제외한다면 각 서에서 지원한 사람은 서넛 명 남짓입니다. 대부분 본청에서 지원했죠."

"그게 문제가 되나요?"

"압박 때문에 억지로 지원한 이들도 있다고 판단됩니다."

김성호 팀장은 청장과 수사국장을 번갈아 보며 말했다. 수사국장은 불편한 기색을 숨기지 않았다. 제2차관은 세 사람을 보며 조용히 듣고만 있었다.

수사국장이 먼저 나섰다.

"팀을 운영하는 데 있어 어려움이 있을 거라는 건 나도 예상합니다. 하지만 그에 대해서는 적절한 보상과 조치가 있을 겁니다."

"그 부분에 대해서 말하고 싶습니다. 이번 사건에 대한 보상이 있는지 아는 사람이 얼마나 되죠?"

당연하지만 김성호 팀장도 사건에 대한 보상이 있는지 몰랐다. 청장과 서장의 부탁, 그리고 퇴직 전에 마지막으로 큰 사건을 해결하겠다는 의지가 다였다.

하지만 그건 김성호 팀장에게만 해당되는 말이다. 당장 조기연만 하더라도 원래 특별수사팀에 지원하지 않으려고 하지 않았던가. 그러니 다른 이들도 크게 다르지 않을 것이라고 김성호 팀장은 판단했다.

"그럼 김 팀장님은 요구하는 게 있습니까?"

"요구라는 단어가 적절한지 모르겠지만, 그렇게 받아들인다면 저도 할 말이 없습니다. 하지만 수사팀이 사건을 해결하기 위해서는 필요한 부분이 있다고 생각합니다. 첫 번째는 이번 사건에 당근이 될 1계급 특진을 공약해주셨으면 좋겠습니다. 대부분 타의에 의해서 목숨을 담보하고 오게 되었으니까요."

"그게 답니까? 아니면 특별휴가나 금일봉을 달라고 하지요?"

"두 번째는 보고 방식입니다. 특별수사팀이 수사를 하면 누구에게 보고를 하지요? 수사국장님입니까? 아니면 청장님이십니까?"

"그거야 청장님 직할 팀이니 청장님께 보고해야죠."

"전 총책임자인 총리님께도 보고해야 한다고 생각합니다."

김성호 팀장의 요구에 청장을 비롯한 수사국장과 제2차관의 눈이 동그랗게 변했다. 하지만 김성호 팀장은 보고라인을 분명하고 확실하게 정해야 한다고 믿었다. 차후 야기될 수 있는 책임소재에 대한 문제도 염두에 두어야 했다.

"특별수사팀의 진행에 대해 확실히 정하길 바라서 요구하는 겁니다. 이번 사건의 총책임자는 총리님이고, 그러니 사건의 보고를 단순화하면서 직권을 강화해야 한다고 판단합니다."

"난 김 팀장님의 말이 일리가 있군요. 그 부분은 총리님께 보고하죠."

제2차관이 거들었다. 청장과 수사국장은 민감한 문제이므로 대답을 미루려고 했지만, 제2차관이 동의했으니 일단 보고하는 거로 결정했다.

제2차관은 김성호 팀장의 태도가 마음에 들었다. 솔직히 특별수사팀이 소집되는 모습만 보면 다소 부산스러웠다. 과연 팀이 제대로 운영이 될지 걱정이었는데, 김성호 팀장의 딱 부러지는 모습에 어느 정도 걱정을 덜었다.

"그리고 또 없나요?"

"예. 마지막 내용이 제일 중요한 사항입니다. 수사 과정에서 사용될 현장침투복이 있었으면 좋겠습니다. 방화복이나 방탄복같이 특수상황에서 사용할 수 있는 옷이요."

갑작스러운 현장침투복 요구에 세 사람이 의아한 표정을 지었다. 김성호 팀장이 차분하게 요구했다.

"게놈 C는 독성물질이고, 체내에 쌓이면 매우 위험해집니다. 수사팀은 게놈 C를 유발하는 뉴 제녹스와 직접 접촉할 가능성이 큽니다."

"그러니까 게놈 C가 체내에 쌓이지 않게 원천 차단할 현장침투복이 필요하다는 거지요?"

"이는 저뿐만 아니라 특별수사팀을 위해서라도 꼭 필요한 부분입니다."

"어떻게 생각하십니까, 청장님?"

제2차관이 경찰청장에게 물었다. 그런 복장이 있다면 당연히 지원되어야 한다.

"그 부분은 제가 총리님께 직접 건의하죠."

"제가 요구하는 부분은 이상입니다."

"빠른 시일 내에 대답을 드리죠."

제2차관이 자리에서 일어났다. 이어 청장과 수사국장이 따라 일어났다. 제2차관은 김성호 팀장과 헤어지기 전에 그와 악수를 나누었다. 제2차관은 미소를 지으며 말했다.

"팀에 합류하기 전에 많은 생각을 하셨네요. 그 마음 그대로 해결해주시길 부탁드립니다."

"최선의 노력을 다하겠습니다."

이어 청장과 수사국장도 김성호 팀장과 악수를 나눈 뒤 회의실을 나갔다.

홀로 남은 김성호 팀장은 테이블에 놓인 보고서를 챙겼다. 자신이 할 수 있는 말을 모두 털어놓은 그는 이제 수사에만 집중하기로 했다.

* * *

2018년 10월 25일 오전 10시 02분

며칠 동안 뉴 제녹스 수사를 담당할 수사팀과 한국 석유관리공사의 회의가 마라톤처럼 이어졌다. 주로 한국 석유관리공사가 수사팀에게 뉴 제녹스의 제조 및 유통 과정에 대해 설명했다.

김성호 팀장과 조기연은 팀에 합류하기 전에 따로 제녹스와 게놈 C에 대해 조사했었다. 하지만 뉴 제녹스가 어떻게 제조되는지, 어떻게 유통되는지 알기 위해서는 한국 석유관리공사의 도움이 필요했다.

며칠 동안 용제대리점을 점검했었던 유 팀장이 수사팀에게 설명했다.

"대리점의 사업자등록은 존재합니다. 하지만 사무실이 존재하지 않은 경우도 있었죠. 심지어 용제를 실제로 구매한 지점은 극히 드물었습니다."

"내역서도 모두 가짜였습니다."

"그렇다면 페이퍼 컴퍼니에서 용제를 구매했다는 거네요."

정리하자면, 가짜 석유제품을 제조하고 유통한 조직은 있는데, 그 흔적을 찾는 게 매우 어렵다는 것이었다.

김성호 팀장이 상황을 판단했다. 한국 석유관리공사에 신고된 용제대리점 및 판매점이 페이퍼 컴퍼니라면, 반출된 용제를 찾는 건 불가능하다.

결국 작은 단서에서부터 추적을 시작해야 했다. 아주 사소한 부분.

"조기연 수사관."

"네."

"지금까지 한국 석유관리공사에 신고한 용제유통내역에 대해 현장실사를 준비해. 그리고 밝혀진 허위 내용을 토대로 페이퍼 컴퍼니들에 대한 법인자료를 확보하고. 혐의가 발견된 부분부터 범죄사실을 특정하는 게 좋겠어."

"예, 알겠습니다."

"혐의사실이 나오면 법인계좌들에 대한 거래내역이랑 로그 자료를 포함한 압수영장을 받아서 분석에 들어가고."

조기연이 김성호 팀장의 지시를 받아 적었다. 하지만 더 시킬 일이 있다. 김성호 팀장이 수사관을 훑어보다가 전종진 수사관을 지목했다.

"전종진 수사관."

"네."

"2009년부터 제녹스를 포함해서 석유관리법 위반 사건에 대한 전국 수사자료를 검색해서 관련자 인적사항, 그리고 아직 검거되지 않은 수배자들에 대해 파악해. 사진 자료랑 연락처 모두 공유할 수 있도록 조치하고."

"예."

"하나 더, 한국 석유관리공사에 등록되어 있는 전화번호에 대해 통화내역과 통신자료도 확보해 줘."

하지만 가장 먼저 해야 할 것은 현장답사다. 먼저 현장을 둘러본 다음 사건의 움직임을 파악해야 했다.

특별히 조기연과 전종진에게 부탁한 이유가 있다. 지능수사, 그중에서도 금융, 경제 사건을 여러 차례 담당했었던 조기연이었다. 그는 한국 석유관리공사에서 전달한 자료와 김성호 팀장이 지시한 정보를 바탕으로 사건을 분석할 예정이었다.

이어 전종진이 김성호 팀장의 지시를 받아적다가 고개를 갸웃거렸다. 그리고 그가 김성호 팀장에게 질문했다.

"하지만 페이퍼 컴퍼니라면 그들의 실체를 정확히 파악하는 건 힘들지 않을까요? 거래내역만으로는 뜬구름 잡기죠. 용제 유통을 제대로 파악하기 위해선 통화내역분석을 통한 활동무대를 분석하고, 그 주변부터 거래 현장 탐문수사를 해야 하지 않을까요?"

"우리 수사팀에서 중점적으로 맡아서 할 부분이 그 부분입니다."

"그리고 저도 질문이 있습니다."

유 팀장이 손을 들어 물었다. 아무리 생각해도 마지막 부분이 이해되지 않았기 때문이다.

"현장 탐문수사는 이미 했습니다. 확인한 곳을 또 갈 필요가 있을까요?"

"안에 들어가 봤나요? 대리점 사무실 안이요. 페이퍼 컴퍼니의 등록지가 용제의 유통 조직이 활동하는 무대와 일치하지 않을 수 있기 때문에 분석을 통한 서치가 필요합니다."

유 팀장이 고개를 끄덕이며 미소를 머금은 채 대답했다.

"이유는 충분히 이해합니다. 하지만 들어간다고 해도 별거 없을 겁니다."

"수사는 별거 아닌 일부터 시작됩니다. 현장에 있는 작은 단서라도 알아야 하죠. 대리점이 시작점이라면, 거기서부터 움직여야죠. 혹시 페이퍼 컴퍼니로 의심되는 판매점 대표나 사장에게 연락을 해봤나요?"

김성호 팀장은 한국 석유관리공사가 용제 구매 내역을 조사하면서 용제를 구매한 판매점 대표나 개인업자의 연락처도 확보했을 것이라 짐작했다. 하지만 돌아오는 대답은 허무했다.

"모두 연락 두절입니다. 그에 대한 자료도 수사팀에게 넘기죠."

강 과장이 대신 나섰다. 물론 수사팀도 그들이 가지고 있는 정보를 한국 석유관리공사에 넘길 예정이었다. 가령 강구경찰서에서 조사한 주유소에 대한 정보 말이다.

"수사팀이 꾸려진 이상 지체할 수는 없습니다. 빨리 수사를 해야겠네요. 먼저 대리점부터 다시 둘러보도록 하죠."

"팀장님 혼자 가실 건가요?"

유 팀장의 물음에 김성호 팀장이 조기연을 바라봤다. 조기연도 검찰청에 발송할 서류를 정리하면서 일어났다.

"저기, 잠깐만요. 팀장님, 바로 수사를 진행해도 되는 건가요?"

수사팀 중 수사관 한 명이 김성호 팀장에게 물었다. 이제 수사본부가 꾸려지고 있었다. 아직 필요한 게 많은 상황이었다. 그러니 수사관은 김성호 팀장이 너무 섣부르게 움직이는 게 아닌지 걱정이 되었다.

"다 같은 팀으로 움직이는 데 문제가 있나?"

"그건 아니지만…."

"먼저 수색영장부터 검찰에 요청해. 용인에서 파주, 의정부, 구리까지 가려면 시간이 오래 걸려. 그러니 빨리 움직이자고. 나랑 조기연이 파주로 갈 거야. 의정부로 갈 친구 있나?"

그러자 백세정이 손을 번쩍 들었다. 백세정 외에 전종진이 지원했다. 김성호 팀장이 다시 물었다.

"구리는?"

"제가 다녀오겠습니다!"

젊은 수사관이 패기 있게 소리치며 손을 번쩍 들었다. 바로 양승연이었다. 그의 모습을 바라보던 조기연이 나지막이 한숨을 내뱉었다. 김성호 팀장이 조기연의 옆구리를 팔꿈치로 툭 때리더니 양승연에게 물었다.

"자네 추천서는 봤어. 수사팀에 발령받은 지 몇 개월 안 됐다고 하던데, 밖에 나가서 외근수사해본 적은 있나?"

"아니요! 하지만 저희 아버지께서는 사내란 무릇 홀로 설 줄 알아야 한다고 가르침을 주셨기 때문에 그동안 잘 해왔습니다."

"뭐라는 거야, 저 자식?"

양승연의 대답에 수사관들 사이에서 헛웃음이 새어 나왔다. 당연히 수사는 혼자 하지 않는다. 가서 무슨 일이 생기면 어쩌려고? 그리고 김성호 팀장도 양승연을 혼자 보낼 생각은 추호도 없었다.

"그럼 제가 이 친구랑 같이 가겠습니다. 본청에서 같이 일했던 적이 있거든요."

구석에 앉아있는 수사관 한 명이 일어났다. 김성호 팀장은 그가 누구인지 알았다. 본청에서 온 정철호였다. 조기연과 비슷한 나이에 경력도 많은 인물이었다.

양승연은 정철호를 알아보고는 씨익 웃었다. 조기연이 두 사람을 바라보다 김성호 팀장에게 말했다.

"저 친구들 괜찮겠죠?"

"정 걱정이 되면 자네가 따라가지그래?"

"절 데리고 온 사람이랑 함께 가고 싶은데요?"

유 팀장도 강 과장과 임 대리에게 수사팀과 함께하라고 지시했다.

김성호 팀장은 조기연과 백세정, 전종진, 그리고 양승연과 정철호가 함께 움직일 것이라고 예상했다. 물론 남은 수사관들도 수사에 나설 것이다. 하지만 김성호 팀장은 적극적인 사람들을 선호했다. 그래야만 빨리 사건을 해결할 수 있으니까.

"그럼 갈까요?"

"좋습니다."

김성호 팀장과 조기연은 유 팀장과, 그리고 백세정과 전종진은 임 대리와, 마지막으로 정철호와 양승연은 강 과장과 함께 각 지역에 있는 페이퍼 컴퍼니로 향했다.

수사본부에 남은 이들 중에서 몇몇은 검찰에 통신, 금융, 압수수색영장을 신청했다. 그리고 몇몇은 수사본부를 나선 김성호 팀장과 수사관들에 대해 이야기를 나누었다.

"누구 김 팀장님에 대해 아는 사람 있어?"

"강구경찰서에서 10년 넘게 수사팀장으로 있었던 분이라던데? 알 만한 사람은 다 알 정도로 꽤 유명하다고 하더라고."

"그 얘기는 들었어?"

"무슨 얘기?"

"사건해결을 위해 거지 여자와 결혼도 했다는 소문 말이야."

용인 수사본부에 남은 수사관들이 눈을 동그랗게 뜨며 서로를 바라봤다. 그런 얘기는 들어본 적이 없었다. 거지는 뭐고, 결혼은 또 뭐란 말인가.

대부분 믿지 않는 분위기였다. 아무리 사건이 중요해도 누가 모르는 여자랑 결혼을 하는가?

하지만 소문을 들은 수사관은 달랐다.

"진짜야! 내가 강구경찰서에 아는 사람이 있어서 들었어. 팀장님이 신임시절 형사과 발령받은 지 한 달도 되었을 때 서울역 부근에서 살인사건이 2건이나 연쇄적으로 발생했대."

"그런데?"

"그 당시 팀장님이 탐문수사를 하고 있었는데, 거지들이 하는 말을 우연히 들었다는 거야. 자기 왕초가 사람을 죽였다는 말."

"거지 왕초가 사람을 죽였다고?"

"뭔가 찜찜한 생각에 다음 날 그 거지를 따로 만나서 추궁을 했다고 하더라고. 그러니까 그 거지는 자기가 한 말이 사실이래."

좋다. 여기까지는 이해한다. 그럼 거지 왕초를 찾아서 잡을 생각을 해야지 결혼은 대체 무슨 말인가?

"설마 잠입을 시도한 거야?"

다른 수사관이 소문을 들은 수사관에게 물었다. 그러자 소문을 들은 수사관이 고개를 끄덕였다.

"형사과장을 찾아가서는 팀장님이 거지로 위장해서 잠입수사를 해 보겠다고 자원했대. 당연히 뭐라고 했겠어?"

"안 된다고 했겠지."

"그런데도 팀장님이 꼭 해보겠다고 졸라서 결국 승낙했대. 그다음이 대단하지. 어디서 다 떨어진 옷을 입고 지하도에서 나뒹굴다가 거지 왕초에게 끌려갔대. 거기서 충성맹세를 한 거지. 거지조직 일원이 되겠다고. 그런데…"

소문을 들은 수사관이 고개를 슬쩍 내리더니 은밀하게 말을 이어갔다. 이제 다른 수사관들은 소문에 집중했다.

"자기가 지목한 거지 여자랑 결혼하면 조직에 받아주겠다고 한 거야. 그게 거기 통과의례였다나?"

"미친! 난 절대 안 해!"

한 수사관이 두 손을 들며 질색했다. 다른 수사관들의 표정도 그다지 좋지 않았다.

"그런데 팀장님은 했대. 결혼해서 조직에 들어갔지. 그런데 팀장님이 들어간 이후에 계속 왕초한테 대들었대. 당연히 왕초가 어떻게 생각했겠어? 당장 묵사발로 만들려고 팀장님한테 결투를 신청한 거야."

"무슨 드라마 속 이야기도 아니고."

"진짜라니까! 그래서 결투가 있었던 날에 팀장님이 왕초를 계속 도발했대. 힘도 없는 놈이 왕초 노릇 한다고. 그 소리에 왕초가 분을 못 이기고 자기가 사람을 두 명이나 죽였다고 거드름을 피웠지."

"뭐야, 그런 게 무슨 증거가 돼?"

"증거는 무슨. 결국 왕초가 먼저 달려들어서 싸웠대. 그러다가 유치장까지 같이 가고. 그런데 왕초 그 인간이 유치장에서도 자기가 사람 죽였다면서 팀장을 협박했다나? 바로 그때를 놓치지 않고 팀장님이 허풍떨지 말라며 한층 더 약을 올렸대, 그러자 거지가 어디에 가면 망치가 있고 하면서 술술 증거 숨겨놓은 곳을 말했대. 그래서 사람 죽일 때 쓴 밧줄이랑 망치를 찾아 사건을 해결했대."

수사관들이 혀를 내둘렀다. 듣기만 해도 소름이 돋은 경험이었다. 요새 어느 누가 그렇게 사건을 해결하는가. 그런데 소문을 들은 수사관이 낄낄 웃으며 말했다.

"그런데 그 후가 더 웃겨. 팀장님이 서울역에만 나가면 결혼한 거지 여자가 어디서 나타나서는 오빠! 오빠! 하고 찾는대. 그래서 서울역 근처로는 외근도 안 간다고 하던데?"

"어휴, 소문만 들어도 싫다."

"이번 수서역 자동차 폭발사고도 원래 차량결함으로 끝내려고 했다잖아. 그런데 그걸 김 팀장님이 의심했다가 뉴 제녹스를 발견했다고 하던데?"

"청장님이 직접 면담할 정도면 대단한 거지."

"그런데 그 얘기 들었어? 아까 청장님이랑 면담하면서 이것저것 요구를 했다던데? 그중 하나가 우리 수사팀 특진이고."

"그걸 대놓고 말했다고? 역시 짬밥은 무시할 수 없네."

"설마 우리도 잠입수사 시키는 거 아닌가 모르겠네. 난 자신 없어. 그런 것 시키면 집에 갈래."

"나도 거지 신랑은 싫습니다요!"

김성호 팀장에 대한 소문 때문에 수사관들 사이에서는 뜬금없이 이야깃거리가 펼쳐졌다. 몇몇은 무작정 수사부터 진행하는 김성호 팀장의 방식을 이해하지 못했으나, 청장과의 면담을 통쾌하게 생각하는 이가 대부분이었다.

어수선했던 분위기가 점차 가라앉았다. 경찰청에서 지원한 컴퓨터와 각종 기기들을 정리한 수사관들은 자리를 잡고 사건에 대해, 지금까지 발생했던 석유관리법에 관련된 자료 파악에 들어갔다.

현 장 검 거 가 답 이 다

"여깁니다."

파주에 도착한 유 팀장이 낡은 건물 하나를 가리켰다. 강 과장과 임 대리가 확인했었던 대리점이 있는 건물이었다. 여전히 건물에는 간판 하나 없었고, 오가는 차나 사람들도 없었다.

늦은 오후여서 해가 금방 떨어질 예정이었다. 김성호 팀장과 조기연은 차에서 내려 주변을 둘러봤다. 허허벌판인 논밭만 있었다. 김성호 팀장은 건물을 바라보다 조기연에게 물었다.

"없지?"

"불이 안 켜져 있으니까요."

"다른 사람도?"

"건물 관리한다는 사람도 안 보이네요."

안으로 들어갈 방법은 없을까? 영장이 나온다면 바로 관리인을 호출하여 문을 따겠지만, 아직 영장이 발부되었다는 소식은 들리지 않았다. 어차피 오늘 내에 영장이 나오지 않을 것이라고 예상했었다.

"검찰에서 우선적으로 영장을 발부해주겠다고 했지만, 그게 어디 쉽겠어요?"

"아니면 우리가 너무 빨리 왔을 수도 있지."

김성호 팀장이 다른 지역에 있는 전종진과 정철호에게 연락했다. 그들도 사무실에 도착했으나 사람은 보이지 않는다고 대답했다.

"차는커녕 개미 한 마리 보이지 않네요. 철수할까요?"

"특이한 점은?"

"별거 없습니다. 관리인도 보이지 않아요."

그때, 건물 관리인이 모습을 드러냈다. 미리 강 과장에게 관리인의 인상착의를 들어 쉽게 알아볼 수 있었다. 김성호 팀장과 조기연은 그가 어디로 움직이는지 지켜보면서 모습을 감추었다.

자동차는 건물에서 제법 떨어진 곳에 주차되어 있었다. 유 팀장은 아직 차 안에 있었지만, 관리인은 그를 몰랐다. 그리고 차 안을 확인하기에는 조금 먼 거리였다. 얼굴이 벌겋게 달아오른 관리인은 비틀거리더니 주변을 둘러봤다. 조기연이 그 모습을 보더니 나지막이 말했다.

"뭐가 의심스럽긴 하네요. 감이 오는데요?"

"기다려."

얼마 지나지 않아 관리인이 열쇠를 꺼내 계단으로 올라가는 문을 열었다. 문에 걸려 있던 주먹만 한 자물쇠에서 덩그렁 하고 쇳소리가 들리더니 관리인은 문을 열고 안으로 들어갔다.

"들어갈까요?"

"기다려."

무작정 관리인을 따라가면 일을 그르칠 수 있다. 김성호 팀장은 계단을 따라 올라가는 관리인을 지켜봤다. 창문 너머로 그의 모습이 흐릿하게 보였다.

관리인을 따라 계단과 복도에 있는 불이 켜졌다. 센서가 달린 형광등이 하나씩 켜지다 이내 꺼졌는데, 3층 복도 중간에서 불이 켜지지 않았다. 김성호 팀장은 불이 켜지지 않은 곳을 바라보다 유 팀장에게 전화를 걸었다.

"초이 에너지가 몇 층에 있다고 했죠?"

"3층이요."

"지금 차 안에서 보입니까?"

"3층에 불이 켜진 거요? 저도 보여요."

"관리인이 3층에서 뭘 하고 있는 것 같아요."

"그게 초이 에너지와 관련이 있을까요?"

"한 번 확인해봐야죠."

김성호 팀장은 전화를 끊은 뒤 관리인이 어디로 움직이는지 숨을 죽인 채 쳐다봤다. 불은 더 이상 켜지지 않았다. 관리인은 분명 3층에 머물고 있으리라.

조기연도 김성호 팀장이 바라보는 방향을 똑같이 쳐다보면서 물었다.

"초이 에너지는 아직 있을까요?"

"그럴 수 있지."

그 순간, 다시 3층 복도의 불이 켜졌다. 흐릿한 실루엣이 보이더니 관리인이 나타났다. 그는 누군가와 통화하고 있었다. 무어라 말하고 있었지만 김성호 팀장에게는 들리지 않았다.

"관리인도 조직의 한패일 수도 있겠어."

"예?"

관리인이 다시 계단을 따라 내려왔다. 김성호 팀장은 사무실을 보고 싶었다. 허허벌판에 놓인 건물이고, 한 시간 내내 사람은 오가지 않았다. 심지어 지나가는 이도 없었다.

관리인은 초이 에너지가 사무실을 뺐다고 하지만, 김성호 팀장은 다르게 판단했다. 그들은 애당초 사무실을 빼지 않았을 것이다. 현장대응팀은 관리인의 거짓말에 속았을 것이다.

김성호 팀장이 조기연에게 눈짓했다. 조기연은 자리에서 일어나 계단 앞으로 걸어갔다. 이어 김성호 팀장이 빠르게 움직여서 문 옆으로 바짝 붙었다.

관리인이 현관으로 내려와 열쇠를 꺼내려는 순간, 조기연을 발견하고는 얼른 열쇠를 주머니에 다시 넣었다. 벌겋게 달아오른 얼굴의 관리인이 딸꾹거리더니 조기연에게 물었다.

"누구요. 여기는 왜?"

"경찰입니다. 물어볼 게 있어서 왔는데요."

조기연이 주머니에 있던 신분증을 보여줬다. 경찰이라는 말에 관리인의 표정이 급격히 굳어졌다. 그는 주머니에서 손을 빼지 않았다. 경직된 그의 태도를 지켜보던 조기연이 넉살 좋게 웃었다.

"아니, 뭐 별거 아니고요. 며칠 전에 저기 도로에서 일어난 뺑소니 교통사고 때문에 그렇습니다."

조기연이 자신의 등 뒤를 손가락으로 가리켰다. 논밭을 지나가는 도로가 있었다. 그 옆으로 사고 목격자를 찾는다는 플래카드가 걸려 있었다. 한 달 전에 있었던 오토바이와 트랙터의 사고 목격자를 찾는다는 내용이 적혀 있었다.

물론 조기연이 지어낸 거짓말에 불과했다. 관리인은 여전히 경계하는 눈치였으나 이전보다 뻣뻣한 모습은 사라졌다. 그는 조기연이 수첩을 꺼내는 모습을 보면서 고개를 저었다.

"난 몰라요."

"에이, 그러지 말고 아는 거 있으면 좀 알려주세요. 이 근방에 지나가는 차도 없고 사람도 없어서 그래요."

조기연이 관리인을 상대하는 동안, 김성호 팀장은 관리인의 눈을 피해 계단으로 접근했다. 관리인이 계단을 등지고 있어서 그를 볼 수가 없었다.

김성호 팀장은 조용히 계단을 따라 위로 올라갔다. 그의 발걸음을 따라 전등이 켜졌지만, 조기연이 관리인의 눈을 완전히 잡고 있어서 신경 쓸 수가 없었다. 김성호 팀장은 허리를 숙인 채 빠르게 3층으로 향했다.

3층으로 올라가니 사무실 문이 두 개 보였다. 김성호 팀장은 관리인이 멈췄던 곳에서 똑같이 멈춘 뒤 옆을 바라봤다. 철문 하나가 있었다. 손잡이를 돌리자 문이 열렸다.

"계단만 잠갔나?"

사무실은 불이 꺼져 있었다. 안에는 책상과 캐비닛 몇 개만 있었다. 모두 비어있는 듯했다. 구석에는 간이침대가 있었다. 김성호 팀장은 사무실로 들어가 주변을 둘러봤다.

먼지는 쌓여 있지 않았다. 바닥, 책상, 캐비닛 모두. 온기는 없었으나 사용한 흔적은 있었다. 그리고 책상에는 초이 에너지라고 적힌 종이가 있었다.

관리인이 아니라면, 분명 누군가 사무실을 쓴 게 분명했다. 적어도 사람이 오가는 게 분명했다.

김성호 팀장은 창밖을 살폈다. 아직 조기연이 관리인을 상대하고 있었다. 하지만 시간은 부족했다. 김성호 팀장은 단서가 될 만한 물건을 찾았다. 캐비닛을 열었고, 책상 서랍도 열었지만 아무것도 보이지 않았다.

냄새를 맡고 도망갔을까? 그럴 수도 있지만, 관리인이 여전히 드나드는 걸 보면 아닐 가능성도 있었다. 그렇다면 초이 에너지는 용제와 관련된 서류나 중요한 물건을 모두 가지고 다니는 게 분명했다.

곧 조기연에게서 연락이 왔다. 문자 메시지였다.

[관리인이 문을 잠갔어요.]

김성호 팀장이 메시지를 확인하고 나오려는데, 멀리 있는 건물에서 무언가 반짝이는 게 보였다. 김성호 팀장이 멈춰 서서 그것을 확인했다. 논밭을 가로질러 보이는 건물이었고, 그중 창문 하나가 열려 있었다. 열린 창문에서 무언가 반짝였다.

김성호 팀장은 핸드폰을 확인한 다음 사무실을 나왔다. 그는 계단을 따라 내려온 다음, 2층 창문을 열었다. 이윽고 조기연에게 관리인이 어디 있는지 물었다.

[건물 바로 앞에 있어요. 어떻게 나오시게요?]

[이따 만나지.]

창문을 열고 밖을 내다본 김성호 팀장은 주변에 관리인이 없다는 걸 확인했다. 이어 그는 1층과 2층 사이에 있는 창문을 연 다음 과감하게 뛰어내렸다.

바닥에 착지한 김성호 팀장은 곧바로 자동차를 향해 걸어갔다. 조기연이 차에서 기다리고 있었다. 유 팀장은 창문에서 뛰어내린 김성호 팀장을 발견하고는 입을 떡 벌리며 물었다.

"수사를 늘 이런 식으로 하나요?"

"그럴 리가요. 조기연, 나랑 같이 가지."

"어디로요?"

"따라와."

김성호 팀장은 조기연과 함께 논밭을 가로질러 갔다. 영문을 알 수 없는 조기연이 김성호 팀장에게 물었다.

"무슨 일이세요? 초이 에너지 사람들을 찾았어요?"

"그런 것 같아. 다른 건물에서 우리를 지켜보고 있었어."

김성호 팀장은 자신이 발견한 반짝이는 물건이 망원경이라고 믿었다. 즉, 다른 건물에서 초이 에너지 사무실을 감시하고 있었던 것이다.

"꽤나 영악하게 움직이는군."

"하여간 나쁜 짓 하는 놈들은 그쪽으로는 머리가 비상하게 돌아간다니까요."

논밭을 가로지른 김성호 팀장과 조기연은 한 건물 앞에 도착했다. 그 건물도 간판 하나 없이 낡은 건물이었다. 오가는 이도 보이지 않았다. 초이 에너지 사무실까지의 거리는 대략 500m 정도였다.

"열려 있어요."

조기연이 문고리를 잡고 돌리려는 순간, 갑자기 건물 내부에서 거친 엔진 소리가 들렸다. 이윽고 회색 승합차 한 대가 건물에서 대포처럼 튀어나왔다.

"피해!"

쿵! 하는 소리와 함께 먼지를 일으키며 승합차가 김성호 팀장과 조기연을 향해 돌진했다. 김성호 팀장이 얼른 조기연을 밀친 다음 승합차를 피했다. 승합차는 두 사람을 지나친 뒤 도로를 따라 빠르게 움직였다.

"차량번호 봤어?"

"번호판을 안 달고 있었어요."

번호판을 안 달고 움직이는 승합차라는 말에 김성호 팀장이 자리에서 일어나 사무실을 향해 뛰어갔다. 그 뒤를 조기연이 따라갔다.

창문이 열려 있던 사무실로 들어가 보니 아무도 없었다. 하지만 방금 전까지 사용한 흔적이 곳곳에 있었다. 서랍장은 열려 있었고, 책상은 뒤집혀 있었다. 김성호 팀장이 책장과 서랍장을 확인했으나 아무것도 없었다.

"이거 보세요."

조기연이 작은 종이를 가져왔다. 영수증이었다. 김성호 팀장은 그것을 받은 뒤 사무실을 나갔다.

사무실에서 나온 김성호 팀장과 조기연은 건물에 있는 쓰레기를 확인했다. 혹시 단서가 될 만한 게 있는지 확인하기 위해서였다. 하지만 쓰레기는커녕 그 흔한 담뱃갑 하나 보이지 않았다.

"쓰레기는 수거했겠죠."

"아냐. 쓰레기도 놈들이 가져간 게 분명해. 꽤나 용의주도하게 움직이고 있어."

김성호 팀장은 차에서 기다리던 유 팀장에게 영수증을 건넸다. 유 팀장이 안경을 고쳐 쓴 뒤 그것을 면밀히 확인했다.

이어 유 팀장이 고개를 끄덕였다.

"맞습니다. 용제 구매 내역이에요. 올여름에 10억 원을 구매했네요."

"10억 원이면 용제량이 어느 정도인가요?"

"대형 탱크로리 30대 분량입니다."

"그럼 탱크로리가 여기에 왔을까요?"

"그럴 수도 있지요. 적어도 탱크로리 몇십 대가 초이 에너지에 왔을 겁니다."

그렇다면 적어도 수십억 원 상당의 용제가 파주를 오갔을 것이다. 그렇다면 그 용제들은 모두 어디로 갔을까.

조기연이 유 팀장의 말을 듣더니 고개를 저었다.

"대리점은 없는데 용제는 오갔네요. 그리고 사무실은 전혀 다른 곳에 있고. 이거 진짜 냄새가 나네요."

"수사본부에 가면 내역서부터 확인해야겠어."

김성호 팀장과 유 팀장, 그리고 조기연은 파주를 떠났다. 한국 석유관리공사에 허위신고하고 용제를 유통하는 과정이 포착되었으니 이를 추적해야 했다.

* * *

같은 시간, 경찰청장이 총리실을 방문하여 총리와 면담을 가졌다. 총리는 현재 뉴 제녹스에 대한 진행상황을 청장에게 직접 보고받았다.

총리는 청장의 보고와 한국 석유관리공사 이사장의 보고를 번갈아 바라보다가 물었다.

"용인에 수사본부를 차렸군요. 베테랑으로 꾸려졌으니 큰 문제는 없겠지요?"

"수사에 박차를 가하고 있습니다. 경험이 풍부한 사람들이죠."

"그럼 청장만 믿겠습니다."

"한 가지 부탁드릴 일이 있습니다. 정확히는 세 가지요."

"부탁이요?"

총리는 의아한 표정으로 청장을 바라봤다. 청장은 의자에 앉은 총리를 물끄러미 바라보다가 결심한 듯 말했다.

"며칠 전에 용인 수사본부에 들렀다가 특별수사팀을 지휘하는 팀장에게 건의받은 게 있습니다. 고민하다가 저도 팀장의 건의에 일리가 있다고 생각되어 총리님께 보고 드립니다."

청장은 김성호 팀장이 건의했던 내용을 그대로 전달했다. 1계급 특진, 총리에게 직접 보고, 그리고 현장침투복 지급이었다.

총리는 청장이 말하는 건의사항과 그 이유를 조용히 듣기만 했다. 그의 표정은 묘했다. 다소 놀라는 반응을 보였지만, 동시에 흥미롭다는 눈빛도 있었다.

"청장은 어떻게 생각하십니까?"

"1계급 특진이나 현장침투복 지급은 저도 동의합니다. 하지만 총리님과의 직접보고 방식은 위계질서 면에서는 적절하지 못한 것 같습니다. 수사본부는 청장인 저나 수사국장이 할 수 있는 부분이니까요."

"하지만 총책임자인 내게 직접 보고하는 게 옳다고 수사팀장은 생각하고 있지요. 다른 사람들은 어떻게 생각하던가요?"

"수사국장도 저와 같은 생각입니다."

총리는 잠시 생각에 잠겼다가 고개를 끄덕였다.

"수사에 도움되는 모든 걸 동원해야죠. 좋습니다. 용인 특별수사팀은 앞으로 나에게 직접 보고하라고 하세요. 일일보고는 물론, 주간보고, 월간보고도 좋습니다. 수사팀에서 할 수 있는 방법으로 보고하라고 전달해주세요."

"알겠습니다."

"1계급 특진은 저도 책임을 지도록 하죠. 그리고 현장침투복이라면…."

총리는 자신의 비서관을 호출했다. 집무실 밖에서 대기하고 있던 비서관이 안으로 들어왔다. 총리는 미소를 머금은 채 비서관에게 말했다.

"방위산업국장이랑 차장을 호출하세요. 빠른 시일 내에. 방위산업국에서 보고받은 군수 물품도 리스트로 작성해서 가져와 달라고 알려주고요."

비서관이 알겠다고 답하고 집무실을 나갔다. 청장은 다소 놀란 표정을 지은 채 총리를 바라봤다. 청장은 현장침투복이라는 걸 가볍게 생각하기만 했다. 그런데 총리에게는 그게 아닌 듯했다.

"뉴 제녹스는 독성물질과 발암물질을 형성하는 위험한 가짜휘발유예요. 흡입하는 것만으로 많은 사람이 위험해질 겁니다. 그러니 이를 원천적으로 차단할 수 있는 현장침투복이면 되겠지요?"

"맞습니다. 그런데 그런 현장침투복을 얻기 위해서 방위산업국장까지 불러야 하나요?"

"현장침투복뿐만 아닙니다. 이번 사건은 테러나 다름이 없어요. 그러니 청와대에서는 모든 걸 지원해줄 겁니다. 현장침투복만 지원해주는 게 아니죠."

"그럼 또 다른 게 있나요?"

청장은 의문스러운 표정으로 묻기만 했다. 총리는 웃기만 했다. 그는 김성호 팀장의 생각을 이해했고, 그래서 최대한 많은 걸 지원해줄 예정이었다.

"청장께 간단히 알려드리죠. 우리나라의 방위산업은 생각보다 큽니다. 세계에서 손꼽히는 정도죠. 다양한 군수 물품이 정부 주도하에, 아니면 민간에서 개발되고 있죠. 여러 기상천외한 물건들도 존재하죠."

"하지만 이번 일에 군수 물품을 지원하는 건 위험하지 않을까요?"

"군수 물품이라고 해서 그것이 꼭 민간인을 위협하는 물품은 아닙니다. 그리고 저도 이번 사건에 다양한 군수 물품을 지원할 생각은 없습니다. 최대한 실용적이면서, 최대한 특별수사팀에 도움이 될 물품만 제공해줄 생각이지요."

여전히 청장은 총리의 생각을 이해하지 못했다. 그는 오히려 총리의 의도가 특별수사팀의 수사와 맞아떨어지는지 의아할 뿐이었다.

청장이 눈만 깜빡이며 총리를 바라보고 있을 때, 그는 쐐기를 박는 말을 했다.

"제가 총리로 임명되기 전에 방위산업진흥회에 잠시 몸을 담았다고 말씀
드리면 이해가 되실까요?"

청장은 눈을 동그랗게 뜨기만 했다. 이윽고 총리의 비서관이 집무실로 들
어와 방위산업국장과 차장이 출발했다고 보고했다. 총리가 지시한 리스트
와 함께.

블랙의 진화 이야기

2018년 10월 26일 오전 11시 12분

수사본부로 돌아온 조기연은 한국 석유관리공사에서 받은 용제 거래 내역서를 일일이 검토했다. 정황만 포착되었던 용제 거래 내역이 면밀하게 드러났다.

"세금계산서도 가짜고, 내역서도 서류만 있는 겁니다. 용제는 중간에 증발했고요."

"그럼 통장에 돈이 오갔을 거잖아? 그건 파악이 안 되나?"

김성호 팀장의 말에 조기연은 금융기관에서 전송받은 거래내역을 보고 혀를 내둘렀다.

"대리점과 판매점 사이에 거래량이 어마어마한데요. 10개의 법인계좌에서 초이 에너지로 입금된 내역이 3년 동안 4천억 원이나 돼요."

"실체는 분명하군. 이제 그놈들이 어떤 생쥐인지 알아내야지."

"팀장님, 문제는 또 있습니다. 판매법인이 이체한 계좌가 전부 해지된 통장입니다. 대다수는 대포통장이었고, 통장을 만든 사람들도 연락이 되지 않습니다."

"그러면 수배라도 해야 할까요?"

백세정이 물었다. 김성호 팀장은 고개를 저었다. 수십 개의 대포통장을 일일이 조회하는 것도 어려운데, 그 많은 사람들을 어떻게 수배한단 말인가.

"유 팀장님, 아무래도 방법은 하나밖에 없을 것 같습니다."

"그게 뭐죠?"

회의에 참석한 유 팀장이 귀를 열고 김성호 팀장의 말을 들었다. 김성호 팀장은 진지한 표정으로 설명했다.

"현장을 덮치는 거죠. 지금은 그게 가장 좋은 방법입니다."

"현장을 덮치는 거요? 하지만 용제가 어디로 가는지 모르잖아요?"

"적어도 생산업체에서 대리점으로 움직이는 걸 파악해야겠죠. 혹시 대리점 대표나 사장에 대해 조사해본 건 나왔나?"

신원조회를 담당한 전종진은 자신이 알아본 자료정보를 보고했다.

"먼저 초이 에너지의 대표 최기운은 몇 달 전까지 교도소에 수감되었어요. 수감된 이유는 폭행 및 기물파손, 공무집행 방해였고요."

"몇 달 전까지 교도소에 수감되었다고요?"

"3년 형을 받고 충주 교도소에 수감되어 있었어요. 수감 전에는 여기저기서 일용직으로 일했던 적이 있었고, 출소 후에는 별다른 동향은 없어요. 조직폭력배나 그런 것도 아니고요."

"그런 사람이 용제대리점을 운영할 확률은 얼마나 된다고 생각하나?"

"차라리 로또에 당첨되는 게 빠르죠."

"그렇다면 누가 최기운의 개인정보를 이용해 회사를 차렸다는 뜻이군."

개인정보는 의외로 쉽게 거래된다. 알 수 있는 방법도 간단하다. 해킹 등 기업이 가지고 있는 개인정보를 몰래 빼돌려 다른 사람에게 제공하는 범죄 행위는 어제오늘의 문제가 아니다. 작은 기업은 물론이고, 대기업에서도 개인정보 관리가 허술해 쉽게 얻을 수 있다.

그리고 당장 돈이 필요해서 개인정보를 다른 사람에게 제공하는 사건도 많다. 아무리 비싸도 5만 원 정도가 고작이다. 5만 원을 얻기 위해 개인정보를 파는 사람들은 의외로 많다.

"파주 말고 의정부랑 구리도 마찬가지지?"

"구리는 아직 조사 중이지만 의정부는 파주랑 상황이 비슷해요. 그쪽도 바지사장을 앉혀서 용제를 구매하는 것 같더라고요."

결국 현장을 덮치는 게 중요하다. 방법은 결국 하나다. 생산업체에서 출발하는 탱크로리를 추적하는 게 급선무다.

"한국 석유관리공사는 어떻게 생각하나요?"

"현장검거가 우선이라는 말에 같은 생각입니다. 하지만 가장 큰 문제는 인원과 기술 부족입니다."

김성호 팀장도 고개를 끄덕였다. 차량 추적은 사람들이 아는 것보다 인원이 많이 필요하다. 거기다 차량도 확보되어야 하는데, 현재 용인 수사본부에는 차량 배치가 전무했다. 현재 수사는 개인 차량을 이용해서 진행하고 있었다.

"팀장님. 밖에 손님이 왔습니다."

사무실에서 대기하고 있던 수사관이 김성호 팀장을 찾았다.

수사본부 주차장으로 차량들이 들어오고 있었다. 탱크로리만큼 큰 트럭 두 대와 SUV 세 대였다. 그 뒤로 몇 대의 차량이 더 들어오고 있었는데, 처음 수사본부에 왔을 때 본 적이 없던 차량들이었다.

김성호 팀장은 무슨 차량인지 몰라 눈만 껌뻑거렸다. 탱크로리만큼 큰 트럭은 다름 아닌 트럭 옆면이 위로 열리는 윙트럭이었다. 그리고 SUV도 일반

적인 모습이 아니었다. 온통 검은색으로 꾸며진 SUV는 군용트럭과 비슷했다.

"이게 다 뭐지?"

"팀장님, 어디서 온 차예요?"

회의실에 있던 수사팀과 한국 석유관리공사 직원들도 나와 주차장으로 들어오는 차량을 확인했다.

수사팀이나 한국 석유관리공사나 차량의 정체에 대해 모르고 있을 때, SUV에서 한 남자가 내렸다. 짧은 머리에 다부진 체격을 지닌 중년 남자는 넉살 좋게 웃으며 사람들에게 물었다.

"여기 팀장이 누구십니까?"

수사본부 앞에서 차량을 구경하고 있던 수사관들의 눈이 일제히 김성호 팀장에게 모였다. 김성호 팀장은 앞으로 나가 중년 남자에게 자신을 소개했다.

"제가 김성호 팀장입니다만."

"방위산업국 주민호 차장입니다. 위에서 지시를 받고 특별수사팀에 선물을 드리기 위해 왔습니다."

"위요?"

"청와대요. 총리님께서 직접 지시하신 물건입니다."

총리가 직접? 주민호 차장의 말을 듣고 있던 수사관들, 그리고 한국 석유관리공사 현장대응팀원들은 눈을 동그랗게 떴다.

그들이 수군거리는 사이, 주민호 차장은 함께 온 방위산업국 직원들에게 물건을 내리라 지시했다. 곧 10명이 넘는 사람들이 SUV에서 큰 박스를 내렸다. 박스도 일반 포장박스가 아니라 고급가죽으로 만든 박스였다.

"이게 다 뭡니까?"

"경찰청장님께 특별수사팀이 수사를 제대로 할 수 있도록 도와달라고 부탁하셨다면서요? 이게 다 수사에 도움이 되는 물건들이죠. 일단 하나씩 설명하겠습니다."

주민호 차장은 김성호 팀장에게 수사관들을 한 곳에 불러달라고 부탁했다. 곧 사람들이 모이자 주민호 차장은 윙트럭에 대해 먼저 설명했다.

"이 윙트럭은 국과수의 도움을 받아 만든 트럭입니다. 국과수에서 사용하는 성분분석기기를 탑재했죠. 간단한 성분 분석은 물론이고, 약 2,000여 개의 성분을 정밀 분석할 수 있는 기계에요. 사용법도 아주 간단하죠."

주민호 차장이 윙트럭 운전자에게 손짓하자 그가 버튼을 눌러 문을 열었다. 트럭 옆문이 열리니 그 안에 성분분석기기 몇 개가 탑재되어 있었다. 말 그대로 걸어 다니는 분석기였다.

주민호 차장은 미소를 머금은 채 SUV에 대해 설명했다.

"이 SUV는 특별수사팀의 기동성을 높이기 위해 제작된 차량입니다. 원래 군용트럭으로 개발되어 산악 주행도 가능하게 설계된 SUV인데, 여기에는 휴대용 분석기기가 탑재되어 있죠. 윙트럭만큼은 아니지만 간단한 성분 분석을 할 수 있습니다. 그리고 드론 조종을 할 수 있는 조종기기와 음파탐지기 등이 탑재되어 있죠."

윙트럭이나 SUV 모두 최첨단 기기들이 탑재되어 있었다. 경찰청 정보화장비뿐만 아니라 SI2 프로그램, 핸드폰 포렌식 등. 모두 현장에서 바로 사용할 수 있도록 설치되어 되었다.

"이 정도면 움직이는 경찰청인데요?"

설명을 듣던 조기연이 김성호 팀장에게 조용히 말했다. 김성호 팀장도 고개를 끄덕였다. 이어 주민호 차장이 같이 온 직원들에게 손짓했다.

"아마 이게 가장 좋은 물건일 겁니다."

직원들이 상자를 가져와 수사관에게 보여줬다. 상자에는 사람 팔뚝만 한 크기의 비행기가 있었다. 날렵한 입에 쫙 뻗은 날개, 뾰족한 꼬리까지. 색은 짙은 회색이었다. 날개에는 소형 프로펠러가 달려 있었다. 꼭 매처럼 생겼다.

주민호 차장이 매처럼 생긴 비행기를 두드리며 자랑했다.

"원래 정찰용으로 개발한 '드론'입니다. 멀리서 보면 새랑 분간이 안 될 정도로 정교하죠. 조종기기는 SUV에 탑재되어 있어요. 야간에도 촬영이 가능하도록 드론의 하부 및 양쪽 눈에 장착된 3대의 카메라는 아래쪽은 물론, 좌우를 동시에 촬영할 수 있고, 최대 10㎞ 밖에 있는 피사체를 정밀하게 촬영할 수 있습니다. 충전식이라 한 번 충전하면 최대 36시간까지 사용할 수 있죠. 혹시 드론 다룰 줄 아는 분들이 있나요?"

수사관들은 주민호 차장의 말에 서로를 바라봤다. 곧 전종진과 양승연이 손을 들고 나섰다. 먼저 전종진이 말했다.

"전에 IT 관련 교육을 받은 적이 있습니다."

"전문적인 교육까지는 필요하지 않습니다. 하지만 좋네요. 옆에 있는 분은?"

"저는 IT 박사인 고모님과 DNA가 97%가 같습니다! 정말 닮았죠! 그래서 IT 관련 석사과정을 마쳐 컴퓨터랑 스마트 폰 보안 프로그램은 전문가 수준입니다!"

드론 조종에 대해 물어봤는데 왜 가족에 대해 말하는지 몰라 주민호 차장이 의아한 표정을 지었다. 옆에 있던 김성호 팀장이 고개를 저었다.

"저는 드론이나 RC카 조종을 해 본 적이 있는지 물어봤는데요?"

"게임기나 조종기기나 거기서 거기 아닌가요. 손에 잡히면 스틱이요, 누르면 버튼이죠, 뭐!"

양승연이 썰렁한 농담을 건넸다. 그런데 옆에 있던 전종진은 그 이야기를 듣고 피식 웃음을 터뜨렸다. 주민호 차장도 헛웃음을 터뜨렸다.

"뭐 틀린 말은 아니에요. 곧바로 사용법을 배울 수 있죠?"

"프로그램에 원하는 비행내역을 입력만 하고 모니터에 나타난 추적대상을 따라 조종간만 움직이면 되는 것이죠. 제가 원래 매뉴얼을 보는 타입이 아니지만, 고모님의 품성대로 열심히 해보겠습니다."

양승연이 자신만만하게 대답했다. 그는 고모에 대한 말을 빼놓는 대화란 상상할 수 없는 특이한 캐릭터이기도 하다. 전종진이 양승연과 함께 드론 조종법을 배우기 위해 직원들의 설명을 들었다.

그동안 김성호 팀장은 차장과 계속 이야기를 나누었다.

"또 뭐가 있습니까?"

"야간투시경이나 액상 GPS 같은 건 굳이 설명하지 않아도 알겠지요? 하지만 제일 큰 선물은 바로 이겁니다."

이제 주민호 차장은 재미있다는 듯이 웃으며 상자를 열었다. 김성호 팀장 옆에 서 있는 조기연이 슬쩍 그에게 다가가 말했다.

"꼭 물건 팔러 나온 사람 같지 않아요?"

"나도 그렇게 생각해."

주민호 차장은 상자를 열어 그 안에 있던 옷을 꺼냈다. 그런데 옷의 모양을 본 수사관들의 눈이 묘하게 바뀌었다. 옷은 꼭 슈퍼맨이나 배트맨이 입을 법한 옷이었다.

"방위산업국에서 심사숙고해서 만든 옷이지요. 아직 개발 단계에 있지만 충분히 실생활에 사용할 수 있습니다. 특수섬유로 만든 옷입니다. 팀장님이 현장침투복을 원한다고 해서 가져왔는데요?"

"아니, 이걸 입고 수사를 하라는 겁니까?"

"맞아요."

주민호 차장은 나이에 안 맞게 해맑은 표정을 지으며 대답했다. 조기연은 원망의 눈초리로 김성호 팀장을 바라봤다. 저렇게 촌스러운 옷을 입고 수사를 하라고?!

수사관들이 불만스러운 표정을 짓고 있자 주민호 차장은 허허 웃으며 자신이 들고 있는 옷을 설명했다.

"이건 보통 현장침투복이 아닙니다. 원래 생화학 테러에 대응하기 위해 만들어진 옷이에요. 군인 외에 소방관, 연구소 등에서 사용할 수 있는 옷입니다. 공기 중에 있는 독성물질이 피부에 닿지 않도록 설계된 옷이지요. 물론 마스크까지 착용하면 각종 독한 물질이 퍼진 상황에서도 살아남을 수 있는 옷이랍니다."

"그러니까 공기 중에 있는 산소만 걸러주는 역할을 한다는 거죠?"

"거의 비슷합니다. 이 옷은 우리 방위산업국이 군사연구소에 의뢰하여 민간업체와 오랫동안 개발했죠. 무려 10년이나 개발한 옷입니다. 9.11 테러 이후에 대두되는 각종 테러 상황을 이겨내기 위해 만들어낸…."

"긴 설명은 됐습니다. 이제 사용법을 알려주세요."

김성호 팀장이 말을 끊었다. 주민호 차장과 방위산업국 직원들은 수사관들에게 현장침투복에 대해 설명했다.

수사팀의 모습에 유 팀장은 허허 웃었다. 함께 온 강 과장은 수사팀의 상황을 보고는 유 팀장에게 말했다.

"본격적으로 수사가 진행될 모양인데요?"

"그러면 우리야 좋지. 저 성분 분석 트럭은 우리한테도 요긴하겠는데?"

"하지만 어디서 뉴 제녹스가 유통되고 있는지 전혀 모르잖아요?"

그때, 강 과장의 스마트 폰으로 연락이 왔다. 현장대응팀 임 대리에게서 온 전화였다.

"어, 무슨 일이야? 지금 용인에 왔어. 아니, 급한 건 어느 정도 끝난… 뭐라고?"

강 과장이 통화하면서 유 팀장을 바라봤다. 곧 그가 전화를 끊고 팀장에게 보고했다.

"본사에서 연락이 왔답니다. 구리에 있는 대리점에서 방금 전에 용제를 구매했대요."

"얼마나?"

"탱크로리 한 대 분량입니다. 일부러 시간을 두고 구매했다고 해요."

유 팀장은 구리에 있는 대리점이 다시 움직인다는 걸 직감했다. 그는 곧바로 김성호 팀장에게 이 사실을 알렸다. 방위산업국 직원들의 설명을 듣던 김성호 팀장의 눈빛이 변하더니 조기연과 백세정, 전종진에게 소리쳤다.

"구리로 가야 해. 바로 준비해!"

"저도 준비하나요?"

양승연이 손을 번쩍 들고 말했다. 옆에 있던 정철호가 얼른 그의 옆구리를 꾹 찔렀다. 김성호 팀장이 두 사람을 번갈아 보더니 지시했다.

"얼른 준비해서 나와. 구리까지 빨리 가야 해."

"구리에서 구리구리한 냄새가 나나 봐요. 저희 고모님은…."

"넌 이런 상황에서 농담이 나와?"

정철호가 양승연의 등을 한 번 때렸다. 짝, 하는 소리가 수사본부 정문에서 들렸다. 김성호 팀장이 조기연에게 말했다.

"나중에 저 녀석 고모가 누군지 한 번 알아봐."

***

같은 시간 인천, 박 사장은 함께 있던 한 남자에게 무슨 이야기를 듣고 백 회장에게 전화를 걸었다. 한참 뒤에 백 회장이 전화를 받았다.

"문어 아니, 차돌반은 찾았나?"

"아예 모습을 감춘 듯합니다."

"전라도에 있던 사무실은?"

"문이 잠겨 있어서 억지로 뜯어냈는데, 이미 정리하고 도망쳤어요."

"그래?"

전라도에서 유통되는 물건을 관리하는 차돌반이었다. 그런데 말도 없이 모습을 감춘 지 몇 주가 되었고, 함께 일하는 사람들에게도 말하지 않고 사무실을 정리했으니 박 사장은 화가 날 수밖에 없었다.

그에 비해 백 회장은 그저 끌끌 웃기만 했다.

"그 자식, 전부터 수상한 행동을 하더니 결국 이런 식으로 나올 줄 알았지. 하지만 멀리 가지 않았을 거야."

"도망가는 건 선수잖아요?"

"도망가도 결국 이 바닥이지. 돈 냄새 맡아서 우리랑 함께 하는 놈이 어딜 가서 뭘 하겠어? 중국으로 가겠나?"

"그러면 바로 없애야죠."

"이제 그런 일은 그만하자고. 그리고 내가 알아보라는 건?"

"적당한 부지를 알아보고 있습니다. 빠르면 다음 주에 물건을 운반하면 될 것 같은데…"

박 사장과 함께 있던 남자가 누군가와 통화하더니 박 사장에게 다가왔다.

"사장님, 드릴 말씀이 있습니다."

"지금 통화하는 거 안 보여?"

박 사장이 으르렁거렸다. 남자는 경직된 모습으로 말했다.

"그, 그게 지금 아셔야 할 내용입니다."

"급한 거 아니면 어떻게 되는지 알지? 뭔데?"

"구리에서 탱크로리가 출발했답니다."

"구리?"

박 사장의 말을 듣고 있던 백 회장이 핸드폰 너머로 물었다. 목소리가 낮아졌다.

"구리는 이미 정리한 거 아니었어?"

"진작 했죠. 거기 있는 놈들도 지금 광주로 내려갔는데요."

"그런데 무슨 구리에…"

박 사장이 말을 잇다 말았다. 핸드폰 너머의 상황을 짐작한 백 회장이 물었다.

"박 사장. 지금 애들 몇 명 있어?"

"10명 정도 있습니다."

"전부 구리로 보내. 박 사장도 같이 가. 가서 무슨 일인지 확인해. 차돌반이 움직이는 거야."

박 사장은 백 회장의 말을 이해했다. 그는 전화를 끊은 뒤 험악한 표정을 지으며 자기와 함께 있는 남자들에게 소리쳤다.

"가자! 구리로 간다!"

박 사장의 명령에 함께 있던 남자들이 일사불란하게 차에 탑승했다. 세단 한 대, SUV 한 대, 그리고 승합차 한 대였다. 검은 정장에 덩치가 큰 남자들은 차에 탑승하면서 뒷좌석이나 트렁크에 실린 작업 도구들을 확인했다. 사시미와 야구 배트, 몽둥이 같은 흉기가 가득했다.

박 사장은 SUV에 올라탔다. 그가 올라타자마자 SUV는 곧바로 속도를 내 구리로 향했다. 박 사장은 눈썹을 꿈틀거리며 중얼거렸다.

"건방진 놈. 기껏 밥을 먹여줬더니 이런 식으로 뒤통수를 쳐?"

***

\# 2018년 10월 26일 오후 7시 33분

김성호 팀장과 수사관들은 구리에 있는 용제대리점을 찾았다. 이미 살펴본 대로 사람 하나 없었다. 파주에 있는 사무실처럼 간판 하나 없는 사무실이었다. 구리 사무실은 대산 물류라는 대리점이었는데, 파주의 초이 에너지처럼 대표는 연락이 되지 않았다.

"대산 물류 양춘원 대표는 지금 교도소에서 수감 중이랍니다. 재작년부터 사기죄로 복역 중이죠."

"무슨 사기?"

"회사에서 영업을 담당했었는데, 고객들에게 1억 원을 뜯어낸 다음 주식에 투자했다가 조사를 받았다고 해요."

복역 중인 사람이 회사를 운영할 리가 없다. 누군가 그의 명의를 빌려 대산 물류를 운영하는 게 분명했다. 그러니까 대산 물류도 법인으로만 등록된 페이퍼 컴퍼니에 불과했다.

수사팀이 대산 물류 사무실을 살피는 동안, 유 팀장과 강 과장은 임 대리와 함께 계속 연락을 주고받으며 용제가 어디로 움직이고 있는지 확인했다.

"몇 시간 전에 용제 생산업체에서 출발했답니다."

"그런데 구리로 안 오지 않을까요? 여기에는 별다른 게 없잖아요. 사무실이 있는 것도 아니고."

김성호 팀장과 함께 있던 백세정이 물었다. 옆에 있던 전종진도 똑같이 생각했다. 탱크로리가 굳이 빈 사무실로 올 리가 없었다. 하지만 김성호 팀장은 다르게 생각했다.

"지금 우리가 찾는 건 탱크로리가 아니야."

"그럼요?"

"탱크로리를 따라갈 사람을 뒤쫓는 거지."

"따라갈 사람이요?"

얼마 지나지 않아 건물에서 두 남자가 나타났다. 김성호 팀장이 다른 차에 타고 있는 조기연에게 연락했다. 김성호 팀장은 건물에서 나가는 남자들을 지켜보며 물었다.

"여기 조사했던 정철호에게 물어봐. 저 사람들이 누군지 아냐고."

"건물 관리인이라고 하는데요?"

"같은 일당이야. 쫓아갈 준비해."

건물에서 나온 남자들은 두툼한 점퍼를 입은 채 낡은 세단을 타고 어디론가 향했다. 그 뒤를 수사팀이 뒤쫓았다.

김성호 팀장과 함께 있던 유 팀장이 물었다.

"같은 일당이라는 걸 어떻게 아나요?"

"파주에서도 관리인이 있었던 거 기억하시죠? 계속 지켜보니까 행동거지가 너무 수상했어요. 아무도 오지 않는 빈 사무실에 왜 관리인이 있겠어요?

빈 사무실을 계속 오가면서 누군가와 통화를 하고. 평범한 관리인이 아니라는 걸 직감했죠. 분명 사무실과 관련된 사람들일 겁니다."

김성호 팀장의 예상대로, 관리인들이 탄 차량은 건물에서 벗어나 멀리 떠났다. 절대 가까운 곳으로 가는 게 아니라고 판단한 김성호 팀장은 조기연에게 연락하여 준비를 단단히 하라고 일러두었다.

조기연은 볼멘소리를 했다.

"이 양승연이라는 친구요. 너무 흥분을 잘하는데요?"

"잘 가르쳐줘. 이 사건만 해결하면 성장하겠지."

"팀장님, 성장이라는 단어는 이럴 때 쓰는 게 아니에요. 그리고 우리는 사건을 해결하려고 왔지 뭘 배우려고 온 게 아니잖아요."

"그래도 IT 장비는 잘 다루는 전문가잖아. 각자의 역할을 충실히 하면 돼."

"차가 움직입니다!"

조기연 옆에서 양승연의 목소리가 들렸다. 관리인들이 탄 자동차가 구리를 빠져나갔다. 아무래도 하남으로 갈 것 같았다. 김성호 팀장이 유 팀장에게 물었다.

"혹시 하남이나 이천에 용제대리점이 또 있나요?

"정식 허가를 받은 곳은 없습니다."

"그럼 충청도나 강원도 쪽으로 빠질 수도 있겠군요."

"25톤 트럭이라고 하더군요. 그렇게 많은 용제를 한꺼번에 사용할 공간이 있을지 의문이에요."

일단 계속 추격을 해야 했다. 관리인들이 곧바로 탱크로리를 쫓아갈지 의문이었지만, 지금 당장 할 수 있는 건 그것밖에 없었다.

수사팀이 탄 차량은 방위산업국에서 준비해준 SUV였다. 외관은 시장에서 판매되는 SUV와 크게 다르지 않았는데, 내부 공간이 매우 넓었다. 4명을 태울 수 있었고, 주민호 차장의 설명처럼 다양한 기기들이 뒷좌석에 탑재되어 있었다. 그런데도 속도는 제법 빨랐다.

"설마 위에서 이런 걸 지원할 줄은 몰랐네요. 그냥 싸구려 현장침투복 하나만 지원할 줄 알았는데."

"그만큼 청와대와 각 부처에서 이 사건에 집중하고 있다는 거겠죠."

관리인들은 뒤에서 수사팀이 쫓아오는지 모르는 눈치였다. 수사팀의 SUV 외에 몇몇 차량이 국도를 따라 달리고 있었다. 수사팀이 세단을 주시하는 한편, 유 팀장은 한국 석유관리공사에게 연락하여 탱크로리의 종착지를 알아보라고 지시했다.

얼마 지나지 않아 유 팀장이 탱크로리의 도착지점에 대해 파악했다.

"생산업체에 보고할 때는 구리 대산 물류로 간다고 했더군요."

"허위보고를 했군요. 혹시 탱크로리에 있는 용제가 중간에 다른 곳으로 운반될 가능성도 있나요?"

"충분히 가능합니다만, 그러려면 중간에 용제를 운반할 수 있는 다른 탱크로리가 필요해요. 그거 말고 인력도 필요합니다. 짧은 시간에 빠르게 운반하려면요."

"그래서 저 사람들이 움직이는 거일 수도 있겠네요. 다들 차량 번호판 기억해둬."

"알겠습니다."

운전을 하는 전종진은 눈에 불을 켜고 관리인의 세단을 쫓았다. 추적은 적절한 거리를 유지하면서 진행해야 했다. 생각보다 피곤한 미행이었는데, 전종진은 운전도 곧 잘했다.

김성호 팀장의 예상대로, 관리인의 차량은 하남으로 향하고 있었다. 이제 사방이 완전히 어둑해졌다.

그리고 10분 뒤, 국도를 따라 움직이는 관리인의 차량 옆으로 탱크로리 한 대가 나타났다. 유 팀장이 차량번호를 확인한 뒤 고개를 끄덕였다.

"저 차가 맞습니다."

"조기연. 목표물이 나타났으니까 잘 따라붙어."

김성호 팀장이 조기연에게 지시했다. SUV 내에서 정적이 흘렀다. 김성호 팀장과 수사팀은 조용히 탱크로리와 세단을 따라갔다.

탱크로리는 중간에서 멈추지 않았다. 국도 주변에서 멈출 줄 알았던 차량들은 하남을 지나쳐 이천으로 향했다.

어느새 아파트 단지와 큰 건물들이 사라졌다. 주변으론 낮은 언덕과 논밭이 보였다. 하지만 늦은 시간이라 사람들은 보이지 않았다.

저녁 8시. 탱크로리와 세단이 이천 IC를 지나쳐 더 남쪽으로 내려갔다. 조기연이 김성호 팀장에게 연락했다.

"충청도로 가는 것 같은데요? 괴산이나 청주가 아닐까요?"

"그럴 가능성도 있지. 계속 지켜보자고."

이제 탱크로리와 세단, 그리고 수사팀의 SUV만 국도를 따라 달리고 있었다. 많은 차량들이 이천 IC로 빠져나갔다.

"이 자식들, 어디까지 가는 거야?"

전종진이 탱크로리를 보면서 중얼거리고 있을 때, SUV 뒤에서 헤드라이트가 번쩍였다. 이윽고 세단과 승합차가 SUV를 지나쳐 빠른 속도로 탱크로리를 향해 접근했다.

"뭐야, 저거?"

"계속 따라붙어. 다른 놈들이 붙었어."

김성호 팀장이 침착하게 전종진에게 지시한 뒤 조기연에게 연락하려 했다. 탱크로리와 관리인의 차량에 달라붙은 걸 보니 한패가 분명했다.

그런데 얼마 지나지 않아 관리인의 세단이 점점 속도를 줄이는 게 아닌가? 탱크로리는 똑같은 속도로 계속해서 움직였지만, 관리인의 세단은 세단과 승합차 때문에 점점 속도가 느려졌다.

탱크로리와 세단의 거리가 멀어지자 조기연이 김성호 팀장에게 SUV에 있는 무전기로 연락했다.

무전을 하는 동안에는 서로가 음어로 소통했다. 다른 수사 때와 마찬가지로. 김성호 팀장이 탑승한 SUV는 블랙 원, 조기연이 탑승한 SUV는 블랙 투, 그리고 다른 한 대는 블랙 쓰리였다.

"여기는 블랙 투. 찢어질까요?"

"블랙 원이 탱크로리에 붙는다. 블랙 투는 세단을 쫓아."

이윽고 관리인의 세단이 옆으로 빠졌다. 동시에 뒤에서 달라붙은 다른 세단과 승합차가 관리인의 세단을 따라갔다. 조기연과 정철호, 양승연, 강 과장이 그 뒤를 추적했다.

탱크로리는 우직하게 국도를 따라 움직였다. 그 옆을 검은 SUV가 쫓았다. 김성호 팀장은 무언가 잘못되었다는 걸 알았다.

한참 뒤에, 검은 SUV가 탱크로리 뒤로 빠졌다. 김성호 팀장의 블랙 원 바로 앞이었다. 전종진이 옆 차선으로 빠지려고 하면, 검은 SUV가 길을 막았다. 다시 차선을 바꾸면 검은 SUV가 옆으로 움직였다.

"저 자식들, 우리가 붙은 걸 알고 있는 모양인데요?"

"그래도 신경 쓰지 말고 계속 운전해. 목표는 탱크로리니까."

순간, 검은 SUV의 속도가 빠르게 줄었다. 탱크로리를 지켜보던 전종진이 얼른 브레이크를 밟았다. 끼익, 하며 타이어 끄는 소리가 차창 밖으로 들렸다. 김성호 팀장과 유 팀장, 그리고 수사관들의 몸이 앞으로 쏠렸다.

전종진이 얼른 액셀을 밟으려고 했지만 검은 SUV가 앞을 막고 있었다. 전종진이 핸들을 돌려 뒤로 빠지려 했다. 탱크로리는 점점 멀어졌다.

"다시 밟아!"

김성호 팀장의 말에, 전종진이 핸들을 확 꺾었다. 타이어 긁는 소리가 다시 한 번 들리더니 검은 SUV를 지나칠 수 있었다. 하지만 검은 SUV는 빠른 속도로 블랙 원을 쫓아왔다.

"저 자식들, 일부러 그랬어요."

"옆에서 봐줄 테니까 탱크로리만 신경 써."

"저기! 탱크로리가 빠져나가요!"

국토를 따라 달리던 탱크로리가 방향을 바꿨다. 중부고속도로 방향이었다.

탱크로리는 국도에서 벗어나 음성으로 들어갔다. 전종진이 액셀을 밟고 다시 쫓아가려는데, 검은 SUV가 바로 옆으로 끼어들었다.

끼익, 하는 소리가 국도 전체로 퍼졌다. 전종진이 재빨리 뒤로 후진하려 했지만, 이번에는 검은 SUV가 바짝 따라붙었다. 아예 차를 들이받을 모양이었다.

"저것들이!"

"더 뒤로 빼."

블랙 원이 검은 SUV에 신경을 쓰는 사이, 탱크로리는 저 멀리 달아났다. 음성으로 들어간 탱크로리가 멀어지자 검은 SUV가 곧바로 방향을 틀어 탱크로리를 쫓아갔다.

전종진이 핸들을 돌리려 하자 김성호 팀장이 그를 저지했다. 유 팀장은 놀라 그에게 물었다.

"안 쫓아갑니까?"

"오늘은 여기까지만. 더 쫓아가면 녀석들이 아예 잠수 탈 수 있어요."

탱크로리와 검은 SUV가 도로를 따라 멀리 달아났다. 그 모습을 바라보던 백세정이 답답하여 김성호 팀장에게 따졌다.

"이제 조금만 있으면 트럭을 잡을 수 있었는데요? 지금이라도 늦지 않았으니까 얼른 쫓아가는 게…"

"차는 이제 끝났어."

"그럼요?"

김성호 팀장이 전종진을 쳐다봤다. 왜 그가 쳐다보는지 알 수 없는 전종진은 의아한 표정을 지었다. 김성호 팀장이 그에게 말했다.

"하늘에서 우리를 도와줄 '참수리'도 이 차에 태웠지?"

그제야 전종진이 이해했다는 듯이 부랴부랴 뒷좌석으로 몸을 옮겼다. 백세정이 대신 운전대를 잡았다.

"팀장님! 하고 많은 새 이름 중에 하필이면 참수리가 뭐예요?"

"독수리도 아니고 좀…"

"이 사람들이 뭘 모르는군, 경찰 심벌마크에 있는 새가 참수리야! 경찰의 상징! 국민의 부름에 신속한 출동을 의미하기도 하고. 드론도 이제 우리의 일원이니 참수리가 제격이지."

"어휴! 팀장님을 누가 말려!"

참수리 1호는 블랙 원에서 나와 곧바로 하늘을 따라 날아갔다. 아주 빠르면서 민첩하게. 방위산업국에서 제작했다는 드론이 새삼 훌륭하게 느껴졌다.

　　　　　　　　　　　* * *

　고속도로에서 벗어난 탱크로리가 언덕으로 향했다. 언덕 위에는 규모가 상당한 컨테이너 야적장이 있었다. 탱크로리가 컨테이너 사이 중앙부까지 들어가 멈추니 컨테이너에 있던 사람들이 나왔다. 열 명 정도. 그중 하나는 양복을 입고 있었다.

　양복을 입은 남자가 탱크로리 운전자에게 소리쳤다.

　"황 씨, 왜 이렇게 늦었어? 시간 좀 잘 지키면 안 돼? 딴 놈들은 어디 있어? 아까 같이 온다고 들었는데?"

　양복을 입은 남자의 외침에 탱크로리 운전자 황 씨가 부랴부랴 운전석에서 나왔다. 그는 사색이 된 얼굴로 양복을 입은 남자에게 말했다.

　"이사님! 고속도로에서부터 누가 쫓아왔어요!"

　"쫓아왔다고?"

　탱크로리 운전자 황 씨의 외침에 이사의 표정이 순식간에 바뀌었다. 방금 전까지 능글맞게 웃던 그는 같이 있던 남자들에게 소리쳤다.

　"뭐해, 이것들아?! 얼른 정리해! 황 씨! 우리 따라와!"

　이사의 외침에 남자들이 부산하게 움직였다. 황 씨가 다시 운전석에 올라탔다.

　그 순간, SUV 한 대가 거칠게 언덕을 올라왔다. 갑작스러운 불빛에 이사와 남자들이 눈을 가린 채 차를 바라봤다.

　SUV는 언덕 입구에 멈췄다. 안에서 네 명의 남자가 내렸다. 정장을 입은 건장한 남자들이었다. 그들은 쇠파이프와 몽둥이를 들고 있었다.

　SUV에서 내린 남자 중 짧은 머리의 남자가 대표를 보더니 씨익 웃었다.

"이제야 찾았네, 차돌반. 이 문어 대가리 자식. 대전에 있어야 할 놈이 이쪽으로 숨어들다니."

"바, 박 사장? 당신이 어떻게 여기에…"

SUV에서 내린 남자가 박 사장라는 걸 안 차돌반 이사가 주춤거렸다. 차 이사 뒤에 있는 남자들은 무슨 상황인지 몰라 어리둥절한 표정을 지었다.

건장한 체격의 박 사장은 차돌반 이사를 향해 손을 까닥거리며 움직였다.

"백 회장님께서 찾고 있으니까 따라와. 괜한 짓 하지 마. 여기서 남은 생을 마감하기 싫으면…"

박 사장의 말에 차 이사는 긴장한 표정을 짓다가 이내 씨익 웃었다. 상대는 네 명이지만 이쪽은 열 명이 넘는다. 박 사장이 지금까지 거칠게 살았다고 들었지만, 그래도 해볼 만했다.

탱크로리 운전자 황 씨는 이 상황을 어떻게 해야 할지 몰라 고개만 이리저리 움직였다. 그러거나 말거나 차돌반 이사는 손을 허리에 얹은 채 거만한 표정을 지었다.

"내가 가긴 어딜 가? 백 회장한테 전해. 충청도는 알아서 하겠다고."

박 사장의 눈썹이 꿈틀거렸다. 그는 들고 있던 쇠파이프를 바닥에 던진 뒤 손을 이리저리 만졌다. 두둑, 하며 뼈 부딪히는 소리가 퍼졌다.

"주먹맛 안 보더니 잘도 까부네."

차돌반 이사가 남자들에게 손짓했다. 남자들이 컨테이너에서 몽둥이를 들고나오더니 박 사장 무리에게 돌진했다.

열 명이 넘는 남자들이 덤비는데도 박 사장은 당황하지 않았다. 오히려 맹수처럼 눈을 번뜩이더니 가장 먼저 덤비는 남자를 향해 솥뚜껑만 한 주먹을 날렸다.

퍼억, 하며 둔탁한 소리가 들리더니 몽둥이를 든 남자가 꼬꾸라졌다. 공격 한 번 제대로 하지 못한 채.

이어 다른 남자를 향해 주먹을 뻗었다. 박 사장의 주먹은 남자의 턱에 제대로 꽂혔다. 역시나 둔탁한 소리와 함께 남자가 픽 쓰러졌다.

"다 쓸어버려!"

박 사장의 말에 뒤에 있던 남자들이 쇠파이프와 몽둥이를 휘둘렀다. 박 사장은 자신의 앞길을 가로막은 남자들을 빠르게 무너뜨리며 차돌반 이사를 향해 다가갔다.

곳곳에서 쇠파이프와 몽둥이가 부딪치는 소리가 들렸다. 쉬익, 하는 소리가 들리더니 남자들은 고통스러운 비명을 지르며 쓰러졌다. 쓰러지는 쪽은 차돌반 이사 무리였다.

차돌반 이사는 당황하여 눈만 동그랗게 뜬 채 상황을 살폈다.

"화, 황 씨! 빨리 달려! 날 따라와!"

차돌반 이사는 컨테이너 뒤로 달려갔다. 자신을 향해 덤비는 남자들을 상대하던 박 사장이 그를 향해 소리쳤다.

"먹탕질 해 놓고 어딜 빠져나가려고!"

박 사장은 덩치와 달리 날렵한 몸놀림으로 발길질을 하더니 차돌반이 도망간 방향으로 달려갔다.

이어 컨테이너 뒤로 검은 세단 하나가 튀어나왔다. 세단은 흙먼지를 일으키더니 입구를 막고 있는 SUV를 피해 언덕을 내려갔다. 그 뒤로 탱크로리가 움직였다. 탱크로리는 언덕을 내려가면서 SUV의 범퍼와 부딪쳤다. 범퍼가 박살이 나면서 공중으로 튀어 올랐다.

"쫓아! 이 멍청한 놈들아! 빨리!"

박 사장의 명령에 싸우고 있던 검은 정장의 남자들이 SUV를 향해 달려갔다. 하지만 차돌반 이사 무리가 그들을 놓아주지 않았다.

그사이, 차돌반 이사의 세단과 탱크로리가 언덕을 벗어나 달아났다. 두 차량은 연신 흙먼지를 일으켰다.

*　*　*

"아직도 싸우고 있나?"

"조폭들처럼 싸우는데요? 어? 잠깐만요. 탱크로리가 다시 움직여요."

전종진이 뒷좌석에 설치된 조종간을 만지며 말했다. 그는 참수리 1호가 촬영한 영상을 보여줬다. 김성호 팀장과 백세정, 그리고 유 팀장이 화면을 살폈다.

참수리 1호는 하늘에서 난투극이 벌어지고 있는 컨테이너 야적장 중앙부를 촬영하고 있었다. 야간투시경이 장착된 카메라여서 화질이 무척 깨끗했다. 컨테이너 주변에서 십수 명의 사람들이 엉켜 싸우다가 세단 한 대와 탱크로리가 움직이는 게 모니터에 잡혔다.

"내가 운전하지. 종진이는 계속 드론으로 탱크로리를 쫓아가."

"네."

전종진은 뒷좌석에서 모니터를 보고 조종간을 계속 움직였다. 참수리가 촬영한 영상이 계속 수신되고 있었다. 전종진은 조종간을 빠르게 계속 움직이며 탱크로리를 쫓았다.

운전석에 앉은 김성호 팀장이 거칠게 액셀을 밟았다. 그는 원래 시속 80㎞를 넘지 않게 운전하는 스타일이었다. 하지만 지금은 그런 걸 따질 새가 없었다.

블랙 원이 거칠게 움직이더니 고속도로를 벗어났다. 이어 사 차선 도로를 따라 움직이던 자동차는 전종진이 알려주는 방향으로 빠르게 움직였다.

뒷좌석에 있던 유 팀장은 연신 몸이 흔들려서 정신이 없었다. 그는 안경을 고쳐 쓰며 김성호 팀장에게 부탁했다.

"기, 김 팀장님. 조금만 천천히 움직여요!"

"그럴 시간 없으니 카레이싱의 스릴 좀 만끽하고 있어요."

유 팀장의 말을 거절한 김성호 팀장은 액셀을 더 세게 밟았다. 어느새 시속 200㎞를 훌쩍 넘겼다. 엔진이 불이 뿜어져 나올 것처럼 으르렁거렸다.

사 차선 도로에서 벗어나자 김성호 팀장이 다시 물었다.

"어디로 갔나?"

"아예 음성으로 들어갔습니다."

"다른 차도?"

"네."

"쫓아오는 차도 보이나?"

"확인이 되지 않습니다."

얼마 지나지 않아 조기연에게서 연락이 왔다. 김성호 팀장이 받을 수 없어 대신 백세정이 받았다.

"여기는 블랙 원. 지금 음성으로 들어가고 있어요. 탱크로리도 그쪽으로 들어가고 있어요."

"여기는 블랙 투. 승합차를 놓쳤다. 지금 어디에도 보이지 않아."

백세정이 김성호 팀장에게 전했다. 김성호 팀장은 앞만 보며 액셀을 밟았다. 다행히 도로에는 다른 차들이 보이지 않았다.

"추적 포기하고 아까 싸움이 있었던 곳으로 가보라고 해. 탱크로리는 우리가 쫓는다고 하고."

백세정이 김성호 팀장의 말을 그대로 전했다. 조기연은 상황이 방금 전보다 더 급하게 돌아간다는 걸 알고 곧바로 블랙 투를 움직였다.

"탱크로리가 시내로 들어가지 않습니다."

"그러면?"

"다른 도로로 빠지고 있어요. 청주 쪽으로 가는 것 같아요."

청주가 목적지일까? 그럴 수도 있었다. 하지만 최종목적지는 청주가 아니라고 김성호 팀장은 직감했다.

게놈 C가 검출된 지역은 충청북도보다 더 아래쪽이다. 음성은 다른 지역으로 옮겨지는 지점에 불과했다. 청주든 대전이든 마찬가지일 것이다.

"팀장님. 아까 창고에서 서로 싸웠잖아요? 혹시 용제를 두고 조직들끼리 싸우는 게 아닐까요?"

"그럴 수도 있지. 아니면 지역권을 놓고 세력다툼을 하던지."

백세정의 질문에 김성호 팀장은 짧게 대답했다. 용제를 구입한 페이퍼 컴퍼니가 한두 군데가 아니다. 그러니 뉴 제녹스를 제조하는 조직도 여러 조직일 수도 있다.

조직들끼리 싸우는 걸까. 가능성이 컸다. 그것도 아니면 조직 내에서 용제를 차지하기 위해 싸울 수도 있고.

아직 분명한 건 없다. 일단 탱크로리를 잡아야 실마리를 잡을 수 있다.

김성호 팀장은 전종진이 알려준 방향을 따라 계속 차를 움직였다. 예상대로 탱크로리는 청주로 향했다.

그런데 얼마 지나지 않아 전종진이 당황한 목소리로 말했다.

"저어, 팀장님. 더 이상 참수리가 쫓아갈 수가 없어요."

"무슨 말이야?"

"조금 있으면 터널이라 수신이 불안정해요. 지금도 신호가 불안하고요."

"어떻게 더 안 되나? 그럼 GPS를 썼어야지."

"죄송해요. 다음엔 실수 없이 신경 쓰겠습니다."

전종진이 계속 기기를 조작했으나 소용없었다. 화면으로 점점 멀어지는 탱크로리가 보였다. 그리고 그 앞으로 세단이 빠르게 달려가고 있었다. SUV 는 없었다.

결국 드론으로 탱크로리를 추격하는 걸 포기해야만 했다. 더 움직였다간 드론이 수신 신호를 잃고 바닥에 곤두박질칠 것이다.

전종진과 백세정, 그리고 유 팀장은 아쉬운 표정을 숨기지 않았다. 김성호 팀장은 서서히 엑셀에서 발을 뗐다. 그래도 성과는 있었다.

"모니터에 탱크로리랑 세단 차량번호는 나오나?"

"나옵니다. SUV도 나옵니다."

"그럼 일단 그 차량들을 추적해야겠어."

김성호 팀장은 핸들을 돌렸다. 순위가 바뀌었다. 컨테이너에서 싸움을 벌인 남자들을 검거하기로 했다.

음성으로 다시 돌아가는데, 조기연에게서 연락이 왔다. 허탈한 말투였다.

"여기는 블랙 투. 음성에도 아무것도 없습니다. 이미 모두 도망쳤습니다. 컨테이너가 모두 비어있어요."

나중에 김성호 팀장이 조기연과 합류하여 컨테이너 야적장을 확인했다. 조기연의 말처럼 사람은커녕 증거물도 찾을 수 없었다. 컨테이너는 텅 비어 있었다.

모든 게 증발되었다. 그래도 영상은 아직 남아 있다는 게 수사팀에게는 다행이었다.

흩어진 퍼즐 조각을 맞추어 가다!

2018년 11월 3일 오전 10시 38분

용인 수사본부에 수사팀과 한국 석유관리공사 직원들이 모였다. 그들은 참수리가 촬영한 영상을 확인한 다음, 영상에 촬영된 탱크로리 차량번호를 확인했다. 탱크로리 차량번호를 확인한 한국 석유관리공사가 수사팀에게 전달했다.

"이름은 홍용준입니다. 탱크로리를 4년 정도 몰았네요."

한국 석유관리공사는 용제 제조사와 대리점, 그리고 탱크로리 소유자에 대한 정보를 보유하고 있었다. 이는 석유사업법에 의해 석유를 비롯한 석유 제품을 제조, 유통하는 기업과 개인이 신고해야 할 의무가 있기 때문이다.

"홍용준의 탱크로리는 구리 대리점으로 이동할 예정이었어요. 하지만 다들 아시다시피 음성으로 빠졌죠."

"음성에 있는 창고에서 무슨 짓을 하려고 했을까요?"

"그야 탱크로리에 있는 용제를 다른 곳으로 운반하려고 했겠죠. 뉴 제녹스를 만들기 위해서요."

회의에 참석한 사람들이 저마다 한마디씩 했다. 이제 홍용준의 탱크로리를 찾아야 했다. 하지만 아직 의문이 풀리지 않은 지점이 있었다.

유 팀장이 김성호 팀장에게 물었다.

"SUV와 세단 차량번호는 조회해봤나요?"

"확인했습니다. 하지만 건진 게 없어요."

"건진 게 없다니요?"

"모두 말소된 차량번호에요."

한국 석유관리공사는 탱크로리 소유자를 찾아냈지만, 수사팀은 아직 이렇다 할 성과가 없었다.

수사팀은 암담한 표정을 감추지 못했다. 그래도 용제를 운반하는 실마리를 잡을 수 있다고 생각했는데, 이렇게 어렵다니.

곧 회의에 전종진이 참석했다. 차가운 회의실 분위기와 달리 전종진은 옅은 미소를 머금고 있었다. 그의 미소를 확인한 김성호 팀장이 물었다.

"영상에서 건진 게 있나?"

"음성에 있었던 싸움도 촬영했잖아요? 그중에서 모니터에 잡힌 얼굴이 있었어요."

전종진의 말에 다들 그를 바라봤다. 전종진은 회의실에 있는 수사관들에게 종이를 건넸다.

종이에는 양복을 입은 남자의 얼굴이 크게 프린트되어 있었다. 김성호 팀장은 어제의 기억을 더듬다가 전종진에게 말했다.

"이 사람, 어제 세단을 끌었던 사람이지?"

"맞습니다. 다른 사람들 얼굴은 제대로 나오지 않아서 난감했는데, 이 사람만 유일하게 얼굴이 잘 나왔어요."

"그래서 누군데?"

조기연이 궁금증을 참지 못하고 전종진에게 물었다. 전종진은 여전히 미소를 머금은 채 설명했다.

"이름은 차돌반. 몇 달 전까지 평택에서 화학업체를 운영했던 사람이에요."

평택이 거론되자 수사팀의 눈빛이 달라졌다. 평택 주유소 폭발 사건과 관련이 있는 인물이라는 걸 모두가 직감했다.

"하지만 지금은 사업을 정리했다면서? 그럼 추적이 불가능한 거 아니야?"

"그럴 리가요. 지금은 다른 회사에서 일하고 있더라고요. 경상북도 구미에 있는 홍석 화학 이사에요. 원래 그 회사 대표는 홍명석이라는 사람이었어요. 하지만 조회해보니까 이 사람도 보이스피싱 조직에게 통장을 팔았다가 경찰서에서 조사를 받았었어요. 당시 노숙자로 확인되었더라고요."

"이번에도 명의를 빌려준 게 분명하군."

김성호 팀장이 자리에서 일어났다. 음성에서 있었던 일은 증발했지만, 새로운 실마리가 나타났다. 김성호 팀장은 자신과 함께했던 수사관들에게 지시했다.

"다들 짐 싸. 바로 구미로 간다."

"한국 석유관리공사도 함께 가죠."

회의에 참석한 유 팀장이 말했다. 함께 있던 강 과장도 고개를 끄덕였다.

김성호 팀장을 비롯한 수사관들이 수사본부에 있는 짐을 정리하여 SUV에 실었다. 이번에는 방위산업국에서 건네준 현장침투복도 챙겼다. 조기연이 현장침투복을 보더니 김성호 팀장에게 말했다.

"저희, 이 현장침투복 꼭 입어야 해요?"

"이번에는 뉴 제녹스가 제조되는 곳으로 갈 수도 있어. 혹시 모르니까 챙기는 게 좋지. 뭐 문제 있어?"

"이 현장침투복이 별로여서요."

"현장침투복을 폼으로 입어? 죽기 싫어서 입지. 집에 있는 가족도 생각해."

SUV에 짐을 싣던 조기연이 갑자기 피식 웃었다. 김성호 팀장이 그에게 왜 웃느냐고 물으니 조기연은 어깨를 으쓱거렸다.

"아예 특별수사팀 이름을 정하는 건 어때요? SUV도 검은색이고, 현장침투복도 검은색이니까 블랙이라고 부르는 거 어때요?"

김성호 팀장은 대답 대신 조기연을 빤히 쳐다봤다. 긍정도, 부정도 하지 않았다. 그러다 조수석에 타며 말했다.

"그게 마음에 들면 그렇게 불러."

김성호 팀장의 덤덤한 반응에 조기연은 다행이라고 생각했다. 만약 마음에 안 들었다면 김성호 팀장은 싫다고 딱 잘라 말했을 테니까.

블랙! 투박하지만 강력한 파워도 연상되고 나쁘지 않은 팀명이었다.

* * *

같은 시간, 박 사장은 백 회장에게 연락했다. 신호음이 길게 울리다가 핸드폰 너머로 백 회장의 목소리가 들렸다. 주변에서 여자 웃음소리도 들렸다.

"찾았나?"

"네."

"어디에 있지?"

"구미로 빠졌습니다."

"용제도?"

"네. 덮칠까요?"

지난밤, 박 사장은 컨테이너 야적장에서 벗어나 곧바로 탱크로리를 추격했다. 중간에 놓칠 뻔했지만 차돌반의 행선지를 어느 정도 예측했던 박 사장이었다. 어차피 그가 갈 수 있는 곳은 한정되어 있으니까.

구미라는 말에 백 회장이 웃었다. 그의 낮은 웃음소리가 박 사장에게 들렸다.

"아직도 거기서 쓸데없는 짓을 하고 있을 줄은 몰랐군. 옛 버릇 버린 줄 알았는데."

"아예 따로 움직일 생각을 하더군요. 음성에서 마주쳤었는데, 자기 똘마니들도 있더라고요."

"꿍꿍이를 벌이고 있다는 건 다 알고 있지 않았나? 차라리 구미면 우리한 테 좋지. 우리도 구미에 있었잖아."

"그게 좋죠."

박 사장은 한때 구미를 비롯한 경상남도에서 조직을 운영한 적이 있었다. 밑에 있는 동생들만 50명에 달했었다. 지금은 서울에 있었지만, 그래도 경상남도라면 손바닥처럼 훤했다.

"애들을 부를까요?"

"아니, 내가 직접 내려가지."

"회장님이 직접이요?"

"가서 듣고 싶은 말도 있으니까. 이번에는 조용히 넘어갈 수 없겠어."

"아예 묻어버릴까요?"

"손에 피 안 묻히려고 했는데, 그게 좋겠어. 개가 딴생각을 자꾸 품으면 잡 아먹어야지. 경상도면 김대충 이사지? 그놈한테도 연락해."

"넙치요? 이미 연락을 했는데 받지 않습니다. 대신 그 밑에 있는 김 실장이 받았어요. 김 이사가 아프다고 하더라고요. 지병이 도졌다고요."

넙치는 김대충 이사의 별명이었다. 박 사장의 보고에 백 회장은 코웃음을 쳤다. 그는 넙치의 말을 믿지 않았다. 원래 자주 아프다는 핑계로 회합에도 오지 않는 놈이었으니까.

혹시 자기 몰래 차돌반과 결탁하여 다른 꿍꿍이를 꾸미는 게 아닐까. 아주 잠깐 의심했지만 백 회장은 그 생각을 지웠다. 차돌반과 달리 넙치는 그릇이 작은 사람이다. 회사를 위해서라도 자신을 배신할 사람이 아니었다. 그리고 배신하면 어떻게 되는지 잘 알고 있는 사람이다.

"나머지는 내려가서 말하지. 이번에는 도망가지 못하게 철저히 감시해."

"알겠습니다."

통화가 끝났다. 박 사장은 운전석에 앉은 남자에게 손짓했다. SUV는 골목에서 벗어났다. 어제 탱크로리와 부딪히는 바람에 범퍼가 날아갔지만 박 사장은 신경 쓰지 않았다. 그는 사냥감에만 집중했다.

* * *

2018년 11월 4일 오후 8시 56분

구미까지 내려온 수사팀은 피곤했다. 어제는 서울에서 음성으로, 그리고 오늘은 용인에서 구미까지 왔다. 장거리 수사가 이틀 동안 이어지니 피곤할 수밖에 없었다. 하지만 수사에 집중해야 했기에 누구 하나 볼멘소리를 하지 않았다.

유일하게 양승연만 컨디션이 좋았다. 아니, 꽤나 흥분상태였다. 이번에는 현장을 덮칠 수도 있다는 기대감이 큰 모양이었다. 옆에 있던 정철호는 양승연을 보며 힐난했다.

"넌 뭐가 그렇게 기분이 좋아?"

"현장 덮친 적이 손에 꼽혀요. 거기다 이번에는 큰 사건이잖아요? 저의 고모님은 사내란 놀아도 큰물에서 놀라고 하셨는데, 이렇게 큰 사건을 대하니 흥분이 될 수밖에요!"

"사건 망치면 그대로 모가지야. 조심해."

"목은 단단히 붙이고 있겠습니다!"

양승연은 큰 소리로 대답했다. 정철호의 눈치도 살피지 않고 자기 할 말만 했다. 정철호는 눈치를 주려다 포기했다. 그는 옆머리를 지그시 눌렀다.

본청에 있을 때도 양승연은 특이하다고 소문이 났었다. 좋게 말하면 패기가 있고, 나쁘게 말하면 무작정 뛰어다닌다. 수사는 절대 혼자서 할 수 없으며, 적절한 시간을 계산해서 움직여야 했다. 마치 맹수가 협공하여 사냥감을 잡듯이 말이다.

그런데 양승연은 작전회의에서 임무를 부여받으면 열정이 앞서 쉽게 흥분하여 뛰다가 수사를 그르치기도 했다. 그래서 함께 근무했던 사람들이 몇 번이나 주의를 줬는데도 불구하고 쉽게 고쳐지지 않았다.

정철호는 그런 양승연의 성격을 알았다. 그런 그가 특별수사팀에 자원했으니 놀랍기도 하면서 골치가 아팠다.

"선배님, 처음 외근 수사했을 때 허탕 쳤잖아요? 그런데 저번에도 허탕 쳤고요. 이번에는 무조건 잡아야 하지 않겠어요?"

"조용히 좀 해라. 그리고 그 선배라는 말은 언제까지 할 거야?"

"저의 고모님께서는 웃어른을 공경하는 것이 자신을 공경하는 것과 같다고 하셨어요. 그러니 저보다 나이도 위인 데다 경험도 많으니까 선배님이죠."

"아예 선생님이라고 부르지 그러냐?"

"그건 좀 그렇고, 사부라고 부를까요?"

탁! 정철호가 양승연의 머리를 가볍게 때렸다. 보통 수사관들끼리는 형·동생 하는 사이다. 특히 사적으로 만날 때는 편하게 부르는데, 양승연은 그런 것도 없었다. 팀장님은 팀장님, 다른 사람들은 선배님이었다. 물론 양승연이 수사팀에서 제일 막내여서 그렇게 부른다는 걸 이미 다 알고 있었다.

양승연과 정철호의 대화를 듣던 조기연이 고개를 절레절레 흔들었다. 그에 비해 김성호 팀장이나 백세정, 전종진은 조용히 웃기만 했다. 특히 양승연과 정철호의 대화는 유독 귀에 들어왔다. 백세정이 김성호 팀장에게 조용히 말했다.

"예전에 구리에 있는 페이퍼 컴퍼니 조사할 때 얘기를 들었어요. 그때도 어찌나 흥분하던지 옆에서 말리기 바빴다고 하던데요?"

"흥분했다니?"

"그냥 가서 다 긴급체포하면 안 되냐고요. 영장은 왜 안 나오는지 모르겠다고 30분이나 투덜거렸대요."

"투우장에 들어간 소 같네."

이번에는 양승연이 드론 조종간을 확인했다. 음성에서 전종진이 드론 조종에 실패했다는 이야기를 듣고 최대한 적절한 방식으로 참수리를 날리기 위해 열심히 시뮬레이션을 반복했다. 물론 전종진도 마찬가지였다.

수사팀이 SUV를 타고 구미로 가는 동안, 한국 석유관리공사 직원들은 윙트럭에 탑승하여 성분 분석기를 살폈다. 성분 분석기는 국립과학수사연구원에서 사용하는 것과 거의 동일했다. 뉴 제녹스 성분은 물론 특별성분 검사도 잘할 수 있었다.

"이렇게 좋은 물건이 본사에 있으면 좋겠네요. 그럼 처음부터 고생하지도 않았을 텐데요."

강 과장은 기기를 툭툭 건드리며 말했다. 유 팀장은 허허 웃으며 대답했다.

"지금이라도 이렇게 좋은 게 있으니까 다행이지. 만약 이런 것도 없었다고 생각해봐. 샘플을 받아서 국과수에 올리고, 성분 분석이 끝날 때까지 기다렸어야 했잖아. 시간을 많이 줄일 수 있지."

강 과장은 유 팀장의 말에 그를 잠시 바라보다 다시 분석기를 살폈다. 강 과장은 그런 뜻으로 말한 게 아니었다. 하지만 굳이 유 팀장에게 자신의 생각을 말하지 않았다.

구미 시내로 들어온 수사팀은 곧바로 홍석 화학 사무실을 찾았다. 늦은 시간이었고, 당연히 페이퍼 컴퍼니인 줄 알았는데 사무실 불이 켜져 있었다.

"덮칠까요?"

"아니, 잠깐만."

김성호 팀장은 유 팀장에게 전화를 걸어 물었다.

"팀장님, 사무실에서 뉴 제녹스를 제조할 수 있을까요?"

"그럴 리가요. 분명 다른 곳에서 제조할 겁니다. 용제에 첨가물을 넣으면 아주 냄새가 심해요. 웬만한 건물에서는 절대 만들 수 없어요."

"그럼 기다릴 수밖에 없네요."

일단 사무실에 있는 사람들이 나올 때까지 김성호 팀장 일행은 기다렸다. 윙트럭은 놈들에게 노출될 염려가 있어 사무실에서 멀리 떨어진 곳에서 대기했다.

하지만 마냥 기다릴 수는 없는 노릇이다. 조기연, 정철호, 양승연은 사무실 주변을 돌아다니며 홍석 화학과 관련된 것들이 있는지 확인했다.

23분 뒤, 조기연이 김성호 팀장에게 연락했다.

"팀장님, 어제 탱크로리를 쫓아간 차량번호 기억나세요? 검정 SUV요."

김성호 팀장이 조기연에게 차량번호를 알려줬다. 이어 그가 물었다.

"찾았어?"

"네. 범퍼가 박살 났어요."

"사진 찍을 수 있어?"

"안에 사람이 있어요. 렌즈를 당겨 찍어 볼게요."

사람이 있다는 말에 김성호 팀장이 반응했다. 그는 조기연에게 범퍼가 박살이 난 SUV를 주의 깊게 보라고 지시했다.

다시 5분 뒤, 조기연에게서 메시지가 왔다.

[녀석이 움직여요. 사진은 찍을 수가 없었고요.]

사진을 못 찍는 건 어쩔 수 없을 것이다. 일단 차를 찾은 걸로 만족해야 했다. 이윽고 사무실을 감시 중이던 백세정이 김성호 팀장에게 말했다.

"사무실에서 사람들이 나와요."

"이번에도 동시에 움직이네. 쫓아."

그런데 얼마 지나지 않아 범퍼가 박살이 난 SUV가 사무실 근처에 도착했다. 이어 사무실에 있던 사람들이 나와 SUV에 탑승했다.

김성호 팀장은 사무실에 있는 사람들과 SUV가 같은 조직이라고 예상했다. 사무실에서 나온 사람들은 정장 차림이었다. 분명 SUV에 탑승한 남자들은 음성에서 본 사람들이리라.

하지만 이상했다. 어제는 죽일 듯이 서로 치고 박고 싸웠는데 말이다. 김성호 팀장은 생각에 잠겼다.

"왜 그러세요?"

"아무래도 이상해. 저 SUV, 음성에서도 봤는데 구미에서도 봤잖아? 저렇게 많이 움직이는 차가 얼마나 되겠어?"

"그럼 몸통일까요?"

"일단 지켜보자고. 어떤 상황인지 정확히 모르니까."

범퍼가 박살 난 SUV가 부리나케 움직였다. 수사팀도 조용히, 하지만 빠르게 그 뒤를 따랐다.

SUV는 구미 시내를 벗어나 국도로 진입했다. 대구로 이동했다. 어쩌면 정말 현장을 덮칠 수 있겠다고 판단했다.

대구로 가는 국도에서 SUV가 멈췄다. 수사팀은 조심히 그 앞을 지나갔다. 전종진이 물었다.

"참수리를 날릴까요?"

"아니, 잠깐만."

국도에는 탱크로리가 보이지 않았다. 다른 차량도 보이지 않았다. 음성에서는 SUV 외에 승합차도 한 대 있었는데.

블랙 원은 SUV에서 500m 이상 떨어진 곳에서 그들을 주시했다. 미리 준비한 야간투시경으로 SUV를 관찰했다. 차는 여전히 요지부동이었다.

"현장이 바뀐 게 아닐까요?"

"저기!"

백세정이 말하고 있을 때, SUV가 다시 움직였다. SUV 한 대가 아니었다. 국도를 따라 다섯 대의 승합차와 세 대의 검정 세단이 국도를 따라 움직였다.

"쫓아가. 이번에는 크게 터지겠어."

범퍼가 고장 난 SUV를 필두로 아홉 대의 차량이 부산하게 움직였다.

유 팀장을 비롯한 한국 석유관리공사는 윙트럭을 타고 구미 시내에서 대기하고 있었다. 현장이 확인되면 그들을 호출할 예정이었다.

몸통으로 의심되는 SUV는 대구로 들어가지 않았다. 그들은 국도를 돌진하다 돌연 어느 산으로 들어갔다. 이름 없는 산으로 향하는 SUV 주변으로 농촌이 나타났다 사라졌다.

"아니, 여기 이렇게 사람들이 사는데 어떻게 가짜휘발유를 만들 수 있죠?"

"나중에 확인해보자고. 일단 쫓아가."

농촌을 지나친 SUV들이 순간 멈췄다. 농촌 인근에 있는 폐공장이었다. 블랙 원은 폐공장 인근 언덕 아래에 멈췄다.

김성호 팀장은 가지고 있는 모든 야간투시경을 수사관들에게 나눠주었다. 탱크로리는 보이지 않았다. 탱크로리에 있는 용제를 사용하는 모습이 없다면, 뉴 제녹스를 제조하는 현장을 확인해야 했다.

전종진은 참수리 1호를 날려 보냈다. 그는 조종간을 만지며 상공에서 촬영한 영상을 확인했다.

"팀장님, 지붕 때문에 제대로 보이지 않습니다."

"혹시 확인할 수 있는 곳이 없어?"

"일단 찾겠습니다."

폐공장이라고 했지만, 수상한 곳이 한두 군데가 아니었다. 폐공장을 둘러싼 철조망이 있는가 하면, 철조망마다 CCTV 여러 대가 설치되어 있었다. 운영도 안 하는 폐공장에 왜 CCTV를 설치하겠는가.

"야간투시경으로도 보이지가 않아요."

"언덕 위로 올라가지."

결국 블랙 투는 산 중턱에 올라갈 수밖에 없었다. 산 중턱으로 올라간 블랙 투는 다시 한 번 폐공장을 확인했다.

백세정이 김성호 팀장에게 말했다.

"공장 윗부분에 큰 구멍이 뚫려 있어요."

"안은 확인이 되나?"

"투시경으로는 보이지 않아요."

"제가 해보겠습니다."

전종진은 백세정이 확인한 구멍으로 참수리가 날도록 조종했다. 산 중턱에서는 공장 내부가 보이지 않았지만, 구멍을 통해 내부로 들어간 참수리는 눈에 있는 카메라를 이용해 영상을 SUV 모니터로 전송했다.

김성호 팀장은 블랙 투에게 계속 주시하라고 지시하는 한편, 모니터로 보이는 공장 내부를 확인했다.

수십 명의 사람들이 부산하게 움직이는 게 화면으로 잡혔다. 김성호 팀장이 눈을 가늘게 뜨고 그것을 확인했다.

전종진 또한 마찬가지였다. 그는 모니터를 보면서 고개를 갸웃거렸다.

"저 사람들, 뭐하는 거죠?"

"싸우고 있어. 음성에서처럼. 아니, 그보다 더 심하게 싸우네."

녹색 영상으로 사람들이 움직이는 게 보였다. 건장한 체격의 남자들이었다. 그들은 쇠파이프와 몽둥이, 사시미를 든 채 일사불란하게 움직였다.

이윽고 공장으로 나온 이들이 있었다. 다리를 절뚝이거나 팔을 잡은 채 그들은 혼비백산 달아났다.

＊＊

"이 개자식들!"

바닥에 쓰러진 차돌반 이사가 바닥에 침을 탁 뱉으며 소리쳤다. 피가 조금 섞여 나왔다. 다른 사람들과 달리 그는 죽도록 얻어맞았다. 손이 덜덜 떨렸고, 숨을 쉬는 게 힘들 정도였다. 어디 하나 안 아픈 곳이 없었다.

"거 되게 시끄럽네."

거구의 박 사장이 그를 향해 발을 뻗었다. 발은 그대로 차돌반 이사의 배에 꽂혔다. 그는 구역질할 것처럼 배를 움켜잡더니 몸을 굴렸다.

"형님!"

검은 정장을 입은 남자들에게 붙잡힌 한 남자가 차돌반 이사에게 소리쳤다. 곧 정장을 입은 남자들이 그를 구타했다. 손찌검과 발길질에 남자는 몸을 움츠렸다. 차돌반 이사는 구타당하는 자신의 부하를 보고도 아무런 행동도 할 수 없었다.

"그래도 충직한 놈 하나는 있군. 잘 키웠어."

정장을 입은 남자들 사이로 백 회장이 나와 차돌반 이사에게 말했다. 비꼬는 투가 역력했고, 차돌반 이사를 벌레 보듯 바라봤다.

백 회장이 모습을 드러내니 차돌반 이사는 몸을 덜덜 떨었다. 입에서 흐르는 피를 닦아낼 생각도 하지 않았다. 박 사장이 다시 한 번 주먹을 쥐려는 순간, 백 회장은 그를 말렸다.

"관둬라. 그럴 가치도 없는 놈이니까."

박 사장이 차돌반 이사의 몸에서 손을 뗀 뒤 물러났다. 백 회장은 앞으로 나와 차돌반 이사의 이마를 손으로 꾹 누르며 말했다.

"어이, 문어 대가리. 전라도는 어떻게 하고 이런 식으로 도망치나? 그리고 은근슬쩍 평택에도 손을 댔더군."

"그, 그건…."

"왜? 평택 일은 모를 줄 알았나? 주유소 좀 얻어서 현장 운영하려고 했더니만 그걸 날름 먹었지?"

백 회장이 아는 일을 차돌반 이사가 모르지 않았다. 은밀하게 대전에서 만든 제녹스를 이용해 평택에 손을 뻗으려고 했었던 사람이 바로 차돌반 이사니까.

하지만 상황이 좋지 않았다. 냄새를 맡은 박 사장이 평택 주유소를 급습했다는 소식을 듣고 차돌반 이사는 곧바로 평택을 빠져나왔다. 하지만 그 과정에서 폭발이 일어날 줄은 전혀 몰랐다.

분명 박 사장이 한 짓이지만, 지금 그런 걸 따질 시간이 없었다.

"자, 잘못…."

"그리고 기껏 도망친 곳이 구미였나? 아주 제주도나 무인도로 가서 작업하지 그랬어? 날 바보로 아는 거야?"

차돌반은 대답 없이 몸만 부들부들 떨었다. 버려진 개처럼.

그리고 그는 다음 상황이 어떻게 될지 잘 알고 있었다. 박 사장에게 붙잡힌 것만으로도 위험한데, 설마 백 회장까지 내려올 줄은 몰랐다.

어쩌면, 정말 죽을 수도 있겠다는 생각이 머릿속에 맴돌았다.

"어이, 차 이사."

"…네, 네."

백 회장이 조소를 머금은 채 물었다. 엄연히 차돌반 이사가 백 회장보다 나이가 많았지만, 그런 일에 신경 쓸 사람은 아무도 없었다.

"당신이랑 나랑 일한 지 얼마나 됐지?"

"10년 가까이…."

"정확히 8년이야. 8년이면 꽤 긴 시간이라고. 그사이에 나나 차 이사나 다양한 비즈니스를 펼쳤지. 그런데… 이제 한 식구로 생각하기 어렵게 되었군."

그 말에 차돌반 이사가 더 손을 떨었다. 그는 금방이라도 꼬꾸라질 것처럼 정신이 아득했지만, 간신히 정신을 붙잡으며 머리를 숙였다.

"내, 내가 잘못했습니다, 백 회장! 지금 가지고 있는 용제도 넘기고, 물건도 넘길 테니까 한 번만…."

씽! 하는 소리와 함께 차돌반 이사의 눈앞으로 무언가 떨어졌다. 차돌반 이사는 눈동자만 굴려서 바닥을 봤다. 자신의 손 앞에 작은 칼 하나가 꽂혔다. 번쩍이는 칼에 차돌반 이사의 얼굴과 등에 식은땀이 생겼다.

백 회장이 어떤 사람인지 잊고 있었다. 한때 구미를 평정했던 사람. 주먹질이 남달랐던 박 사장과 달리, 백 회장은 온갖 무기로 상대를 제압하는 사람이었다. 특히 사시미로 상대를 쉽게 제압해서 스스로를 '은도銀刀'라고 소개했었다.

사람도 몇 명 죽였다는 소문이 있었다. 차돌반 이사도 처음 백 회장을 만났을 때 그 소문을 들은 적이 있었다.

백 회장이 직접 칼을 꺼냈다는 건, 결코 쉽게 일을 끝내지 않겠다는 뜻이었다. 차돌반 이사는 아픈 몸 따위는 상관없이 백 회장 앞에서 죽어가는 개처럼 목숨을 구걸했다. 나이니 돈이니 그런 게 중요한 게 아니었다.

지금은 살아남는 게 훨씬 중요했다.

"아무것도 받지 않겠습니다! 내가 나이를 먹더니 정신이 어떻게 된 모양이에요! 그러니 이번만 용서해주면 다시는 이런 일이…."

"같이 했던 사람은 누구야? 혼자 움직이지 않았을 텐데? 대유 물류 넙치도 동참했지?"

"아, 아닙니다! 그냥 용제만 가져가려고 했어요! 김대충 이사는 아무것도 모릅니다! 정말이에요!"

백 회장의 머릿속으로 이런저런 생각이 떠올랐다. 구미를 비롯한 경상남도에서 용제와 뉴 제녹스를 유통하는 대유 물류 김대충 이사가 차돌반 이사와 관련이 있을까?

구미로 오는 동안 의심이 들었지만, 그렇지 않다는 걸 백 회장은 알았다. 넙치는 누구보다도 겁이 많은 인물이다. 항상 납작 엎드려 있다고 해서 넙치다. 몰래 움직일 사람은 절대 아니지.

백 회장은 오줌이라도 지릴 것 같은 차돌반 이사의 어깨를 두드렸다. 여전히 눈에는 살기가 가득했다.

"그래도 우리가 이렇게 큰 사업을 할 수 있는 건 모두 차 이사 덕분이지? 그렇지 않나?"

눈 딱 감고 소리만 지르던 차돌반 이사가 슬쩍 눈을 떴다. 여전히 백 회장이 자신을 바라보고 있었다. 분위기가 바뀌려는 걸까? 그렇다면 살아남을 가능성이 조금은 있었다.

"박 사장."

백 회장이 뒤에 있는 박 사장을 불렀다. 박 사장은 싸늘한 표정으로 백 회장 옆에 섰다.

"네."

"현장 정리해."

"네. 차돌반은 어떻게 할까요?"

"아직 찌꺼기로 남은 신나가 있지?"

박 사장은 고개를 끄덕였다. 백 회장이 자리에서 일어나려 하자 차돌반 이사는 그의 바짓가랑이를 붙잡았다.

"사, 살려주세요, 백 회장! 내 다시는…."

순간 배가 울렁거렸다. 둔탁한 소리와 함께 박 사장이 몸을 웅크렸다. 박 사장이 그의 복부에 다시 한 번 발길질을 한 것이다.

동시에 백 회장은 바지를 툭툭 털더니 자동차로 향했다. 그는 아무 일도 없었다는 듯이 뒷좌석에 탔고, 그의 차는 폐공장을 떠났다.

남은 건 박 사장 무리와 차돌반 이사, 그리고 차돌반 이사를 보좌하는 유 실장 한 명이었다. 박 사장은 큰 소리로 남자들에게 소리쳤다.

"여기 다 태워버려! 차돌반이랑 그놈도 같이!"

"네!"

현장 정리는 곧 모든 걸 없애라는 뜻이다. 박 사장은 현장 정리를 무척 좋아했다. 복잡한 걸 싫어하는 그에게 단순한 현장 정리는 잘 맞았으니까.

이어 박 사장 무리가 폐공장에 널려 있는 뉴 제녹스가 들어있는 페인트 통을 제외한 남은 페인트 통을 바닥에 던졌다. 사방에서 석유가 뿌려지는 소리가 들리면서 알싸한 석유 냄새가 사방으로 퍼졌다. 뉴 제녹스를 제조하고 남은 찌꺼기들이었다.

정장을 입은 남자들이 차돌반과 유 실장에게도 찌꺼기들을 뿌렸다. 온몸이 석유로 덮인 차돌반과 유 실장이 소리를 지르며 목숨을 구걸했지만 어느 누구 하나 듣지 않았다.

"형님!"

정장을 입은 남자 하나가 박 사장에게 달려왔다. 박 사장은 달려오는 남자의 뒷머리를 손으로 때렸다.

"내가 형님이라고 부르지 말라고 했지?"

"죄, 죄송합니다, 사장님. 지금 밖에 누가 있습니다."

"누구?"

"모르겠습니다. CCTV로 보입니다."

박 사장이 눈을 가늘게 뜨더니 남자에게 안내하라고 손짓했다. 폐공장 구석에 설치된 모니터였다. 약 20개의 모니터가 폐공장 밖을 촬영하고 있었다.

"여깁니다."

남자가 손으로 가리켰다. 분명히 화면으로 무언가 움직이는 게 보였다. 폐공장 바로 옆이었는데, 화면이 너무 어두워서 그게 무엇인지 박 사장은 확인하기 어려웠다. 처음에 그것이 새인 줄 알았다. 하지만 밤에 무슨 새가 돌아다닌단 말인가.

"차돌반 이사네 놈들이 무슨 작당을 하는 게 아닐까요?"

충분히 가능성이 있었다. 몰래 일을 벌이는 사람이 보험 없이 움직일 리가 없었다.

박 사장은 욕지기를 내뱉더니 뒤에 있는 남자들에게 소리쳤다.

"정리하고 철수해!"

박 사장의 명령에 남자들이 일사불란하게 페인트 통을 정리한 뒤 차량에 탑승했다. 남자들은 모니터에도 석유를 뿌렸다. 이어 모니터 화면이 일그러지더니 꺼졌다.

곧이어 스파크가 터져 나왔다. 타다 탁 탁, 하는 소리가 퍼지더니 모니터에서 불꽃이 뿜어져 나왔다. 불꽃은 불길로, 그리고 불길은 화마가 되어 폐공장으로 빠르게 번져갔다.

박 사장 무리가 차를 타고 폐공장을 벗어나는 모습을 지켜보던 차돌반 이사가 자리에서 일어나려 했다. 옆에 있던 남자가 그를 일으켜 세웠다.

"이사님. 괜찮습니까?"

"네가 보기에는 이게 괜찮아 보여?! 다른 놈들은?"

"전부 도망쳤어요."

"버러지 같은 놈들. 기껏 먹여 살렸더니만. 유 실장. 일단 병원으로 가자고."

"박 사장이네 놈들은 어디로 갔을까요?"

"알게 뭐야?! 백 회장이 안 이상 끝장이라고! 사무실만 얼른 정리해서 도망쳐야지!"

유 실장이 차돌반 이사를 간신히 붙잡고 폐공장을 벗어났다. 이미 박 사장 무리는 사라진 뒤였다. 폐공장이 화마로 잡히면서 사방이 연기로 자욱했다.

폐공장 근처에 있던 세단에 유 실장이 차돌반 이사를 태웠다. 유 실장도 다치긴 마찬가지였지만, 그래도 차돌반 이사보다는 나았다. 간신히 액셀을 밟고 불타는 폐공장을 벗어날 수 있었다.

멀리서 소방차들이 오는 게 흐릿한 차돌반의 눈으로 보였다. 그리고 차돌반 이사는 소방차들보다 먼저 검은 SUV와 윙트럭이 불타는 폐공장에 도착했다는 사실을 몰랐다.

잔혹한 자정

2018년 11월 5일 오전 6시 13분

폐공장에서 발생한 화재는 3시간 만에 간신히 진화되었다. 구미시에 있는 소방차 외에 인근 소방서에 있는 모든 소방차가 모여 화재를 진압할 수 있었다.

소방관들 외에 마을 인근 경찰서에서도 출동했다. 구산경찰서 소속 신 팀장이 처음 화재현장에 도착했을 때, 그는 웬 검은 복장의 사람들에게 마을 사람들을 대피시키라는 말을 전달받았다. 그들이 누구인지 확인할 새도 없이, 검은 복장의 사람들은 유독가스가 있을 수 있으니 마을 사람들부터 대피시키라는 말만 반복했다.

결국 경찰들은 새벽에 자는 마을 사람들을 모두 깨워 읍내로 대피시켰다. 구산경찰서 신 팀장은 소방관들에게 화재 진압이 끝났다는 소식을 읍내 마을회관에서 들어야 했다.

"다친 사람은 없습니까?"

"두통이랑 구토를 호소하는 소방관이 4명 있습니다. 유독가스는 또 뭡니까?"

"나도 몰라요. 갑자기 웬 사람들이 나타나서는 유독가스니 뭐니 그딴 말을 하던데, 한 번 확인해봐야죠."

안 그래도 신 팀장은 마을 사람들 때문에 골치가 아팠다. 대피한 사람들

중에서도 서너 명이 어지러움과 통증을 호소했기 때문이다. 두 명은 구급차로 이송했고, 다른 둘은 급한 대로 경찰차로 병원으로 옮겨야 했다.

경찰 조사에 따르면 폐공장은 오랫동안 방치되어 있었다. 공장주인은 오래전에 공장을 팔기 위해 여러 노력을 했으나, 매입자가 나오지 않아 손을 뗐다. 이미 부산에서 사업을 하고 있어서 와서 상황을 파악해달라고 요청했지만, 아무래도 오후에나 구미에 도착할 것 같았다.

급한 문제를 해결한 뒤, 신 팀장은 경찰관들 옆에 서 있는 검은 복장의 남자를 물끄러미 바라봤다. 화재 목격자는 없고, 웬 남자들이 나타나 사람들을 대피시키라고 하니 이상한 게 한두 가지가 아니었다.

신 팀장이 검은 복장의 남자들에게 다가가 물었다.

"구산경찰서 소속 신 팀장이라고 합니다. 어디서 오셨나요? 경찰이요? 아니면 군인? 그것도 아니면 국정원?"

신 팀장은 검은 복장의 남자들 뒤에 서 있는 검은 SUV도 살폈다. 아무래도 평범한 SUV는 아닌 듯했다. 그리고 화재현장에 도착했을 때, 큰 트럭도 검은 SUV 옆에 있었다. 하지만 그건 보이지 않았다.

"경찰입니다."

"경찰? 어디 소속이요? 당신들 같은 사람 본 적 없는데?"

김성호 팀장은 신분증을 신 팀장에게 보였다. 이들이 가지고 있는 신분증은 다름 아닌 경찰신분증이었다.

신 팀장이 눈을 가늘게 뜨고 신분증을 다시 확인했다. 특별수사팀이라는 단어가 보이자 신 팀장은 자신의 기억을 더듬어봤다. 이런 사람들이 있었나?

"경찰청 특별수사팀 김성호 팀장입니다."

"아아, 댁들이구만."

신 팀장이 건성으로 대답했다. 경찰청장이 내린 공문을 확인했었던 기억이 어렴풋이 떠올랐다.

신 팀장은 김성호 팀장을 빤히 쳐다봤다. 나이가 비슷한 걸 보면 특별수사팀이라고 해도 수사지휘권이 있는 건 아닌 듯했다. 그는 신분증을 김성호 팀장에게 돌려주며 물었다.

"여기서 일어난 화재, 당신들이랑 관련 있나요?"

"극비수사입니다."

"극비수사라. 같은 경찰한테도 말하지 못할 정도요?"

"이해해주십시오. 그리고 팀장님께 물어볼 게 있습니다."

신 팀장은 눈을 가늘게 뜨며 김성호 팀장을 바라봤다. 이래서 서울 사람들은 안 된다니까, 라는 표정을 숨기지 않았다. 하지만 김성호 팀장은 그의 태도를 가볍게 무시했다.

"신 팀장님, 이 공장이 무슨 공장인지 조사하셨나요?"

김성호 팀장이 묻자 신 팀장은 머리를 긁적이다 자신이 아는 사실을 말했다. 몇 년 동안 운영되지 않은 통조림 공장이라는 점, 공장주인은 현재 부산에서 사업을 하고 있으며, 사건을 파악하기 위해 구미로 오고 있다는 점 등을 설명했다.

신 팀장의 정보를 들은 김성호 팀장이 다시 물었다.

"혹시 이 공장에 대해 아는 사람은 없나요? 근처 마을에 사는 분들이나, 아니면 공장에서 일했던 사람들이요."

"무슨 말을 하는지 모르겠군. 소방관들이 쓰러졌다는 말을 들었어요. 마을 사람들도. 그런데도 말 못 할 사정이 있다고 계속 발뺌할 겁니까?"

"화재현장에 있던 경찰들도 검사를 받으셔야 할 겁니다."

"아니, 그러니까 무슨 상황인지 알려줘야 우리도 무슨 말을…"

"이 뭐꼬?! 뭐 이리 난리인교!"

김성호 팀장과 신 팀장이 이야기를 나누고 있는데, 60대 초반으로 보이는 한 중년 남자가 경찰과 함께 현장에 들어왔다. 누런 모자에 검은 점퍼를 입은 남자는 오랫동안 농사일을 해서 그을린 피부에 깊은 주름을 가지고 있었다.

"팀장님, 와 이러는교? 어르신들 마을에서 나가라고 했으면, 뭔지 알려줘야 하는 거 아뇨?"

사투리가 심한 말투의 중년 남자가 신 팀장에게 소리쳤다. 아무래도 마을 이장 같았다. 김성호 팀장은 신 팀장과 마을 이장이 구면이라는 걸 직감했다. 그가 마을 이장에게 물었다.

"어제 여기 있었던 화재에 대해 아는 게 있나요?"

"내가 뭐 알고 여기 왔는교? 갑자기 하늘이 씨뻘겋게 변하는디 뭐 알고 자시고 했겠는교?"

중년 남자는 마을 사람들은 화재에 대해 전혀 모르며, 공장에 누가 오갔는지 전혀 모른다고 장황하게 말했다. 입에서 막걸리 냄새가 났다. 신 팀장은 팔짱을 낀 채 그의 이야기를 듣기만 했다.

"거 봐요. 여기 사람들은 전혀 모른다니까."

이장이 간신히 말을 끝내자 신 팀장은 어깨를 으쓱이며 말했다. 하지만 김성호 팀장의 말은 아직 끝나지 않았다. 그는 마을 이장에게 물었다.

"여기 통조림 공장이 있었다면서요?"

"하모. 한 4, 5년 됐나? 근데 뭐 장사가 되겠어예? 벌이 안 되니까 그냥 욕만 보고 갔재."

"그럼 그다음에 저 폐공장에 오가는 사람들은 없었나요?"

"일 없어예, 갔다가 뭐 할라고. 아니 그게 아니고, 뭔 일인지 말을 하라꼬!"

마을 이장이 손을 휘이 저으며 김성호 팀장에게 소리쳤다. 말을 할 때마다 막걸리 냄새가 퍼졌다.

김성호 팀장은 마을 이장의 말을 믿지 않았다. 모른다고? 거짓말이다. 어제저녁부터 수사팀은 드론으로 폐공장 내부를 촬영했었고, 여러 사람이 싸움을 일으키는 걸 봤다. 분명 이 폐공장에 대해 잘 아는 이도 섞여 있었다.

아무리 버려진 공장이라고 해도 어쨌든 마을의 일부다. 그런데 낯선 사람들이 오가는데 모를 리 난무했다.

"신 팀장님, 따로 이장님과 얘기를 나누고 싶은데요."

자리를 비켜달라는 말에 신 팀장은 형사들에게 지시하면서 김성호 팀장에게서 벗어났다. 여전히 의심스러운 표정으로.

마을 이장은 쓰고 있는 모자를 이리저리 만지며 부릅뜬 눈으로 김성호 팀장을 바라봤다. 질 수 없다는, 아주 호전적인 얼굴이었다. 하지만 김성호 팀장도 물러서지 않았다.

"화재가 처음 일어났다는 걸 언제 아셨나요?"

"어제 친구들이랑 막걸리 따악 마시고 있는데 소방차가 와서 알았지예."

"그게 몇 시였나요?"

"당연히 밤이었지예."

"그다음에 이장님을 뭘 하셨나요?"

"아따 당연히 마을 사람들 대피시켰재. 경찰들이 나가라는데 가만히 있는게 이상하재. 와요? 지금 나 의심하는교?"

"아니요. 우리는 누가 불을 냈는지 압니다. 어젯밤부터 여기에 있었거든요."

김성호 팀장의 말에 마을 이장의 눈이 파르르 떨렸다. 추위 때문이 아니었다. 숨기고 있는 게 분명 있었다.

김성호 팀장은 마을 이장에게 바짝 다가갔다. 이장의 몸에서 술 냄새가 퍼졌지만, 김성호 팀장은 개의치 않았다.

"수사에 솔직하게 임해주세요. 사람 목숨이 오가는 문제니까요."

"뭐여? 이 양반이 지금 나한테…?"

"혹시 이 마을에서 사람이 쓰러진 적 없나요? 최근에?"

마을 이장의 눈이 동그랗게 변했다. 김성호 팀장은 이 마을에서도 쓰러진 사람이 있을 것으로 예측했다. 칠곡이나 다른 지역에서 갑자기 쓰러진 사람들이 보건부에 보고가 되지 않았던가. 바로 게놈 C 때문에 말이다.

김성호 팀장은 폐공장에서 뉴 제녹스가 제조되고 있었다는 걸 알았다. 어제 일어난 패싸움과 화재도 그와 관련된 게 분명했다. 그는 더 분명한 어조로 물었다.

"원래 공장주인 말고, 저 공장을 사용한 사람이 있지요? 최근 1년 내로요."

"아, 아니 그런 사람 없으요! 뭘 잘못 알고 있는 모양인데…."

"범죄자나 범죄현장을 감춰 주는 건 엄연히 범인은닉이나 증거인멸죄에 해당되어 처벌받을 수 있어요. 그리고 어제 저랑 저희 팀은 여기에 누가 있었는지 알고 있어요. 그러니까 사실대로 수사에 협조해주세요."

"당신 뭔데 날 협박하는 거야?!"

마을 이장이 꽥 소리를 질렀다. 김성호 팀장은 숨기지 않고 그의 신분증을 보여줬다.

제복에 가까운 현장침투복에 신분증까지 갖추고 있으니 마을 이장은 금방 꼬리를 내렸다. 수사팀에 지급된 현장침투복은 뉴 제녹스에서 발생하는 발암물질과 독성물질을 차단하는 역할을 했지만, 동시에 상대에게 위압감을 주는 역할도 했다. 그게 마을 이장에게 먹혔다.

김성호 팀장이 물었다.

"몇 명이나 저 공장을 이용했나요?"

"젊은 아들이 몇 번 들락날락 했지예. 뭐 한다꼬. 가끔 먹을 거도 가져와서 주니까 그냥 그른가 했지."

"구체적으로 뭘 한다고 하던가요?"

"일 없으요! 모른다카이! 트럭 몇 번 오가는 게 끝이었지!"

"혹시 휘발유나 경유 냄새는 안 나던가요?"

"쪼매 났으요."

마을 이장이 손가락을 구부리며 말했다. 아직도 숨기는 모습이 역력했다. 김성호 팀장은 마을 이장을 비롯한 마을 사람들이 뉴 제녹스를 만드는 사람들과 관련이 있다고 생각했다.

사람 목숨이 오가는 일인데도 왜 마을 이장이 뉴 제녹스 만드는 일을 숨기겠는가. 분명 유착관계가 있을 것이리라. 마을 사람들에게 돈을 주어 그들에 대한 이야기를 외부에 발설하지 않는 것이다.

신 팀장 역시도 의심해볼 수 있으나, 그의 행동을 봐서는 아무래도 뉴 제녹스에 대해 모르는 듯했다. 김성호 팀장은 이 폐공장에서 뉴 제녹스를 만들었다는 걸 확신했다.

"그 사람들, 마지막으로 본 게 언제였나요?"

"일 많아지니까 한두 명씩 오더니 없어지더라고."

"혹시 이런 차 본 적 있나요?"

김성호 팀장은 마을 이장에게 탱크로리가 찍힌 사진을 보여줬다. 마을 이장은 대답하지 않았다. 하지만 김성호 팀장은 상황을 파악하여 핸드폰을 주머니에 넣었다.

"앞으로 그런 사람들 오면 조심하십시오."

마을 이장은 입술을 꾹 다물었다. 김성호 팀장은 이런 마을이 한두 군데가 아닐 것이라 예상했다. 마을 사람들에게 은밀히 접근하여 뒷돈을 주고, 마을에서 사용하지 않는 폐공장이나 곡물창고 등에서 뉴 제녹스를 만들었을 것이다.

농사만 짓는 사람들에게 제일 큰 문제는 두 가지다. 하나는 인력, 하나는 현금. 뉴 제녹스를 만드는 일당은 그것을 미끼로 도시가 아닌 시골에서 뉴 제녹스를 만들었다.

"이건 보고해야겠군."

"팀장님, 석유관리공사에서 전화 왔어요."

정철호가 말하자 김성호 팀장은 전화를 받았다. 전화기 너머로 강 과장이 심각한 말투로 말했다.

"맞습니다. 공장 내부에 있었던 일부 석유를 확인해보니까 뉴 제녹스 성분과 거의 일치해요."

"이 마을에서 뉴 제녹스를 만든 게 맞아요. 마을 사람들은 뭘 받고 입을 닫았더군요."

"그럼 마을 사람들도 수사해야 하나요? 다 데려가려면 경찰 버스 몇 대는 필요하겠는데요?"

김성호 팀장 옆에서 대화를 듣고 있던 양승연이 눈을 반짝이며 말했다. 옆에 있던 정철호가 조용히 하라는 듯 옆구리를 꾹 질렀다.

작은 농촌이어도 40명은 사는 마을이었다. 그 사람들을 일일이 조사하는 건 시간이 허락하지 않았다. 그리고 수사팀에겐 따로 추적해야 할 사람이 있었다.

"여기 일은 청장님에게 보고하겠습니다. 일단 우리는 철수하죠."

"폐공장에서 도망친 차량을 쫓는 사람들은요?"

유 팀장이 김성호 팀장에게 물었다.

지난밤, 수사팀은 공장 내부에 들어가지 않았다. 고작 여섯 명이서 수십 명의 사람을 상대할 수도 없거니와 뉴 제녹스의 제조나 유통 사실이 직접 목격되지 않아 본연의 임무와 거리가 멀었다. 대신 김성호 팀장은 조기연과 백세정, 그리고 전종진에게 폐공장을 빠져나가는 차량을 추격하라고 지시했다. 김성호 팀장은 다른 수사관들과 현장에 남아 있었다.

현장에서 철수할 무렵, 조기연이 김성호 팀장에게 연락했다. 그는 나지막한 목소리로 보고했다.

"차돌반 이사를 찾았습니다. 어제 촬영한 모습과 일치해요."

"지금 어디에 있지?"

"구미에 있는 응급실에 있어요. 아직 나오지 않고 있어요. 다른 놈은 차를 타고 나갔어요."

"추적 중인가?"

"아뇨. 액상 GPS를 썼어요. 지금 백 수사관이 뒷좌석에서 추적 중입니다."

액상 GPS는 방위산업국에서 개발한 신형으로 드론에서 액체를 대상물에 발사하면 마치 새의 배설물처럼 흡착되는 모델로 누가 봐도 의심을 하지 않도록 착안한 기막힌 제품이었다.

"거기로 가지."

며칠 동안 질질 끌었던 수사가 탄력을 받았다. 김성호 팀장이 손짓하자 수사팀과 한국 석유관리공사가 폐공장에서 벗어났다. 여전히 경찰 차량과 소방차량은 현장에 남아 있었다. 신 팀장은 홀연히 떠나는 수사팀을 바라보며 나지막이 중얼거렸다.

"이래서 서울 놈들은 안 된다니까."

수사팀이 현장에서 벗어나자 마을 이장은 허둥거리며 현장을 벗어났다. 그 모습을 목격한 신 팀장은 눈을 가늘게 떴다. 뭔가 이상하다는 생각에, 신 팀장을 그를 다시 불렀다.

마을 이장이 고개를 돌려 신 팀장을 바라봤다. 술이 완전히 깬 모습이었다.

* * *

"망할 자식."

유 실장은 바닥에 침을 뱉으려다 이내 멈췄다. 그는 자신이 아직 차에 있다는 걸 깜빡했다. 밤새 제대로 잠을 자지 못해 온몸이 천근만근이었다. 치료고 뭐고 따뜻한 곳에 누워 잠을 자고 싶었다.

하지만 그는 그럴 수 없었다. 다 차돌반 이사 때문이었다. 응급실에 옮겨진 차돌반 이사는 곧바로 치료를 받았다. 그런데 함께 간 유 실장은 그러지 못했다. 차돌반 이사가 자신의 사무실에 다녀와 달라고 부탁했기 때문이다.

"아니, 다 끝났다면서 왜 사무실에 가라는 거야?"

덕분에 유 실장은 치료가 끝난 차돌반 이사를 보다가 차를 끌고 그의 사무실로 가야만 했다. 병원에 가서 그 흔한 연고 한 번 바르지 못하고! 차돌반 이사에 비하면 많이 다치지 않았지만, 그래도 이건 너무하잖아.

생각만 해도 기가 차서 헛웃음만 나왔다. 그는 오랫동안 차돌반 이사 밑에서 일했고, 짭짤하게 돈도 벌었다. 물론 돈을 주는 사람은 차돌반 이사가 아니라 백 회장이라는 건 진작 알고 있었다. 하지만 차돌반 이사가 그러했던 것처럼 유 실장은 백 회장이 무서웠다. 적어도 사람을 쉽게 버리지 않는 차돌반이 자신과 맞다고 그는 판단했다.

차돌반 이사의 사무실은 대구에 있었다. 새벽 내내 달려서 도착한 유 실장은 눈을 비비며 차에서 내렸다. 대구 시내 외곽에 위치한 차돌반 이사의 사무실에 불이 켜진 걸 보고 유 실장이 잠시 멈칫거렸다.

사무실이라고 했지만, 간판 하나 없는 유령회사였다. 그렇지만 차돌반 이사는 이 사무실에서 구미와 대전, 그리고 평택까지 문어발식으로 사업을 확장해 갔다. 어떻게 보면 정말 사업수단이 좋은 사람이었다. 그래서 별명이 문어인가 보다.

그와 달리 차돌반 이사의 사무실을 아는 사람은 극히 드물었다. 그런데 낮부터 불이 켜져 있으니 유 실장이 잠시 주춤거리다 이내 고개를 저었다.

"마누라가 왔나 보구만."

유 실장이 중얼거리며 주변을 둘러봤다. 혹여나 백 회장 일당이 자신을 쫓아온 건 아닐지 걱정스러웠기 때문이다. 물론 그놈들은 차돌반 이사가 죽었다고 생각하겠지만.

"사모님 오셨습니까?"

유 실장이 사무실 문을 따면서 외쳤다. 사모님은 무슨. 이제 겨우 30대 중반인 여자다. 유 실장과는 열 살 가까이 차이가 났고, 차돌반 이사와는 무려 열다섯 살이나 차이가 났다. 돈이 좋은 거다. 어디서 젊은 여자를 꼬셨는지 모를 일이다.

사무실 안으로 들어간 유 실장이 이내 걸음을 멈췄다. 책상이며 서랍장이며, 캐비닛이며 모든 게 엉망이었다. 바닥에는 박살 난 전화기와 의자, 책상이 아무렇게나 널브러져 있었고, 온갖 종이들이 바닥에 굴러다녔다.

유 실장은 직감적으로 백 회장 일당이 사무실에 왔다는 걸 알았다. 하지만 사무실 위치를 그들이 알 리가 없었다.

엉망이 된 사무실을 유 실장이 둘러봤다. 오직 차돌반 이사와 유 실장만이 알고 있는 통장과 사업 관련된 서류가 사라지고 없었다. 거기다 혹시 몰라 준비해둔 소형금고는 통째로 없어졌다.

그러다 바닥에 떨어진 팔찌를 발견했다. 언젠가 차돌반 이사가 금은방에서 사는 걸 유 실장이 옆에서 지켜본 기억이 있었다. 물론 사모님에게 선물로 준다고 한 팔찌였고.

그렇다면 사모님이 여기 있었다는 뜻이다. 그럼 지금은 어디에 간 걸까?

"말도 안 돼. 이건…."

유 실장이 이내 입을 닫았다. 그리고 빠르게 상황을 파악했다. 백 회장 일당이 사무실을 어떻게 알아냈는지 몰라도, 이제 백 회장이 안 이상 정말 차돌반 이사에게 남은 건 없었다.

차돌반 이사에게서 뽑아먹을 게 없다. 유 실장의 머릿속에는 오직 그 생각만 맴돌았다. 곧 유 실장은 사무실 불을 끄고 다시 나왔다. 당황한 기색은 여전했지만, 그는 스스로 눈치가 빠른 사람이라고 자부했다. 그래서 빨리 마음을 진정시킬 수 있었다.

전과 3범. 사기와 폭행 등으로 교도소에서 4년 동안 있었던 그였다. 온갖 더러운 꼴은 다 봤던 유 실장은 우연히 차돌반 이사를 만나 그의 밑에서 일했었다. 나름 실장이라는 직책도 얻었고, 전과 달리 밑에 부리는 애들도 생겨서 만족했다.

하지만 이제 끝났다. 앞으로 뭘 해먹고 살아야 하는지 막막하기보다는, 백 회장 일당이 가져간 차돌반 이사의 돈과 제녹스가 아까웠다. 그것만 있어도 한탕 할 수 있는 건데.

"쓰읍, 어쩔 수 없지."

유 실장은 차에 탔다. 그는 핸들을 만지작거리다 이내 씨익 웃었다. 그래도 차 한 대는 얻었다는 생각이 들었다. 작년에 뽑은 중형세단이고, 알아주는 사람도 많은 차였다.

"퇴직금이라고 생각하겠수."

시동을 건 유 실장은 사무실을 유유히 벗어났다. 그 뒤로 블랙 투가 자신을 따라오고 있다는 걸 유 실장은 전혀 몰랐다. 대구 톨게이트에 진입하기 전부터 따라왔는데도 말이다.

* * *

같은 시간, 서울로 올라온 백 회장은 각 지역을 관리하는 보스들을 호출했다. 가장 먼저 도착한 사람은 서울을 관리하는 최 전무였고, 이어 경기도의 김 전무, 강원도의 홍 상무, 충청도의 윤 이사가 그들이었다. 모두 백 회장과 함께 일하는 사람들이었고, 자주 골프를 치는 사이이기도 했다.

사무실에 모인 그들은 갑작스러운 백 회장의 부름에 무슨 일인지 몰라 서로 눈치만 봤다. 지난번 회합이 끝나고 정확히 2주 만이었다.

"대유 물류 김 이사는 아직도 아픈가 보지?"

백 회장이 소파에 앉은 사람들을 쭉 둘러보더니 말했다. 옆에는 몸에 딱 달라붙은 원피스를 입은 여비서가 서 있었다. 추운 날씨였는데도 그녀는 늘 자신의 몸을 과시하는 듯한 옷을 입었다. 최 전무가 그녀를 힐끗 바라보다 이내 눈길을 거두었다.

"대신 제가 왔습니다."

소파 끝에 앉은 김 실장이 말했다. 각 지역을 관리하는 보스들은 모두 중년 남자였지만, 유일하게 김 실장만이 30대 중반이었다. 마치 어른들 모임에 낀 막내 같았다.

"이사님께서 겨울만 되면 몸이 많이 편찮으십니다. 그래서 어쩔 수 없이…"

"그래서 일을 어떻게 한다는 거야? 회사 관리나 제대로 할 수 있겠어?"

"늘 신경 쓰고 있습니다."

"신경은 무슨. 넙치한테 똑바로 전해. 한 번만 더 제대로 일 안 하면 그때는 계약 끝이라고."

계약이 끝난다는 게 무슨 뜻인지 다들 알았기에 보스들은 조용히 입을 다물었다. 경상도를 관리하는 대유 물류의 김 실장도 마찬가지였다.

이어 백 회장이 빙긋 웃었다. 하지만 그가 웃는다고 하여 분위기가 풀린 건 아니었다. 그저 조용히 백 회장의 말을 기다렸다.

백 회장이 회합에 참석한 지역 보스들에게 말했다.

"우리가 사업을 시작한 지 벌써 10년 가까이 됐어. 기름 한 방울 나오지 않는 땅에서 우리 손으로 개발한 제녹스가 아주 저렴한 가격으로 휘발유와 경유를 대체하고 있잖아. 국가 경제에 얼마나 많은 기여를 했어? 그래서 매출도 1조 원에 달성한 지 3년, 전국으로 사업을 확장한 지 5년이 지났지. 뭐, 이건 다들 알 거고."

백 회장이 갑자기 사업 연혁을 들먹이니 사람들은 의아한 표정을 숨기지 않았다. 하지만 그들은 백 회장의 말을 끊지 않았고, 조용히 듣고 있던 누군가가 바로 아부했다.

"네, 맞습니다. 정부에서 회장님께 훈장을 줘야 하는 거 아닌가요."

"예, 옳습니다."

마음에 내키지는 않았지만 백 회장의 눈 밖에 나지 않으려고 너도나도 앞다투어 아부했다. 성질 더러운 그가 어떤 행동을 할지 몰랐으니까.

그러나 백 회장의 마음은 다른 곳에 가 있다. 보스들을 둘러보던 백 회장이 웃음을 거두었다. 회색빛 머리가 포마드 때문에 반짝였다. 밤새 구미에 갔다가 온 그였지만, 피곤한 기색은 전혀 없었다. 그는 앞에 놓인 스카치 한 모금을 마신 뒤 이어 말했다.

"그런데, 다들 배부르고 등 따뜻하니까 다른 생각을 하는 것 같아. 내가 지난번 회합 때도 그랬지? 사업이 튼튼하려면 중심이 바로 잡혀 있어야 하고, 중심을 믿어야 한다고."

그런 말을 한 적이 있었나? 보스들은 그저 고개만 끄덕였다. 언제 그런 말을 했는지 기억은 나지 않았으나 토를 달고 싶지 않았다. 하지만 백 회장이 왜 그런 말을 하는지 짐작은 했다. 분명 충청도 지역을 관리하는 홍석 화학 차돌반 이사 때문이리라.

"바로 어제 홍석 화학 차돌반 이사를 만났지. 몇 시간도 안 됐어."

짐작대로 백 회장이 차돌반 이사를 찾았다. 연락이 두절된 지 벌써 열흘을 지났다. 백 회장이 움직이는 게 당연하다고 보스들은 판단했다.

"근데 어디서 만났는지 알아? 구미에 있더군. 대전에 있어야 할 놈이 구미에 있는 것도 모자라서, 몰래 평택에다 사업을 확장하려고 했었지."

백 회장의 말에 경기도의 김 전무와 대유 물류 김 실장의 표정은 급격히 굳어졌다. 다른 보스들도 표정이 좋지 않았으나, 자신이 담당하는 지역을 거론하지 않아 한편으로는 다행이라고 생각했다.

"저기, 회장님. 혹시나 오해가 있을까 봐 말씀드리는데, 저는 최근에 차 이사랑 만난 적이 없습니다."

김 전무가 얼른 이실직고했다. 하지만 김 실장은 대답하지 않았다. 그는 삼촌인 김 이사가 차돌반 이사를 만나는지 알 수 없었기 때문이다. 김 실장의 얼굴이 벌겋게 달아오르더니 이내 이마에 땀이 맺히기 시작했다.

그 모습을 백 회장이 응시하다 물었다.

"김 실장, 혹시 넙치한테 들은 거 없나?"

"전혀 없습니다. 이사님은 최근에 병원을 오가느라 바빠서…."

"어이, 김이새 실장. 자기 대표가 뭘 하는지, 누굴 만나는지 정도는 알아야할 거야?"

"…죄송합니다."

백 회장은 고개를 숙인 채 대답하는 김 실장을 바라보다 조소를 지었다. 현재 대유 물류를 실질적으로 다루는 이는 김 대표가 아니라 김이새 실장이라는 걸 백 회장은 알고 있었다. 그러지 않고서야 김 실장이 회합에 참석했겠는가. 그러니 김 실장을 오히려 겁박하는 게 낫겠다고 백 회장은 생각했다.

"그 문어 대가리, 아니지. 차돌반 이사는 따로 사업을 추진하려고 했지. 그래서 직접 만나서 협상을 시도했어. 물론 협상은 결렬되었고, 내가 차돌반 이사가 하던 사업을 흡수했네. 그러니 당분간 다른 지역 보스들도 충청도 문제는 나한테 얘기해. 알겠지?"

백 회장의 말이 끝났는데도 보스들은 대답하지 않았다. 그가 무슨 말을 하는지 충분히 알아들었기 때문이다. 사업수단은 백 회장에 비해 없지만, 눈치 하나만은 빠르다고 자부하는 이들이었다.

김 전무가 백 회장에게 슬쩍 물었다.

"그럼 차 이사는 지금 어디에 있습니까?"

"이미 물러난 사람 알아서 뭘 하려고?"

"아니, 갑자기 사업을 안 한다고 하니까 궁금해서…."

"이제 없는 사람 얘기는 그만하지? 당신도 없어지고 싶어?"

백 회장이 김 전무를 위협하자 모두가 입을 다물었다. 그리고 없는 사람이라니. 그게 무슨 말인지 알았기에, 어느 누구도 백 회장과 눈을 마주치려 하지 않았다. 질문한 김 전무의 손이 가늘게 떨렸다.

"내 지시가 있을 때까지 신나(용제)는 당분간 주문하지 마. 냄새를 맡은 놈들이 있는 것 같아. 일단 알아볼 테니까, 당분간 조심하자고. 있는 물건만 잘 처리하고!"

"알겠습니다."

보스들이 일제히 대답했다. 물량이 부족한 지역도 있었지만, 빅원 에너지가 움직일 때까지 다른 지역의 회사들도 제조를 중단해야 했다. 그게 백 회장의 방침이라면 더더욱.

회합은 끝이 났다. 백 회장이 손을 휘이 젓자 보스들은 너나 할 것 없이 부랴부랴 일어나 회의실을 빠져나갔다. 백 회장은 사람들이 나가는 모습을 보면서 여비서의 허벅지를 만졌다. 그는 마음을 차분하게 가라앉힐 일이 있으면 그런 행동을 자주 했다.

"멍청한 놈들 때문에 머리만 아파."

"안마라도 해드릴까요?"

"안마 말고 다른 건 안 되나?"

"지금이요?"

"안 될 건 없잖아?"

여비서가 묘한 웃음을 지었다. 백 회장이 자리에서 일어나 여비서의 어깨를 붙잡으려는데, 누군가 문을 두드렸다. 여비서는 맥이 빠진 얼굴로 백 회장을 바라봤고, 백 회장은 자신만의 시간을 빼앗겨서 짜증이 났다.

"누구야?"

"접니다, 박 사장."

백 회장은 나지막이 욕을 내뱉고는 여비서의 어깨를 툭툭 두드렸다. 백 회장이 들어오라고 하니 박 사장은 웬 여자와 함께 사무실을 들어왔다.

이제 30대 중반, 어쩌면 그보다 어린 얼굴의 여자였다. 목선이 드러나는 단발머리에 옅은 눈썹, 굳게 다문 일자 입술, 적당한 키에 늘씬한 몸매의 여자였다.

아는 얼굴은 아니었다. 백 회장이 이어 박 사장을 보며 물었다.

"누구야?"

"차 이사 사무실에 있던 여자입니다."

박 사장의 대답에 백 회장은 눈썹을 꿈틀거렸다. 폐공장에서 나온 직후, 백 대표는 박 사장에게 차돌반 이사의 사무실을 찾으라고 지시했다. 박 사장은 차돌반 이사의 사무실이 있을 법한 곳을 모두 뒤졌다.

함께 있던 남자들을 구미, 대전, 충주로 보낸 뒤 박 사장은 대구로 향했다. 대구는 차돌반 이사가 빅원 에너지와 사업을 시작할 때 운영한 사무실이 있었던 지역이다. 사업을 전국적으로 확대할 때, 차돌반 이사는 광주로 자리를 옮겼지만 사무실은 여전히 운영하고 있었다. 박 사장의 직감이 맞았다.

박 사장이 사무실에 들이닥쳤을 때, 그곳에는 웬 여자 하나가 있었다. 분명 차돌반 이사와 관련이 있을 것이라 생각한 박 사장은 그녀를 억지로 끌고 서울까지 왔다.

상황을 설명한 박 사장을 보며 백 회장이 혀를 찼다.

"그렇다고 그렇게 우악스럽게 사람을 데리고 오면 어떡해? 누가 보면 납치한 것 같잖아."

"상황을 빨리 끝내야 해서요."

"박 사장은 일을 참 잘하는데 가끔 너무 몸이 앞서 나가. 그러다 큰일 난다고."

"죄송합니다."

"물건은?"

박 사장은 사무실에서 가져온 통장과 소형금고를 테이블에 올려놓았다. 그 외에 휴대전화와 서류 등도 보여줬지만 백 회장은 신경 쓰지 않았다. 백 회장은 소형금고를 한 번 흔들더니 여자를 보며 물었다.

"이 금고 번호는 아나?"

"몰라요."

목소리는 떨고 있었으나 여자는 움츠러들지 않았다. 웬만하면 무서워서 울면서 빌 텐데 말이다.

박 사장이 머리를 긁적이며 말했다.

"오는 동안 한마디도 안 하더라고요. 도망갈 생각도 하지 않고."

"그거 잘 생각했네. 도망가면 어떻게 되는지 알 테니까."

"나, 당신이 누군지 알아요. 백 회장이죠?"

백 회장이 여자를 똑바로 쳐다봤다. 여자도 똑같이 그랬다. 제법 예쁜 얼굴이었다. 차돌반이 어떻게 저런 여자를 만나게 되었는지 알 수 없지만, 백 회장은 최근에 품에 안은 여자들보다 박 사장이 데려온 여자가 더 예쁘다고 생각했다. 섹시한 면에서는 할리우드 영화배우 마돈나와 흡사했다. 그리고 흥미로웠다.

백 회장이 웃으며 물었다.

"내 얘길 어디서 들었나?"

"더러워서 못 해먹겠으니 빨리 이 바닥을 뜬다고 했었죠."

"그 자식, 그럴 줄 알았어."

박 사장이 헛웃음을 내뱉었다. 백 회장은 여전히 여자만 바라봤다. 그는 옆에 서 있는 여비서나 여자 뒤에 서 있는 박 사장에게 눈길조차 주지 않았다.

"그래? 그럼 차 이사가 이제 끝장났다는 건 알고 있나?"

그제야 여자의 눈이 조금 흔들렸다. 아마 박 사장이 서울로 오는 동안 여자에게 아무런 말도 하지 않고 그냥 방치해 둔 모양이다. 박 사장 성격이라면 당연히 그럴 만했다.

"박 사장은 이제 나가 봐. 자네도."

백 회장이 박 사장에게 명령했다. 박 사장은 여자를 한 번 보고, 백 회장을 보다가 이내 사무실을 나갔다. 여비서는 발걸음을 옮기다 말고 백 회장에게 물었다.

"아직 남은 게 있는데요."

"시끄럽고 나가."

여비서는 눈을 가늘게 뜬 채 여자를 바라보다 신경질적으로 발걸음을 옮겼다. 사무실에는 둘만 남았다. 백 회장이 소파를 툭툭 두드렸다.

"앉아서 얘기하지."

"저한테 무슨 말을 해도 소용없어요. 전 아는 게 없으니까."

"누가 뭐라 그랬나? 차 이사랑 무슨 관계지? 실장 말고 비서가 있다는 말은 들어본 적이 없는데."

"같이 지내는 사이에요."

"애인이군."

여자는 대답하지 않았다. 애인 사이는 아닌 듯했다. 백 회장은 그저 웃기만 했다.

"왜 웃죠?"

"그 녀석 하는 짓이 같잖아서. 돈 좀 벌었나 싶더니만 딴 길로 빠지지 않나, 어디서 여자 하나 끌어들여서 지내지 않나."

백 회장은 여자를 손가락으로 가리켰다. 그러다 테이블을 툭 건드리며 이어 말했다.

"이제 어쩌나? 그놈은 이제 당신 앞에 나타나지 않을 텐데."

"돌아오겠죠."

"아니, 못 돌아와. 당신 눈앞에서 다시 나타나지는 않을 거야."

"왜죠?"

"아까도 말했잖아. 이제 사업 안 한다고. 완전히 이 바닥에서 떴단 말이지."

백 회장은 불타는 폐공장에 차돌반 이사를 버리고 왔다고 말하지 않았다. 아마 지금쯤 숯불구이가 되었을 것이다.

여자는 입고 있는 치마를 주먹으로 꾹 쥐었다. 바깥은 영하권이었는데도 여자는 코트 하나 입고 있지 않았다. 백 회장은 박 사장이 여자를 어떻게 데리고 왔는지 짐작이 갔다.

백 회장은 자리에서 일어나 여자에게 다가갔다. 여자가 뒤로 물러났다. 여자의 눈이 빠르게 흔들렸다.

"어떻게 만났는지 몰라도 이제 차 이사는 없어. 빨아먹을 거 없는 사람 기다리지 말고 내가 하라는 대로 하는 게 어때?"

"무슨 말이에요?"

백 회장이 금고를 가리켰다. 금고에 무엇이 들어있는지 백 회장은 잘 알고 있었다. 오랫동안 차돌반 이사에게서 얻으려고 했던 물건이다.

"저 금고 비밀번호 알고 있지? 자기 사람한테는 입이 싼 녀석이야. 분명 너한테도 말했겠지."

여자는 백 회장을 바라보다 금고를 다시 한 번 쳐다봤다. 백 회장은 그녀를 보며 빙긋 웃었다. 턱에 난 흉터가 입꼬리를 따라 길게 늘어났다.

"당신 꽤 괜찮군. 이름이 뭐지?"

"안…여신요."

여자가 이름을 말하자 백 회장은 그녀에게서 떨어졌다. 아마 여자는 상황이 어떻게 돌아가는지 완전히 파악했으리라. 반항하는 건 힘들었고, 아예 사무실을 나가는 것도 불가능하다는 걸 깨달았으리라.

"이제야 말이 통하는군. 그럼 천천히 대화 좀 나누지."

백 회장이 안여신에게 자리를 권했다. 그녀는 자리에 앉았다. 백 회장은 금고에 담긴 물건을 갖고 싶었지만, 그보다 자기 옆에 앉은 여자에게 더 관심이 생겼다.

차돌반 이사가 어떻게 여자를 만들었는지 불 보듯 뻔했다. 말도 안 되는 허풍을 떨며 자신을 과시했으리라. 하지만 그런 모습도 백 회장 앞에서는 무용지물이었다. 차돌반 이사에게 없는 힘과 돈이 백 회장에게 있다. 그건 거짓말도, 허풍도 아니었다.

*　*　*

2018년 11월 5일 오후 1시 01분

병원을 지키고 있던 조기연이 멀리서 오는 블랙 원을 향해 손을 들었다. 병원 앞에 블랙 원이 서자 그 안에서 김성호 팀장과 양승연, 정철호가 내렸다.

김성호 팀장이 조기연에게 물었다.

"전 수사관이랑 백 수사관은?"

"지금 둘이 대구로 갔어요. GPS를 붙인 차가 대구로 갔다고 해서 차를 내줬죠."

"차돌반은?"

"아직 안에 있습니다. 안 그래도 서울에 연락해서 알아봤는데, 지금 이 안에 있는 게 맞아요."

김성호 팀장이 오는 동안, 조기연은 수사본부에 연락해 차돌반 이사가 어디로 갔는지 확인했다. 수사본부는 조기연이 알려준 구미 병원에 차돌반 이사가 입원했는지 조회했다.

신원조회는 보건부가 도와줬다. 병원에 입원하려면 당연히 의료보험을 이용해야 했고, 그 정보가 보건부에 전달되었다. 조기연은 오후에 수사본부에서 차돌반 이사가 병원에 입원했다는 걸 확인했다.

네 사람이 병원으로 들어갔다. 병원은 총 다섯 층이었다. 꼭대기 층을 제외한 각 층마다 한 명씩 흩어졌다. 양승연은 2층, 조기연은 3층, 정철호는 4층을 담당했고, 김성호 팀장은 병원 로비에서 대기했다.

얼마 지나지 않아 정철호에게서 연락이 왔다.

"4층은 없습니다."

이어 조기연에게서 연락이 왔다.

"3층은 없습니다."

그런데 양승연에게서 연락이 오지 않았다. 20분이 지났는데도 말이다. 뭔가 이상하다는 생각에 김성호 팀장은 정철호와 조기연에게 연락하여 2층을 확인해보라고 지시했다.

김성호 팀장은 로비를 움직이며 차돌반 이사가 있는지, 그리고 그가 도망칠 만한 방향이 어디인지 확인했다. 병원은 정문과 후문이 있었는데, 후문은 쓰레기 차량이 있어서 도망가기 힘들었다.

계단과 엘리베이터는 동서남북 방향으로 하나씩 있었다. 김성호 팀장은 로비 중앙에서 수사관들에게 연락이 오길 기다렸다.

그리고 7분 뒤, 조기연에게서 전화가 왔다.

"팀장님! 차 이사가 1층으로 내려갑니다! 정문 쪽 계단이요!"

연락을 받자마자 김성호 팀장이 정문 쪽 계단으로 뛰었다. 잠시 후, 계단에서 시끄러운 소리가 들리더니 환자복을 입은 한 남자가 뛰어나왔다.

김성호 팀장이 그를 향해 뛰었다. 차돌반 이사가 맞았다. 그는 팔에 붕대와 거즈를 감고 있는데도 불구하고 아무 문제 없다는 듯 뛰었다.

"비켜!"

차돌반 이사가 길을 막는 의사와 간호사, 다른 환자들을 밀치며 정문으로 뛰어갔다. 성난 코뿔소처럼 뛰는 그를 막을 사람이 없었다.

김성호 팀장 뒤로 조기연과 정철호가 나타났다. 조기연이 김성호 팀장을 앞지르며 그에게 말했다.

"이래서 초짜한테 일을 맡기면 안 된다고요! 위에서 뭐했는지 알아요?!"

"그건 나중에 얘기하고 빨리 쫓기나 해!"

정문을 벗어난 차돌반 이사가 방향을 틀었다. 그 뒤를 조기연과 정철호가 쫓았다.

뛰는 건 자신 있었던 김성호 팀장이었지만, 자신보다 10살이나 아래인 후배들보다 빨리 뛰는 건 쉽지 않았다. 곧 그가 걸음을 멈추더니 차돌반 이사가 움직이는 방향으로 돌아 병원 내부를 달렸다. 그는 후문으로 향했다.

후문을 막고 있는 쓰레기차를 뛰어넘은 김성호 팀장은 곧바로 왼쪽 방향으로 틀었다. 병원 옆에 있는 횡단보도를 가로질러 차돌반 이사가 있는 쪽으로 힘껏 뛰었다. 그 옆을 지나가는 자동차들이 연신 경적을 울렸다.

"고라니 같은 놈이네."

차돌반 이사를 쫓아 김성호 팀장이 다시 달렸다. 지나다니는 자동차들 때문에 조기연의 속도가 더뎌졌다. 그나마 정철호가 열심히 쫓았으나 차돌반 이사와의 거리가 점점 멀어졌다.

횡단보도를 가로질러 사거리로 향하던 차돌반 이사는 다시 방향을 틀었다. 하지만 갑자기 눈앞이 번쩍이는가 싶더니 차돌반 이사가 바닥에 꼬꾸라졌다. 다친 팔이 바닥에 부딪히면서 고통이 온몸으로 퍼졌다.

"젠장! 이거 놔!"

차돌반 이사의 눈앞이 번쩍인 이유는 다름 아닌 김성호 팀장이었다. 일찍 방향을 틀어 거리를 좁힐 수 있었던 김성호 팀장은 사거리에서 도망치려는 차돌반 이사를 향해 몸을 던졌다.

고라니처럼 도망쳐도 환자는 환자였다. 갑자기 웬 남자가 몸을 덮치니 차돌반 이사는 저항 한 번 제대로 하지 못하고 그대로 꼬꾸라져서 수갑을 찼다. 김성호 팀장이 그에게 말했다.

"차돌반, 당신을 가짜 석유제품 제조 및 유통으로 체포합니다. 당신은 묵비권을 행사할 수 있고, 변호사를 선임할 권리가 있습니다."

"헛소리하지 마! 나는 아무것도 몰라!"

"자세한 건 경찰서 가서 얘기하자고. 일어나."

"팔! 팔! 팔 놓고 말해!"

차돌반 이사는 악을 쓰며 일어나지 않으려 했다. 그는 팔에 통증이 있다고 호소했으나 김성호 팀장은 아랑곳하지 않았다.

곧 조기연과 정철호가 와서 차돌반 이사를 일으켜 세웠다. 차돌반 이사는 김성호 팀장을 노려보았지만 김성호 팀장은 슬쩍 웃기만 했다. 꼬리 아니면 몸통, 어쩌면 머리를 잡았다는 생각이 들었기 때문이다.

정철호가 차돌반 이사를 이끌고 SUV로 향했다. 조기연은 숨을 헐떡이며 김성호 팀장 옆에 있었다. 김성호 팀장이 그에게 물었다.

"승연이는?"

"말도 마요. 그 자식, 2층 조사하라고 했더니만 뭐 하고 있는지 알아요? 환자들을 일일이 체크하고 있었다니까요! 병실 앞에 이름이 뻔히 적혀 있는데, 침대를 하나씩 다 보고 있었다니까요! 그러다가 화장실에서 나온 차돌반이 이상하다는 걸 알고 날름 도망치려는 걸 간신히 봤어요!"

말 끝나기 무섭게 멀리서 양승연이 달려왔다. 확실히 수사팀 중에서 가장 젊어서 달리기 하나는 빨랐다. 그는 김성호 팀장 앞에 서서 심각한 표정으로 외쳤다.

"죄송합니다!"

"됐어, 처음부터 잘하는 사람 없어. 다음엔 잘해."

"네!"

김성호 팀장은 양승연의 어깨를 두드렸다. 수사 경험이 부족한 수사관을 나무랄 수 없었다. 누구나 실수는 하니까. 그리고 긴장하면 아무리 베테랑 경찰이어도 실수하기 마련이다.

하지만 조기연은 못마땅한 표정으로 양승연 곁을 지나며 나지막이 중얼거렸다.

"너, 다음에 또 실수하면 나한테 특수훈련을 개인 교습받게 될 거야."

양승연은 무슨 말을 하려다 입을 꾹 다물었다. 지금 무슨 말을 하든 변명으로 들릴 게 분명하다는 걸 알았기 때문이다.

SUV에 올라탄 김성호 팀장과 조기연, 정철호, 양승연은 차돌반 이사를 바라봤다. 사로잡힌 맹수처럼 그는 수사팀을 천천히 쳐다봤다.

이윽고 김성호 팀장은 백세정에게서 연락을 받았다. 백세정은 대구에 있었던 일을 김성호 팀장에게 빠르게 보고했다.

통화를 끝낸 김성호 팀장이 수사관들에게 말했다.

"수사본부로 복귀하자고. 가서 할 일이 많아."

파이널
라운드

담 배 한 개 비 의 위 대 한 힘

2018년 11월 5일 오후 6시 12분

수사본부에 있는 조사실에 차돌반 이사가 자리를 잡았다. 조사실엔 책상 하나, 의자 네 개, 그리고 세 대의 카메라가 있었다. 카메라는 진술을 확보하기 위해 설치된 것이었다.

조사실은 크게 두 공간으로 나누어져 있다. 하나는 용의자가 앉는 공간, 그리고 큰 투명 유리 벽이 하나 설치되어 있었고, 유리 벽 너머로 수사관이 들어갈 수 있는 공간이 있었다. 만약 용의자를 검거했을 경우, 게놈 C에 감염될 가능성이 커 특수시설로 제작된 조사실이었다.

차돌반 이사는 처음 보는 조사실을 이리저리 둘러봤다. 그를 따라 카메라들이 빠르게 움직였지만, 차돌반 이사에게서 벗어나지 않았다. 곧 조사실에 김성호 팀장이 들어왔다. 차돌반 이사가 코웃음을 치며 말했다.

"괜한 짓 하지 말고 변호사 불러요. 변호사 올 때까지는 아무 말도 안 할 거니까."

"여기가 좀 외진 곳이어서 변호사가 오려면 시간이 걸려. 그 전에 몇 가지 좀 묻자고."

"아니, 물어도 아무 말도 안 한다니까 그러네."

차돌반 이사가 무어라 말하든 김성호 팀장은 자리에 앉았다. 구미에서 용인까지 바로 달려오느라 쉬지도 못했다. 하지만 김성호 팀장은 뉴 제녹스를 제조, 유통하는 일당과 가까워졌다는 사실에 저녁 생각은 전혀 들지 않았다.

"그런데 당신들 너무한 거 아뇨? 나 좀 봐요. 딱 봐도 환자라고. 그리고 저녁도 못 먹었어요. 이거 엄연한 가혹 행위 아니요? 아니 고문이지!"

"차돌반 씨, 터진 입이라고 함부로 말 막 하면 후회할 텐데, 내 얘기를 듣고도 밥 생각이 날까?"

"뭐?"

김성호 팀장이 가져온 종이를 훑어봤다. 수사팀이 용인으로 오는 동안, 수사본부에서는 차돌반 이사에 대한 정보를 수집하였다. 그리고 얻은 정보를 김성호 팀장에게 넘겼고, 김성호 팀장이 직접 그를 신문했다.

"차돌반, 나이 52세. 2008년에 횡령죄로 수갑 찼었지? 집행유예로 끝났지만."

"옛날 일은 뭐 한다고 들추는 거요?"

"그 일이 제녹스와 관련이 있다면 얘기가 달라지지."

김성호 팀장의 말을 듣고 있던 차돌반 이사가 입을 다물었다.

차돌반 이사의 행동을 김성호 팀장이 예의주시했다. 차돌반 이사가 과거 제녹스 제조 회사에 몸을 담고 있었다는 사실을 김성호 팀장은 수사본부에 와서 알게 되었다. 이는 다른 수사관들도 마찬가지였다.

"제녹스를 만든 회사, 프리케미컬에서 제녹스를 특허권에 신청하려다가 못했었지. 오히려 가짜 석유제품으로 판명되어 2009년에 문을 닫았고. 대표는 구속이 됐지. 당신은 프리케미컬에서 일하면서 상황이 어떻게 돌아가는지 알았을 거야. 그래서 횡령을 하려다가 구속될 뻔했고."

"아예 소설을 쓰지 그래요."

"밑그림이 나오니까 하는 말이야. 제녹스가 사회적으로 얼마나 이슈였는지 알잖아."

김성호 팀장이 차돌반 이사에게 하는 말은 허투루 하는 말이 아니었다. 적어도 프리케미컬 내에서는 제녹스를 혁신적인 제품으로 자부했을 것이다. 하지만 현실은 녹록지 않았고, 회사는 와해되었다.

김성호 팀장이 종이를 훑어보며 물었다.

"프리케미컬에서는 뭘 했었지?"

"변호사 올 때까지 아무 말도 안 합니다."

"그럼 얘기만 들어. 당신이 거기서 뭘 했는지 솔직히 중요하지 않아. 제녹스를 만드는 기술을 빼 와서 그걸로 다시 새로운 제녹스를 만들려고 했겠지. 확실히 돈이 되는 일이니까. 하지만 기술만 있고, 사람과 돈이 없으니 투자자를 끌어모으려고 했겠지."

"변호사 올 때까지 아무 말도 안 한다고."

강구경찰서 경제팀에서 오랫동안 일했던 김성호 팀장이다. 수많은 사건을 담당하면서 여러 사람들을 만났다. 경제사범이 행하는 수법과 범위는 매일 달라지고 다양해진다. 정말 머리를 잘 쓰는 사람이 나쁜 쪽으로 빠져들면 온갖 종류의 범죄를 저지른다. 김성호 팀장도 가끔 혀를 내두를 정도였다.

교묘하게 범죄를 저지르는 수많은 경제사범들 사이에는 어느 정도 공통점이 있다. 그것은 수백, 수천의 경제사범을 관통하는 동기다. 그리고 동기는 돈이다.

살인이나 강간처럼 사람에게 직접적인 해를 가하는 강력범죄와 경제사범의 범죄는 결이 다르다. 오히려 경제사범은 마약사범과 비슷하다. 그들은 돈의 맛을 알고 오직 그것에만 매달린다. 마약사범이 마약에만 매달리는 것처럼.

김성호 팀장이 차돌반 이사에게 하는 말은 단순히 떠보기 위한 말이 아니다. 이미 오랜 경험이 축적되어 나온 노하우다. 그리고 김성호 팀장은 자신의 예상이 틀리지 않다고 믿었다.

"투자자를 끌어모아서 제녹스를 만들었지. 당신들은 어떻게 부르는지 모르지만, 우리들 사이에서는 뉴 제녹스라고 불려. 평택 주유소가 폭발한 일도 모르는 척할 텐가?"

"변호사."

차돌반 이사는 변호사만 찾았다. 하지만 대답과 달리 그의 표정은 미묘하게 바뀌었다. 김성호 팀장이 보기에 차돌반 이사는 치밀한 사람이 아니었고, 표정 하나 깔끔하게 숨기지 못하는 능구렁이도 아니었다.

김성호 팀장이 테이블에 담배를 올려놓았다. 김성호 팀장은 담배를 피우지 않는다. 하지만 담배로 무엇을 할 수 있는지 그는 잘 알았다.

차돌반 이사는 테이블에 올라온 담배를 물끄러미 쳐다봤다. 흡연자들의 특징은 긴장하거나 불안하면 평소와 다르게 끽연을 많이 한다. 아마 체포된 이후 담배를 한 모금도 피우지 않아 간절할 것이다. 김성호 팀장은 그 점을 잘 알아 차돌반의 불안 심리를 더 자극하기 위해 능숙하게 담뱃갑을 만지작거렸다.

"용제를 페이퍼 컴퍼니를 통해 몰래 유통해서 뉴 제녹스를 만들었지? 그걸 전국으로 유통했고. 구미는 물론이고, 칠곡, 음성, 경기도 평택, 그리고 서울까지. 이 정도면 돈 좀 짭짤하게 벌었겠어."

"담배 하나만 주고 말하쇼."

"나중에. 일단 내 얘기부터 들어. 그러다 일이 틀어졌지. 구미 외곽에 있는 폐공장에서 죽다 살아났잖아."

김성호 팀장은 가지고 있던 서류를 덮었다. 이제 그는 차돌반 이사의 눈을 똑바로 쳐다봤다. 차돌반 이사는 눈을 동그랗게 떠서 김성호 팀장을 바라봤다. 김성호 팀장은 담뱃갑을 대놓고 흔들었다. 차돌반 이사는 먹이를 쫓는 개마냥 담뱃갑을 보며 눈동자를 흔들었다.

"한 개 피우고 합시다."

"변호사는 이제 도착해. 그때까지 아무 말도 하지 않아도 괜찮아. 하지만 우리가 당신을 오랫동안 쫓았다는 걸 알려주지. 당신 말고 당신이랑 같이 일했던 사람들도. 음성에서 한바탕하더니 구미에서도 한바탕했지."

"증거도 없이 그딴 소리를 잘도 지껄여?!"

차돌반 이사가 담뱃갑에서 눈을 뗀 뒤 발악했다. 김성호 팀장은 드론으로 촬영한 영상 중 일부를 핸드폰으로 그에게 보여줬다. 탱크로리가 음성을 떠나는 장면, 그리고 구미 폐공장에서 사람들이 뒤엉키는 장면. 마지막으로 불타는 폐공장에서 나오는 차돌반 이사와 유 실장의 모습까지.

곧 김성호 팀장이 화면을 껐다. 그는 스마트 폰을 주머니에 넣은 뒤 팔짱을 낀 채 차돌반 이사를 응시했다. 차돌반 이사는 이를 부득 갈면서 중얼거렸다.

"변호사. 아니, 그 개자식들. 변호사 불러. 빨리!"

"혹시 증거를 더 가지고 오라고 하면 대구에도 갔다 왔다고 하지. 지금 당신이랑 같이 움직이는 실장도 옆에서 조사받고 있거든."

차돌반 이사가 입술을 부들거리며 김성호 팀장을 바라봤다. 압박에 또 다른 압박. 아마 차돌반 이사는 경찰이 대구까지 갔다는 걸 몰랐을 것이다. 하지만 유 실장은 대구를 빠져나오다가 백세정과 전종진에게 붙잡혔다.

상황이 제대로 파악되지 않은 차돌반 이사의 머리가 혼미해졌다.

"그놈이 뭐라고 했지?"

차돌반 이사가 부들거리며 말했다. 김성호 팀장은 대답 대신 다른 걸 되물었다.

"담배 한 대 줄까?"

그제야 차돌반 이사가 눈을 반짝였다. 솔직히 담배가 너무 당겼다. 지금은 줄담배를 피울 수 있을 것 같았다. 하지만 김성호 팀장은 테이블에서 담뱃갑을 감추었다. 그 모습에 차돌반 이사는 대놓고 한숨을 내뱉었다. 원망어린 눈으로 김성호 팀장을 바라볼 뿐이었다.

김성호 팀장이 자리에서 일어나려 했다.

"나머지는 변호사가 오면 얘기하지."

"그 자식이 뭘 얘기했냐고?!"

"대구에서 빠져나가는 걸 우리가 잡았어. 그게 무슨 소리인지 알겠지?"

차돌반 이사가 입을 다물었다. 그러더니 김성호 팀장을 향해 손을 뻗었다. 그가 기어가는 목소리로 말했다.

"전…화."

"뭐?"

"전화 한 통화만."

"그럼 담배랑 전화 어느 걸 택하겠어?"

차돌반 이사가 욕지기를 내뱉었다. 이윽고 김성호 팀장이 그에게 담배 한 개비를 건넸다. 이제 슬슬 입을 열 것 같았다.

담배 한 개비를 입에 문 차돌반 이사가 깊이 한 모금을 빨았다. 회색 연기가 조사실 전체로 퍼졌다. 차돌반 이사는 만족스러운 표정을 지었다. 이어 그가 요구했다.

"옆에서 들어도 되니까 한 통화만."

갑자기 차돌반 이사가 핸드폰을 달라고 하니 김성호 팀장은 의심이 들었다. 하지만 뉴 제녹스와 관련된 공범들에게 전화를 거는 건 아닌 듯했다. 뻔뻔하게 옆에서 들으라고 할 정도면, 개인적인 전화일 것이다.

"누구한테 전화하는지 알려주면 빌려주지."

"내 여자. 이번 일이랑 전혀 상관없어. 걱정이 되어서 그러니까 한 번만 눈 딱 감고 빌려주쇼."

김성호 팀장이 차돌반 이사에게 전화를 건넸다. 곧 작은 신호음이 김성호 팀장에게까지 들렸다. 하지만 전화는 받지 않았다. 신호음이 끊기고 음성사서함 메시지가 나올 때까지 차돌반 이사는 기다리다가 테이블에 핸드폰을 내려놓았다.

"망할 놈들."

"우리 쪽이 제안 하나 해도 될까? 만약 당신을 그렇게 만든 사람들이 누구인지 알려주면 풀어주지. 불구속 수사를 한다는 거야."

"헛소리."

"죽을 뻔했는데 억울하지는 않나 보지? 대구 사무실이 어떻게 됐는지 알려줄까?"

차돌반 이사의 눈이 번쩍였다. 눈덩이가 시퍼렇게 멍이 들었는데도 눈에서 분노가 터졌다. 하지만 이윽고 분노가 가라앉았다. 방금 전의 모습과 전혀 딴판이었다.

"그 자식들은 내가 죽은 줄 알아. 공장에서 간신히 빠져나왔다고. 그런데 내가 아직 살아있다는 걸 알면, 그놈들이 날 가만두겠어?"

"수사에 협조만 하면 얼마든지 보호해주지."

"뭘 믿고? 경찰을 믿으라고? 말만 번지르르하게 하면 넙죽 도와줄 것 같아?"

김성호 팀장이 손가락으로 천장을 가리켰다. 차돌반 이사가 잠시 천장을 바라보다 아무것도 없다는 걸 알고 김성호 팀장을 쳐다봤다.

"이번 일, 윗선까지 보고가 된 일이야. 경찰만 움직이는 게 아니라고. 당신네들이 만든 뉴 제녹스 때문에 사상자만 200명이 넘어. 명백히 국가적인 재난이고 재앙이야. 그게 무슨 뜻인지 알겠지?"

김성호 팀장은 차돌반 이사에게 서류를 보여줬다. 뉴 제녹스에 포함된 게놈 C로 인해 남부지역에서만 200명의 사상자가 나왔다는 정보에 차돌반 이사의 눈이 다시 한 번 부들부들 떨렸다.

김성호 팀장은 서류를 빼앗은 뒤 날카로운 눈으로 차돌반 이사에게 말했다.

"아직도 변호사를 찾을 생각이면, 그냥 가만히 있어. 하지만 가만히 있다간 당신도 햇볕보기 어려울걸. 이번 일에 연루된 사람들을 위에서 조용히 넘길 것 같아?"

"…담배 하나 더 주쇼. 그리고 펜이랑 종이도."

차돌반 이사는 연이어 담배 두 대를 더 피우며 종이에 무언가를 적었다.

조사실 건너편 진술녹화실에서 상황을 지켜보고 있던 조기연이 하품하며 조사실에서 나오는 김성호 팀장에게 다가왔다. 피곤함이 그의 어깨를 계속 짓눌렀다.

"이제 술술 불겠네요. 역시 사람 다루는 건 팀장님이 잘하세요."

"유 실장은?"

김성호 팀장은 차돌반 이사의 심복인 유 실장에 대해 물었다. 조기연이 미소를 머금은 채 말했다.

"저 사람이랑 똑같아요. 자필진술서를 열심히 작성하고 있어요."

유 실장은 그가 아는 내용을 모두 적을 것이다. 그는 체포될 때부터 모든 일을 차돌반 이사에게 덮어씌우려고 했다. 대구에서 용인 수사본부로 오는 내내 말이다.

김성호 팀장이 펜과 종이를 챙겨 조사실로 향했다. 조기연이 그 뒤를 따라오며 말했다.

"팀장님, 이제 제가 할게요. 가서 좀 쉬세요. 이틀 동안 제대로 주무시지도 못했잖아요."

"내일 보고서를 작성하려면 이 정도는 괜찮아. 어느 정도 했으면 다들 가서 쉬라고 해."

김성호 팀장이 조기연의 어깨를 두드린 뒤 조사실로 향했다. 펜과 종이를 받은 차돌반 이사는 열심히 무언가를 적었다. 심지어 조직도까지 그렸다. 그 모습을 지켜보던 조기연은 혀를 차며 복도로 나왔다.

"역시 한 패거리가 손바닥을 뒤집으면 무섭다니까."

조기연이 커피를 마시기 위해 수사팀 사무실로 향했다. 사무실 구석에 놓인 간이침대에서 정철호와 양승연이 자고 있었다. 백세정과 전종진은 유 실장을 조사하고 있었다.

조기연은 커피를 타면서 간이침대에서 자는 양승연을 쳐다봤다. 수사본부에 합류해서 가장 편안한 모습인 것 같았으나, 조기연의 눈에는 그 모습이 가련하기도 하고 한심한 생각도 들어 한숨이 절로 나왔다.

＊＊＊

2018년 11월 10일 오전 11시 50분

차돌반 이사 때문에 수사 진행이 탄력을 받았다. 오늘 오후에 경찰청장과 수사국장과의 회의가 있을 예정이었다.

회의 준비 때문에 수사본부는 바쁜 시간의 연속이었다. 그런데 수사본부로 전화 한 통이 걸려왔다.

조기연이 전화를 받더니 김성호 팀장을 급히 불렀다.

"팀장님! 검찰에서 연락이 왔는데요?"

"검찰? 왜?"

"모르겠어요. 와서 받아보세요."

김성호 팀장이 서류를 든 채 전화를 받았다. 수화기 너머로 중년 남자의 목소리가 들렸다.

"김성호 팀장? 나, 검찰총장이요. 지금 바로 들어 와요."

총장이 직접 김성호 팀장에게 연락을 했다는 건 매우 큰 일이다. 김성호 팀장이 물었다.

"무슨 일입니까?"

"와서 얘기합시다. 오면 알려주지."

총장이 먼저 전화를 끊었다. 김성호 팀장이 수화기를 내려놓으니 조기연이 그에게 물었다.

"대체 검찰이 왜 팀장님을 호출한 거죠?"

"모르지. 가서 얘기를 들어봐야지. 같이 가자고."

김성호 팀장과 조기연이 수사본부에서 검찰청으로 향했다. 조기연은 점심도 먹지 않고 검찰청으로 가는 게 싫다며 잠시 투덜거렸다.

검찰청에 도착하니 검찰청 직원 한 명이 김성호 팀장과 조기연을 알아보고는 두 사람을 총장실로 안내했다.

"혹시 무슨 일인지 아시나요?"

"그건 저도 모릅니다."

그 직원은 딱딱하게 대답했다. 아마 알아도 말하지 않겠지. 김성호 팀장은 아무 말도 하지 않았지만, 조기연은 나지막이 중얼거렸다.

"바빠 죽겠는데 아무 때나 사람 오고 가라는 건 여전하네요."

"조용히 해."

김성호 팀장이 조기연에게 입단속을 주문했다. 곧 두 사람은 총장실로 도착했다. 총장실에는 검찰총장 혼자 있었다. 그는 날카로운 눈으로 두 사람을 보고는 인사도 없이 김성호 팀장에게 말했다.

"김성호 팀장? 둘이서만 할 말이 있으니까 같이 온 수사관은 밖에서 기다려요."

"같이 들으면 안 될 얘기입니까?"

"팀장님의 권위를 생각해서 하는 말이오."

김성호 팀장이 조기연에게 눈짓했다. 곧 조기연이 검사와 함께 총장실을 나갔다. 총장은 김성호 팀장에게 자리에 앉으라고 지시했다.

"바쁜 사람 불렀으니 바로 말하죠. 어제 총리님에게 보고한 말, 사실입니까?"

김성호 팀장은 어제 총리에게 전달한 일일보고를 떠올렸다. 거기에는 폐공장 화재와 차돌반 이사를 체포했다는 내용이 적혀 있었다. 그런데 그게 검찰총장에게까지 넘어갈 줄은 몰랐다.

검찰총장은 좀처럼 굳은 표정을 풀지 않았다.

"수사팀은 우악스럽게 범인을 검거합니까?"

"무슨 말씀을 하시는지 모르겠네요."

검찰총장이 사나운 눈으로 김성호 팀장을 바라봤다. 그는 옆에 있는 검사에게 손짓하더니 서류를 김성호 팀장에게 보여주라고 지시했다.

곧 김성호 팀장은 서류를 확인했다. 그건 보건부에서 작성한 서류였다. 서류에는 폐공장 화재로 인근 마을과 소방당국에 인명 피해가 발생하였다는 내용이 적혀 있었다.

"이 서류도 총리님에게 보고가 되었어요. 김성호 팀장이 보고한 바로 그다음에. 수사를 진행하는 데 있어 인명 피해가 났다고 하는데, 그에 대한 보고는 총리님에게 하지 않았나요?"

"했습니다."

"그런데 아무 말도 없으셨나요? 경찰청장님은요?"

"안 그래도 오늘 회의가 있을 예정입니다."

검찰총장이 마치 검거된 사람을 추궁하듯이 쏘아붙였다. 여전히 날카로운 눈으로 김성호 팀장을 쳐다봤다. 김성호 팀장은 물러서지 않았다.

두 사람이 한참 동안 서로를 바라보다가, 검찰총장이 딱딱한 말투로 말했다.

"아마 경찰청장님이 회의 때 말하겠지만, 폐공장 화재로 인한 인명 피해 때문에 총리님이 많이 놀라셨습니다."

"예상하고 있습니다."

"예상? 이번 화재로 4명이 게놈 C에 노출이 되었고, 50명이 넘는 사람들이 병원에서 검사를 기다리고 있어요. 마을 사람들, 소방관들, 경찰관들까지 포함하면 100명은 될 겁니다. 이에 대한 책임은?"

"전 이번 수사뿐 아니라 모든 수사에 언제나 책임감을 갖고 일합니다. 그리고 책임에 관해서는 경찰청장님이 문책할 일이지 검찰총장님이 말씀하시는 건…."

"팀을 해체한다고 말이 나와도 그 책임감이 유지될지 모르겠군."

김성호 팀장의 눈썹이 꿈틀거렸다. 팀을 해체한다고? 이제 겨우 차돌반 이사를 체포했는데?

폐공장 화재로 인한 인명 피해에 대해 김성호 팀장도 모르지 않았다. 현장에 있었고, 관할구역 경찰에게 사람들을 대피시키라고 지시한 사람도 바로 그였으며, 인명 피해가 있다는 것도 분명 확인했다.

물론 총리와 경찰청장에게 이 사실을 보고했다. 어떻게든 이러한 일이 또 발생하지 않도록 열심히 움직이고 있는데, 팀을 해체하라는 게 말이 되는가?

"그럼 팀을 해체한다는 걸 저희 청장님도 아십니까?"

"총리님께서 직접 말씀하셨으니 당연히 알겠지요."

"그래서 총장님께서 절 부르신 겁니까? 팀이 해체되면 이 사건을 검찰에게 넘길 예정입니까?"

"경찰에서 못한다면 검찰에게 넘어가야지. 아니면 국방부에 넘어가겠어요?"

"못하는 게 아니지 않습니까?"

발에 땀 나도록 뛰었는데 못한다고 말하는 건 또 뭔가?

이제 김성호 팀장도 낮은 목소리로 검찰총장에게 대항했다. 경찰이 사건을 맡았으니 경찰이 끝내는 게 맞다. 그런데 이제 와서 검찰이 다 차린 밥상에 숟가락을 얻는 건 말이 되지 않는다.

하지만 김성호 팀장의 반응에 관심 없다는 듯 검찰총장은 콧방귀를 꼈다.

"이봐요, 김 팀장. 사건이 청와대까지 보고되는 마당에 인명 피해가 있으면 당연히 그에 대한 적절한 조치가 이루어져야 하는 거 아닙니까?"

"한 번 삐끗했다고 무작정 팀을 해체하는 건 옳지 않다고 생각하니까 말하는 겁니다. 모두 목숨을 걸고 수사에 임하고 있는 사람들입니다."

"검찰에서도 목숨을 걸고 범인을 검거하겠지. 진급할 수 있는 절호의 기회인데."

"저희 경찰이 진급 때문에 목숨을 걸었다고 생각하시면 곤란합니다."

검찰총장이 자리에서 일어났다. 그는 정장 재킷을 툭툭 털더니 여전히 자리에 앉아있는 김성호 팀장을 내려다보며 말했다.

"그럼 어디 한 번 청장님이랑 말해 봐요. 내가 볼 때는 힘들 것 같으니까. 나중에 사건 넘길 때 잘 정리해서 주고."

검찰총장은 건성으로 손짓하며 나가라고 했다. 김성호 팀장은 자존심이 상했지만, 그렇다고 예의를 모르는 사람은 아니었다. 그는 총장에게 인사한 뒤 총장실을 나갔다.

인명 피해 때문에 팀을 해체한다. 그럴 수 있다. 틀린 말은 아니다. 하지만 이렇게 갑자기 팀을 해체하는 건 너무 이른 선택이다.

총장실 밖에 있던 조기연이 김성호 팀장에게 다가가 물었다.

"뭐래요? 갑자기 왜 불렀대요? 안 좋은 일이에요?"

김성호 팀장이 다소 피곤한 얼굴로 조기연을 바라봤다. 조기연이 그의 얼굴을 읽고는 심각한 표정을 지었다.

"설마 저희, 없어지는 거예요?"

"그럴 일은 없어."

"하지만 검찰한테도 상황이 보고되었다면, 우리가 일을 맡는다는 보장은 없잖아요."

"그럼 우리 사건을 검찰에게 뺏기고 싶어?"

"미쳤어요?!"

조기연이 꽥 소리를 질렀다. 함께 있던 검사가 그를 바라봤지만, 조기연은 신경 쓰지 않았다.

김성호 팀장은 조기연과 함께 검찰청을 나왔다. 이 사건을 위해 얼마나 많은 사람이 모였던가. 그는 결연한 눈으로 수사본부로 향했다.

조기연이 그 뒤를 따라가며 물었다.

"팀장님, 어떻게 하시려고요?"

"눈 뜨고 코 베이고 싶어? 담판을 지어야지."

"누구랑요?"

"청장님이랑. 이따 회의 때 얘기하지."

조기연은 놀란 눈으로 김성호 팀장을 바라봤다. 하지만 김성호 팀장은 회의에서 어떻게 경찰청장을 설득할 것인지 계획을 짰다. 넋 놓고 있다가 밥그릇을 뺏기고 싶은 마음은 추호도 없었다.

* * *

검찰청에 다녀온 그 날 오후, 수사본부에서 화상회의가 진행되었다. 컴퓨터 모니터에 경찰청장과 수사국장의 모습이 드러났다. 이번 회의는 경찰청장이 주관했다.

회의는 아침에 그들에게 전달된 김성호 팀장의 수사보고 때문에 진행되었다. 김성호 팀장의 보고서는 총리에게도 보고가 되었는데, 그는 수사보고를 확인한 뒤 향후 수사에 대해 자세히 알아봐 달라고 지시했다.

모니터를 통해 청장과 수사국장이 진지한 얼굴로 김성호 팀장을 바라봤다. 수사본부에는 한국 석유관리공사 탁재준 이사장과 그 직원들도 참석했다. 보고를 위해 김성호 팀장 옆으로 조기연, 정철호, 양승연이 있었다.

"수사 진행 사항에 대해 보고를 시작하겠습니다."

김성호 팀장이 양승연에게 고갯짓했다. 양승연이 재빨리 컴퓨터와 빔프로젝터를 작동했다. 이번 보고서는 양승연이 작성했다.

양승연은 컴퓨터에 대해 아는 게 많았다. 단순히 젊어서 잘 아는 게 아니라 컴퓨터에서는 정말 도사였는데, 첨단과학 교육 프로그램을 수료한 전종진과 달리 컴퓨터와 스마트 폰에 대해 전문가임을 과시했다.

"제가 괜히 IT 석사학위를 받은 게 아니에요. 다 피가 되고 살이 될 거라며 고모님이 말씀하시어 대학원을 다녀온 거죠. 갈 때는 사람들이 왜 가냐고 말렸는데, 지금은 큰 도움이 되고 있잖아요?"

양승연이 자랑스럽게 말했다. 그는 굳이 알 필요도 없는, 고모님의 IT 박사에 대한 이야기부터 경찰로 임관 후에 얼마나 컴퓨터와 스마트 폰에 대해 공부했는지 장황하게 떠들었다. 어려서부터 컴퓨터에 관심이 많았던 그는 그와 관련된 공부를 시작했고, 경찰대학에 들어가서도 계속 학업을 이어갔다.

"그러면 차라리 그쪽으로 가지, 왜 경찰이 됐어?"

조기연이 컴퓨터를 만지는 양승연을 향해 빈정거리듯 말했다. 김성호 팀장이 나무라는 눈으로 조기연을 바라봤고, 그는 입술을 삐죽 내밀었다. 양승연은 자신이 한 실수 때문에 조기연이 자신을 싫어한다는 걸 알았기에 그저 웃기만 했다.

"앞으로는 범행 방향도 IT를 이용한 양상으로 진화가 예상되어 앞선 경찰의 표상이 될 거라고 고모님이 말씀하셨죠! 이제 4차 산업이 도래했고, 경찰도 여기에 맞춰야 한다고 생각해요. 첨단기기로 무장한 경찰이 범인을 잡는 모습! 멋있잖아요? 아, 그리고 경찰대학에서는…."

양승연이 눈을 반짝이며 대답했다. 아무래도 양승연이 경찰대학에 어떻게 들어갔는지 또다시 장황하게 떠들 것 같아서 정철호는 자리를 피했다. 두뇌 회전이 빠르고, 솔직하면서 순수한 양승연이었다. 그런 마음은 경찰이 되면 사라지기 마련인데, 아직도 유지한다는 점에서 정말 독특한 사람이었다.

"요새 비트코인이니 전자화폐니 그런 거에 관심이 많은데, 넌 관심 없어?"

"에이. 그런 거 잘못하면 큰일 나요. 그거 도박이나 같은 맥락이에요. 지금이야 관심이 많으니까 여러 사람이 하지만, 나중에는 거품이 꺼질 거예요. 돈은 버는 사람도 있겠지만, 피해를 보는 사람은 그보다 훨씬 많을 거예요."

"뭐, 모든 일이 그렇지."

어쨌든 양승연 덕분에 청장, 수사국장, 한국 석유관리공사 이사장에게 보고해야 할 문서와 프레젠테이션은 단숨에 만들 수 있었다. 그것도 아주 보기 좋게.

먼저 스크린으로 조직도가 나타났다. 차돌반 이사가 진술한 조직도와 정보를 토대로 작성한 조직도였다. 김성호 팀장이 조직도를 가리키며 말했다.

"뉴 제녹스를 만드는 조직은 크게 세 분류로 나눌 수 있습니다. 뉴 제녹스를 총괄 지휘하는 빅원 에너지, 제조, 유통은 각 지역별로 담당하게 하는 전국적 조직을 형성하고 있습니다. 각 지역 업체들은 빅원 에너지의 지시를 받아 뉴 제녹스를 제조, 유통합니다. 서울의 자이언트 화학, 경기도 인천의 브라운 물류, 경상도의 대유 물류, 충청도의 홍석 화학 등이 그들입니다."

"그럼 이전에 한국 석유관리공사에서 조사한 페이퍼 컴퍼니들도 그들과 관련이 있나요?"

탁재준 이사장이 질문했다. 이에 김성호 팀장이 고개를 끄덕이며 대답했다.

"각 지역에 있는 업체들이 바로 페이퍼 컴퍼니들이었습니다. 페이퍼 컴퍼니들은 빅원 에너지의 지시를 받아 용제를 대량 구매했습니다. 용제는 생산업체에서 대리점으로 가지 않고, 각 지역의 업체로 빼돌립니다. 실제로 판매점이나 개인업자에게 용제가 가는 일은 거의 없습니다."

김성호 팀장이 다시 조직도를 가리키며 설명했다. 조직도는 마치 피라미드와 같았다. 그만큼 관련된 사람들이 많다는 것이고, 매우 조직적으로 운영되고 있다는 뜻이었다.

"빅원 에너지의 지시를 받아 각 지역에서 뉴 제녹스를 제조합니다. 대리점으로 가지 않은 용제는 각 지역에서 설치된 생산설비에서 뉴 제녹스로 바뀝니다. 경상도의 대구, 구미, 칠곡, 충청도의 대전과 청주, 음성 등 각 지역에 열두 곳 정도가 있습니다. 생산설비는 주인이 없는 공장이나 대형곡물창고 등에서 이루어집니다."

스크린의 화면이 바뀌면서 영상이 나타났다. 수사팀이 구미의 폐공장에서 찍은 사진이다. 아직 불타기 전의 폐공장이었는데, 곳곳에 설치된 감시카메라와 철조망이 확연히 보였다.

"뉴 제녹스를 제조하는 곳은 CCTV와 철조망으로 철저히 보안을 유지합니다. 보통 자정에 생산되어 새벽에 각 지역으로 배달되는데, 그 이유는 다른 사람의 눈에 띄지 않게 하는 것도 있지만…."

"있지만, 어떻다는 건가요?"

"경찰의 활동량이 가장 적은 시간대를 이용함으로써 뉴 제녹스나 조직의 노출을 방지하는 데 목적이 있습니다. 그리고 유통망도 뉴 제녹스 판매약정에 의해 거래하는 하부조직으로 세차장, 소형 유류 트럭, 길거리 판매소 그리고 주유소 등과 결탁되어 은밀하게 판매됩니다."

"그렇게 유통된 뉴 제녹스가 서울까지 올라왔던 거죠? 수서역 자동차 폭발사고처럼요."

"맞습니다."

스크린의 화면이 다시 바뀌었다. 이번에는 조직도나 영상 대신 사진들이 나타났다. 청장과 수사국장의 눈빛이 바뀌었다. 그들은 사진들을 유심히 바라봤다.

"구미에서 체포한 홍석 화학 차돌반 이사가 지목한 사진들입니다. 과거 가짜 석유제품과 관련한 사람들의 사진들인데, 차돌반 이사는 이들을 지목했습니다. 빅원 에너지의 박허세 사장, 대유 물류의 김대충 이사, 서울 자이언트 물류의 김종무 전무 등입니다."

"이사니 전무니 대표니 꽤나 그럴듯하게 운영하고 있군."

수사국장이 헛웃음을 내뱉었다. 하지만 그의 말이 사실이었다. 뉴 제녹스와 관련된 일당은 자신들이 하는 일을 사업이라고 생각했다. 그래서 체계적인 조직을 이룰 수 있었던 것이다.

청장이 사진 중 하나를 가리켰다. 박허세 사장의 사진이었다.

"그럼 저 사람이 빅원 에너지의 사장이고, 이 모든 일의 원흉인가?"

"확실하지 않습니다. 유력한 용의자죠. 현재 송유관 절도혐의로 수배되어 있는 자이기도 합니다."

"그럼 분명한데, 확실하지 않다는 건 무슨 뜻이지?"

김성호 팀장의 대답에 청장과 수사국장이 의아한 표정을 지었다. 김성호 팀장은 차분하게 대답했다.

"또 다른 사람이 있는 듯합니다. 하지만 차돌반 이사는 끝내 대답하지 않았습니다."

수사팀에 체포된 차돌반 이사는 뉴 제녹스와 관련된 일당에 대해 털어놓았다. 그는 종이에 조직도를 그리며 그들이 어떻게 뉴 제녹스를 제조하여 유통하는지 상세히 설명했다.

그는 박허세 사장이 모든 걸 지시한다고 말했다. 음성과 구미에서도 그가 있었다는 차돌반 이사의 설명에, 김성호 팀장은 수사팀이 쫓았던 SUV가 박허세 사장의 차량이라는 걸 알았다. 범퍼가 박살 난 바로 그 SUV 말이다.

하지만 차돌반 이사를 신문하던 김성호 팀장은 그가 무언가 숨기고 있다는 걸 알았다. 뉴 제녹스와 관련된 인물이 더 있다는 걸 직감했으나, 차돌반 이사는 대답하지 않았다. 이미 충분히 정보를 제공하지 않았냐고 역정을 내면서 말이다. 그 모습을 바라보던 김성호 팀장은 차돌반 이사가 누군가를 무척 두려워한다는 걸 직감했다.

"먼저 입수한 정보를 토대로 수사를 계속 진행할 예정입니다. 핵심인물들을 조사하는 한편, 각 지역에 퍼져 있는 뉴 제녹스를 압수할 예정입니다. 다만."

"다만?"

"매우 치밀하게 움직입니다. 차량은 모두 말소된 차량번호로 움직였고, 연락은 대포폰으로 주고받습니다. 그들이 유통하고 있는 자금도 현금과 대포통장을 사용하고 있는 것으로 파악됩니다. 그리고 각 지역을 담당한다는 사업체는 모두 실체가 없는 업체입니다. 빅원 에너지도 마찬가지입니다."

"정말 유령 그 자체군요."

김성호 팀장이 고개를 끄덕였다. 없는 연락처와 없는 통장, 그리고 없는 사업체로 뉴 제녹스가 유통되고 있었다. 그리고 사람이 쓰러지든 죽든 아무 관심이 없다. 오로지 뉴 제녹스로 돈을 버는 일당이 있었다. 사람과 돈, 뉴 제녹스는 실제로 존재하는데 겉으로 드러나는 건 하나도 없었다.

그러니까 차돌반 이사가 알아낸 정보도 표면적인 것에 불과했다. 김성호 팀장이 진지한 표정으로 말했다.

"팀 블랙은 먼저 입수한 정보를 토대로 현장을 답사할 예정입니다. 결국 중요한 건 현장검거라는 결과에 도달했습니다."

"그럼 머리를 먼저 덮칠 예정인가?"

"다각도로 움직일 예정입니다. 판매점과 유통업체, 그리고 빅원 에너지의 박허세 사장에 대해 추적 수사할 예정입니다."

"잠깐만요, 김성호 팀장."

수사국장이 김성호 팀장의 말을 끊었다. 곧 수사국장이 팀 블랙과 경찰청장을 번갈아 바라보다 말했다.

"청장님. 아침에 있었던 보고에 대해 지금 전달하는 게 좋을 것 같습니다."

회의에 참석한 수사관들은 무슨 말인지 모르겠다는 표정으로 서로를 바라봤다. 하지만 김성호 팀장은 올 것이 왔다고 생각했다.

그가 먼저 경찰청장에게 말했다.

"검찰총장님이 호출하셨었습니다. 검찰청에서 상황에 대해 설명하셨습니다."

"안 그래도 회의 전에 총장님과 통화를 했어요. 상황이 매우 위험하다는 거, 팀장도 알고 있지요?"

"알고 있습니다. 인명 피해에 대해서는 저에게도 일부 책임이 있다고 생각합니다. 하지만 그렇다고 팀을 해체하는 건 무리라고 판단합니다."

"김 팀장, 일이 생기니까 하는 소리예요. 그럼 지금부터 공개수사로 전환할까요? 모두 수배하면 그게 빠르지 않겠어요?"

차라리 수사규모를 확대해서 일망타진하는 게 효과적일 수도 있었다. 하지만 김성호 팀장이 수사국장의 말에 반대했다.

"공개수사로 전환하면 언론에서도 이 사실을 알게 될 뿐 아니라, 검거된다고 하더라도 그들이 범인이라는 직접적인 연관성을 입증할 증거가 없어 수사가 난관에 부딪힐 위험이 높습니다. 그리고 여기 모인 수사관들, 피해가 없도록 열심히 임하고 있습니다. 한 번의 실수로 팀을 해체하는 건 너무 과합니다."

이제 겨우 수사에 진전이 있는데, 그걸 모두 엎으라는 건 말이 안 된다. 김성호 팀장이 강경하게 나갔다.

"이 사건은 최초 경찰에서 보고된 사건입니다. 그러니 저희가 처리하겠습니다. 청장님, 저에게 도움을 요청했을 때를 생각해주십시오. 다소 시간이 소요되더라도 이번 수사에서 뉴 제눅스 제조조직을 발본색원拔本塞源하여 뿌리까지 완전히 뽑아야 합니다. 더 이상의 희생자가 발생하지 않도록 하는 것이 무엇보다 중요하다고 생각하기 때문에 비공개수사로 계속 유지하는 게 옳다고 봅니다."

청장이 잠시 고민했다. 이어 그는 김성호 팀장에게 말했다. 컴퓨터 모니터로도 그의 심각한 표정이 여실히 보였다.

"김 팀장, 솔직히 말하지요. 아마 검찰총장은 팀장에게 말하지 않았을 거요. 총리께서 나에게 직접 전달한 소식입니다. 보건부에서 게놈 C로 인한 사상자가 250명을 넘었다고 합니다. 이 속도라면 새해가 되기 전에 300명을 넘을 수도 있어요."

청장의 말에 수사팀이 웅성거렸다. 게놈 C에 노출된 사람들이 그만큼 많다는 뜻이다. 김성호 팀장은 조용히 청장을 바라봤다. 그가 무슨 말을 할지 예측할 수 있었다.

"언론에서도 이제 낌새를 차릴 수 있어요. 지금까지 조용히 덮어준 것만 해도 다행입니다. 하지만 시간이 없어요. 엠바고도 소용이 없고요. 만약 언론에서 이 일을 터뜨리면, 상황은 모두가 예상한 것보다 더 걷잡을 수 없이 퍼져요."

"잘 알겠습니다."

"검찰총장님이랑 총리님은 내가 설득하죠. 이번이 경찰조직의 명예와 청장인 나의 명운이 달린 마지막 기회이니만큼 인명 피해가 없도록 세심한 작전을 펼치세요. 우리에게는 지금부터가 파이널 라운드인 것입니다."

"명심하겠습니다. 파이널 라운드!"

공을 뺏기지 않기 위해서는 경찰청장도 움직여야 했다. 그 자존심 강한 검찰총장을 설득하는 건 가능성이 작았다. 그러니 총리를 설득하는 수밖에.

회의는 끝이 났다. 청장과 수사국장은 잠시 화상통화를 중단했다. 탁재준 이사장이 김성호 팀장에게 물었다.

"이번 일, 빨리 처리할 수 있겠어요?"

"유 팀장을 비롯한 현장대응팀이 저희에게 많은 도움을 주고 있습니다. 그리고 저희도 열심히 뛰고 있죠."

"아마 연내에는 사건을 끝내야 할 겁니다."

"그건 저도 예상하는 일입니다."

이윽고 수사국장이 다시 모니터에 나타났다. 그는 날카로운 눈으로 김성호 팀장에게 말했다.

"김 팀장, 청장님은 어떻게 설득했지만, 나는 아직도 걱정이 앞섭니다. 나는 지금이라도 공개수사로 전환하는 게 옳다고 봐요. 내가 무슨 뜻으로 말하는지 알죠?"

"걱정을 덜어드리겠습니다. 약속하죠."

수사국장이 한숨을 푹 내뱉었다. 만약 직접 대화를 했다면, 그의 한숨이 김성호 팀장에게까지 전달되었을 것이다. 하지만 경찰청장이 팀 블랙을 위해 나서겠다고 하니 그도 따를 수밖에 없었다.

"내가 오늘 수사본부로 가죠. 체포한 차돌반 이사를 만날 수 있나요?"

"지금 수사본부에 없습니다."

"없다니요?"

"대구로 갔습니다."

수사국장이 이해할 수 없다는 표정을 지었다. 체포한 사람을 풀어줬다니? 이번 일에서 가장 중요한 열쇠가 되는 사람인데?

김성호 팀장은 약속대로 차돌반 이사를 불구속 수사할 방침이었다. 하지만 그 전에 김성호 팀장은 그를 이용해 할 일이 있었다.

"적을 잡을 적이 필요합니다."

"적이라고?"

"이이제이以夷制夷 전략입니다."

수사국장은 도통 이해가 되지 않는다는 표정을 지었다. 하지만 김성호 팀장은 자신의 전략이 통할 것이라 확신했다. 차돌반 이사를 이용해 다른 일당들을 일거에 검거할 유인책이었다. 대어를 낚기 위해 풀어놓은 미끼가 바로 그였다.

＊＊＊

같은 시간, 대유 물류 김이새 실장은 집에서 쉬고 있었다. 소파에 앉은 그는 표정이 좋지 않았다. 아내인 배윤정이 그에게 차를 건네며 물었다.

"당신, 어디 아파요?"

"아냐. 많이 안 좋아 보여?"

김 실장이 자신의 얼굴을 만지며 애써 웃었다. 배윤정이 그의 뺨을 쓰다듬으며 말했다.

"엊그제부터 그래요. 서울에 다녀오고 나서요. 무슨 일 있어요?"

"본사에서 잠깐 일을 중단하래."

"본사에서요? 왜요?"

"유통에 무슨 문제가 있나 봐. 우리 말고 각 지역에 똑같은 지침이 떨어졌어."

"작은 아버님도 알아요?"

배윤정이 물었지만 김 실장은 대답하지 않았다. 보스 회합에 김대충 이사는 참가하지 않았다. 그를 대신하여 조카인 김이새 실장이 참여했었다.

김대충 이사와 김이새 실장이 삼촌 조카 관계라는 건 배윤정도 알고 있었다. 그래서 그녀는 이사라는 직책 대신 작은 아버님이라는 호칭을 자주 썼다. 김이새 실장은 그 부분에 대해 왈가왈부하지 않았다.

사업과 관련된 일이 생기면 남편은 표정부터 좋아지지 않았다. 마치 도살장에 끌려가는 가축처럼. 하지만 배윤정은 굳이 김이새 실장의 사업에 대해 묻지 않았다. 그저 다른 사람들처럼 일에 대해 말하기 싫어할 뿐이라고 판단했기 때문이다.

김 실장이 마른세수를 하며 말했다.

"잘 풀릴 거야. 지금 당장은 일이 생겨도, 시간이 해결해주겠지. 당신은 신경 쓰지 말고 장모님 생신이나 잘 준비해."

김이새 실장의 장모 생신은 연말 직전이었다. 12월 28일. 그래서 장모 생신에 맞춰서 온 가족이 모여 연말 모임을 갖는다. 김이새 실장은 연말 모임을 끔찍이 싫어해서 어떻게든 참가하지 않으려 했지만, 아이들이 외할머니를 무척 좋아해서 참석할 수밖에 없었다.

"당신 기분이 안 좋은데 갈 수 있겠어요?"

"그럼 가지 말까?"

"그런 뜻이 아니잖아요."

"사업은 대표님이랑 알아서 잘할 거니까 신경 쓰지 마. 내가 당신한테 사업 문제로 얘기한 적 없잖아."

공무원 시험을 준비할 때 만났던 두 사람이다. 김이새는 경찰공무원, 배윤정은 행정공무원을 준비했었다. 하지만 나날이 높아지는 공무원 경쟁률 때문에 두 사람은 몇 년 동안 실패를 맛봐야 했다.

마지막으로 시험에서 떨어졌을 때, 김이새는 갑자기 작은아버지 사업을 함께하기로 했다고 배윤정에게 알렸다. 물류 사업이라고 했다. 돈을 많이 벌 수 있다고, 그리고 자기와 함께 하자면서 결혼 이야기를 꺼냈다.

이미 공무원 시험에 지친 배윤정이었고, 김이새를 믿었기에 결혼을 승낙했다. 그게 5년 전 일이었다. 3년 전에 쌍둥이가 태어났고, 부족하지 않게 지냈다. 모두 김이새 실장이 열심히 일한 덕분이라고 배윤정은 믿었다.

"당신이 뭘 하든 믿을게요."

배윤정은 조용히 김이새 실장의 어깨를 다독였다. 김이새 실장은 아내를 바라봤다. 아마 그가 하는 일이 불법이라는 걸 알리면, 아내는 어떻게 반응

할까. 오랫동안 김이새 실장은 이 문제에 대해 고민했다.

하지만 결혼하고, 아이가 생겨서 차마 말을 할 수가 없었다. 한 가족의 가장이 되어 책임질 일이 많아질수록, 그는 입이 점점 더 무거워졌다. 반대로 성격은 예민해졌다.

"미안해."

"괜찮아요. 당신 말처럼 시간이 지나면 해결되겠죠."

김이새 실장이 소파에 몸을 기대려는데, 핸드폰으로 연락이 왔다. 모르는 번호였다. 김이새 실장은 전화를 받을까 말까 고민하다가 본사에서 온 연락일 수도 있겠다는 생각에 전화를 받았다.

곧 핸드폰 너머로 큰 목소리가 들렸다.

"야! 김 대표, 왜 전화를 안 받아?!"

소리를 지르는 사람이 누구인지 김이새 실장은 알았다. 바로 차돌반 이사였다. 김이새 실장은 눈을 동그랗게 떴다.

"차 이사님. 갑자기 왜…."

"시끄럽고 빨리 김 대표한테 연락해! 볼 일 있다고! 빨리!"

"지금 대표님은 병원에 계세요."

"병원은 무슨! 내가 모를 줄 알아? 그 사람 지금 중국에 있는 거 내가 알고 연락한 거야! 신세 망치고 싶지 않으면 빨리 나한테 연락하라고 해! 김 실장도 그러다간 망하는 수가 있어!"

"지금 어디에 계십니까?"

"그건 알 필요 없으니까 이 번호로 연락하라고 해!"

차돌반 이사가 일방적으로 전화를 끊었다. 김이새 실장은 핸드폰을 내려다봤다. 백 회장은 그가 사업을 정리했다고 하지 않았던가? 그런데 갑자기

연락을 하다니.

갑자기 핸드폰에서 큰 소리가 들리니 배윤정은 당황한 얼굴로 남편을 바라봤다. 사태가 심상치 않다는 걸 그는 깨달았다.

"여보, 대체 무슨 일이에요?"

"사무실… 사무실에 가봐야겠어."

김이새 실장이 옷을 차려입고 집을 나왔다. 배윤정이 재차 무슨 일이냐고 물었지만 그는 대답하지 않았다.

집에서 나온 김이새 실장은 차에 올라탔다.

차돌반 이사가 왜 작은아버지를 찾는가. 혹시 두 사람 사이에 모종의 일이 있는 걸까? 그럼 대유 물류는?

그는 애써 마음을 차분하게 가라앉히려고 했지만 쉽지 않았다. 머릿속으로 자신을 걱정하는 아내의 모습이 떠올랐다. 그리고 아이들의 모습도.

그가 핸드폰을 들었다. 연락처를 뒤적이던 김이새 실장의 손가락이 멈췄다. 빅원 에너지 박허세 사장의 연락처가 눈에 들어왔다.

연락처를 누른 그가 핸드폰을 귀에 댔다. 신호음이 길게 이어지자 박 사장이 전화를 받았다. 김이새 실장이 떨리는 목소리를 간신히 가다듬으며 말했다.

"대유 물류 김이새 실장입니다. 드릴 말씀이 있어서 연락드렸습니다."

"김 이사가 아프니까 실장만 바쁘군. 회합에 참석하지 못해서 미안하다고 김 이사가 그러던가?"

박허세 사장이 빈정거렸다. 김이새 실장은 그의 말투에 신경 쓰지 않았다.

목소리만 떨리는 게 아니었다. 손도 조금씩 떨리기 시작했다.

"차돌반 이사가 전화했었습니다."

김이새 실장의 말에 박허세 사장은 아무 말도 하지 않았다. 아주 잠깐 무거운 침묵이 흘렀다.

　　이윽고 박허세 사장이 낮은 목소리로 말했다. 맹수가 으르렁거렸다.

　　"어디서?"

돌아온 문어

백 회장은 안여신과 함께 경기도에 있는 뉴 제녹스 제조 공장을 찾았다. 폐공장이었는데, 구미 폐공장과는 규모가 달랐다. 30명이 넘는 사람들이 탱크로리에 있는 용제를 빼내어 그것을 대형 저장탱크에 넣었다.

저장탱크는 총 2대였는데, 먼저 하나의 저장탱크에 용제를 주입한 뒤, 그것을 화학물질이 저장된 저장탱크로 옮겼다. 저장탱크에 저장된 화학물질은 솔벤트, 톨루엔, 메탄올, 그리고 바이오 에탄올 등이었다. 두 번째 저장탱크로 옮겨진 용제는 화학물질과 혼합이 되면서 뉴 제녹스로 변신하였다. 이렇게 변신한 뉴 제녹스는 다시 탱크로리에 주입되었다. 일부 뉴 제녹스는 미리 준비된 페인트 통과 드럼통에 다시 옮겨졌다.

"이런 일을 한다는 거 차 이사가 알려주던가?"

"아뇨."

"그럼 이런 모습은 처음 보겠군."

안여신은 대답 없이 뉴 제녹스 제조 과정을 지켜봤다. 마스크에 조끼를 입은 남자들이 분주하게 움직였다. 모두 외국인들이었다. 그들은 제조된 뉴 제녹스를 운반하느라 백 회장과 안여신에게 신경 쓰지 않았다. 그리고 두 사람도 뉴 제녹스를 운반하는 사람들 곁으로 다가가지 않았다. 그저 멀찍이 폐공장 입구에서 그들의 행동을 지켜봤다.

백 회장이 안여신의 어깨를 부여잡았다. 안여신의 어깨가 떨렸다. 아마 추위 때문이라. 하지만 백 회장은 음흉한 미소만 지었다.

오랜 세월 동안, 그는 숱한 여자들을 만났었다. 그중에는 아무것도 모르는 여자도 있었고, 자존심이 강한 여자도 있었고, 대놓고 돈을 노리고 접근하는 여자도 있었다. 대학을 나와 좋은 회사를 다니는 여자도 있었고, 술집에서 남자를 홀리는 여자도 있었다. 여러 여자를 만나면서, 그는 어떻게 여자를 다루어야 하는지 안다고 자부했다. 그리고 이쪽 일을 하면서 수많은 사람들을 상대했다.

밑바닥에서 구르면서 지금의 자리에 오르기까지, 절대 바뀌지 않는 하나의 경험을 얻었다. 남자든 여자든 돈과 권력 그리고 힘이 있는 사람에게 꼬리를 내린다는 힘의 논리. 어느 것 하나만 있어도 사람들은 고개를 숙인다. 하지만 그 모든 게 있다면, 모두가 그를 왕처럼 떠받든다.

그리고 지난 10년 동안, 자신은 그렇게 왕처럼 지냈다고 백 회장은 자부했다.

"난 당신이 마음에 들어. 이제 볼 것 없는 차 이사 말고 나한테 붙는 게 어때?"

"금고에 있었던 건 뭐죠?"

안여신이 물었다. 그녀는 처음 백 회장이 금고의 비밀번호를 물었을 때, 모른다고 대답했었다. 하지만 알고 있었다. 차 이사는 자랑하듯이 그녀 앞에서 자주 금고를 열었기 때문이다. 보기 싫어도 금고 비밀번호를 알 수밖에 없었다.

안여신은 백 회장에게 금고 비밀번호를 알려줬다. 아무리 버틴다고 해도 결국 자신이 백 회장에게 굴복할 수밖에 없다는 걸 직감했기 때문이다. 백 회장보다 젊었지만, 그녀도 여러 사람을 만나면서 경험을 얻었다. 자신보다 돈과 힘이 있는 사람 앞에서는 나긋해져야 한다는 걸 말이다. 그래야 사는 게 편하다는 것도 알았다.

결국 안여신은 백 회장에게 금고 번호를 알려줬다. 그리고 금고에는 온갖 종류의 서류철이 있었다. 돈이나 보석 등 귀중품은 전혀 없었다. 안여신은 차돌반 이사를 만날 때마다 그 서류철이 무엇인지 궁금했으나, 그는 안여신에게 알려주지 않았다.

"알고 싶나?"

"네."

"차 이사는 말하지 않았나?"

"없는 사람은 말하지 말라고 하지 않았던가요?"

백 회장은 호탕하게 웃으며 안여신의 어깨를 잡은 손에 더 힘을 줬다. 마음에 들었다. 오랜만에 이런 경험을 느꼈다. 매일 따라다니는 여비서를 만질 때도, 다른 여자를 품에 안을 때도 느껴본 적 없던 감정이었다.

"내 계획을 이루게 해줄 보물들이지. 국내에서는 더 이상 손을 쓸 필요가 없어."

"그럼 해외로 나갈 생각인가요?"

"중국. 내년에 저 물건들을 이용해 중국으로 진출할 거야. 시장이 큰 만큼 돈도 많이 벌 수 있지."

과거 프리케미컬은 국내시장을 점유한 다음, 중국으로 진출할 예정이었다. 하지만 제녹스가 가짜 석유제품으로 규정되면서 프리케미컬은 공중분해 되었다.

회사는 무너졌지만 그들이 소유하고 있던 프로세스는 여전히 남아 있었다. 백 회장은 차돌반 이사가 어떻게 그 정보들을 빼돌렸는지 알 수 없었다. 다만, 자신에게 큰 도움이 될 것이라 믿었다. 오랫동안 호시탐탐 그 기회를 노리고 있었고, 드디어 손에 넣었다.

"형님!"

공장으로 박허세 사장이 들어와 백 회장을 찾았다. 백 회장은 얼굴이 시뻘겋게 달아오른 박허세 사장을 보며 혀를 찼다.

박허세 사장은 얼굴이 땀범벅이었다. 백 회장이 눈을 가늘게 뜨며 그에게 물었다.

"무슨 일이 그렇게 급한데 요란하게 오나? 자네답지 않게."

"문어 대가리, 그 자식이…."

차돌반을 거론하자 백 회장의 표정이 급격히 굳어졌다. 그는 안여신을 슬쩍 민 다음 박허세 사장에게 다가갔다.

두 사람이 마주봤다. 박허세 사장의 표정은 가관이었다. 화가 난 것 같으면서, 기가 찬 얼굴이었다. 그의 표정을 살피던 백 회장이 물었다.

"차 이사, 구미에서 해결한 거 아니었나?"

"저도 그런 줄 알았습니다."

"그런 줄 알았다고? 직접 확인하지 않았다는 뜻이네?"

백 회장의 노기 어린 표정에 박허세 사장은 저도 모르게 침을 삼켰다. 백 회장이 자신에게 화를 낸 적은 손에 꼽힌다. 그럴 때마다 그는 자신이 오랫동안 사용한 칼을 들이밀었다.

덩치는 박허세 사장이 더 크지만, 그 덩치를 제압할 수 있는 아우라가 백 회장에게는 있었다. 어떤 사람이든 압도할 수 있는 백 회장의 기운 때문에 지금까지 사업이 유지될 수 있었던 것이다. 박허세 사장은 오랫동안 백 회장과 함께하면서 그걸 잘 알고 있었다.

"박 사장."

백 회장이 박허세 사장을 향해 손을 뻗었다. 검은 정장에 하얀 와이셔츠를 입은 박허세 사장은 저도 모르게 뒤로 물러나려 했다. 하지만 백 회장의 손이 더 빨랐다.

박허세 사장의 와이셔츠를 잡은 백 회장이 손아귀에 힘을 줬다. 와이셔츠 깃이 잠시 뭉개졌다. 하지만 백 회장은 그것을 다시 천천히 펴줬다.

백 회장은 와이셔츠 깃을 만지작거리며 낮은 목소리로 말했다.

"왜 자꾸 실수를 하는 거야? 자꾸 아마추어처럼 굴 거야?"

"죄송합니다."

"너도 다른 놈들처럼 안일해지면 되나? 손에 때를 묻히는 게 싫어?"

"그게 아니라…."

"우린 어렸을 때부터 이런 일을 했었잖아. 더러운 꼴 다 보면서 간신히 여기까지 왔잖아. 그런데 왜 자꾸 삐끗거리는 거야?"

"바로 차 이사를 확실히 처리하겠습니다."

"그 자식이 어디에 있는 줄 알고? 누가 먼저 알렸지?"

"대유 물류 김이새 실장이요. 실장 놈은 대유 물류가 차 이사와 아무 관련이 없다고 했어요."

대유 물류가 차돌반 이사와 관련이 없다는 건 알 바 아니다. 만약 관련이 있다면 그건 나중에 김대충 이사를 불러 추궁하면 된다. 그리고 그게 사실이라면 차 이사처럼 묻어버리는 되는 것이고. 하지만 김이새 실장이 먼저 연락했다고 하니 대유 물류에서 차돌반 이사와 선을 긋는 게 분명했다. 그리고 차돌반 이사가 살아있다면, 그다음을 생각해야 한다.

구미에서 죽을 뻔한 그가 누구에게 가장 먼저 연락했겠는가. 누구든 차돌반을 도와주지 않을 것이다. 이미 차돌반 이사가 무너졌다는 걸 알고 있는데 그에게 도움의 손길을 뻗어줄 사람은 없다.

그렇다면 경찰이나 검찰에게 도움을 청했을 것이다. 아니면 먼저 그들이 차돌반 이사를 찾았거나. 어느 쪽이든 상관없다. 차돌반이 알고 있는 모든 걸 숨겨야 한다.

"박 사장."

"네."

"자네는 지금 당장 광주로 가서 물건들을 모두 서울로 가져와."

"다른 지역은요? 그놈들도 서울로 올라오라고 할까요?"

"그 많은 걸 어떻게 여기에 맡겨? 다른 놈들한테는 내가 직접 얘기할 테니까 박 사장은 얼른 내려가."

"알겠습니다."

"아, 그리고."

박 사장이 공장을 나가려는데 백 회장이 다시 불렀다. 백 회장은 씨익 웃으며 말했다.

"서울이랑 경기도에 있는 애들이랑 트럭 전부 끌고 가서 물건 가져와."

"애들이랑 트럭도요? 그렇게 손이 많이 필요하지는 않는데요."

"대전에 도착하면 내가 직접 연락해서 알려주지."

순간, 뉴 제녹스를 옮기던 외국인들 사이에서 웅성거리는 소리가 들렸다. 몇몇 사람들이 페인트 통이 쌓여 있는 곳으로 모여들었다.

백 회장과 박허세 사장이 그들 곁으로 다가갔다. 마스크가 벗겨진 한 짙은 피부색의 남자가 바닥에서 부들부들 떨고 있었다. 그는 눈을 뒤집은 채 발작하듯 손과 발을 떨었다. 입에서는 거품이 조금씩 흘렀다.

쓰러진 남자 주변에 서 있는 외국인들이 저들끼리 무어라 대화를 나누었다. 하지만 그들의 말을 이해할 수 없었다. 어차피 한국어를 잘 못 하는 놈들이다.

백 회장은 당황한 기색 하나 없이 남자를 내려다봤다.

백 회장이 박 사장에게 말했다.

"박 사장, 얼른 내려가."

"그럼 가보겠습니다."

"가면서 여기 쓰레기는 좀 치워."

백 회장이 귀찮다는 듯 쓰러진 남자를 가리켰다. 박허세 사장이 공장 입구를 향해 손짓했다. 곧 정장을 입은 두 남자가 안으로 들어왔다.

박허세 사장이 그들에게 명령했다.

"빨리 끌고 가."

정장을 입은 남자들이 쓰러진 남자를 확인하고는 당황하여 서로 눈치만 살폈다. 박허세 사장은 정장을 입은 남자들을 향해 주먹을 날렸다. 퍽, 하는 소리와 함께 남자들이 비틀거렸다.

"자식들아! 빨리 안 옮겨?!"

그제야 거품을 문 남자를 일으켜 공장 밖으로 끌고 갔다. 그 모습을 작업하는 남자들이 멍하니 지켜봤다. 백 회장이 그들에게 명령했다.

"뭐해? 일해야지?"

백 회장이 명령했다. 외국인들이 눈을 굴리다 다시 자리로 돌아갔다. 박허세 사장은 공장을 떠났다.

아무 일도 없었다는 듯이 저장탱크에 있는 뉴 제녹스가 페인트 통으로 옮겨졌다. 석유 냄새가 코를 찔렀지만 백 회장은 익숙했다.

그가 다시 안여신에게 다가갔다. 석유 냄새에 머리가 어지러운 그녀가 백 회장에게 몸을 기댔다. 안여신의 모습에 백 회장은 만족했다.

안여신이 물었다.

"차 이사가 다시 돌아왔나요?"

"얼마 못 갈 놈이야. 발악해봐야 소용없어."

백 회장이 안여신의 어깨에 손을 얹은 채 공장을 나왔다. 차돌반 따위가 자신을 어떻게 할 수 없었다. 그리고 그가 경찰이든 검찰이든 누군가에게 붙었다고 해도, 그가 하는 일은 소용없는 짓이었다.

10년 동안 이룩한 왕국이다. 이 왕국의 왕은 자신이며, 어느 누구도 왕국을 무너뜨릴 수 없다고 백 회장은 자신했다. 그게 누구든.

* * *

2018년 11월 11일 밤 11시 24분

수사본부에서 온 팀 블랙이 대전의 한 페인트가게를 찾았다. 차돌반 이사가 알려준 가게였고, 대전에서 제조한 뉴 제녹스가 유통된 곳이기도 했다. 수사관은 셔터를 강제로 열어 가게 안으로 들어갔다.

"여기가 맞네."

가게에는 수십 개의 페인트 통, 그리고 〈가격 990원〉이라고 적힌 안내판이 있었다. 사람은 없었다. 휴대용 전등으로 내부를 밝힌 수사관들이 페인트 통을 확인했다.

"없어. 거기는?"

"여기도 없어요."

수사관 3명이 페인트 통을 전부 뒤졌지만 뉴 제녹스는 어디에서도 찾을 수 없었다. 혹시 모를 상황에 대비하여 현장침투복도 입었고, 성분 분석기까지 가져왔지만 어디에서도 뉴 제녹스를 찾을 수 없었다.

순간, 가게 안에서 무언가 떨어지는 소리가 들렸다. 수사관들은 곧바로 소리가 들리는 방향으로 향했다.

가게 안에서 그림자 하나가 나타났다가 사라졌다. 그림자는 가게 뒷문으로 도망쳤다. 팀 블랙이 그 뒤를 쫓았다. 불빛 하나 없는 가게 안에서 수사관들이 가지고 있는 휴대용 전등만 요란하게 움직였다.

"잡아!"

뒷문으로 나온 팀 블랙이 그림자를 찾았다. 뒷문은 골목과 이어져 있었다. 팀 블랙이 밖으로 움직이려는 순간, 골목에 있던 오토바이에서 불빛이 번쩍였다.

수사관은 갑작스러운 불빛에 눈을 가렸고, 그사이 오토바이는 요란한 소리를 내며 골목을 빠져나갔다. 팀 블랙이 재빨리 그 뒤를 쫓았지만 오토바이는 이미 사라진 뒤였다.

"오토바이 번호판 봤어?"

"가리고 있었어요."

"젠장. 일부러 가린 거군. 다른 팀한테 연락해봐. 여긴 허탕이야."

비어있는 페인트 통, 도망친 일당 때문에 팀 블랙은 아무것도 할 수 없었다. 가지고 온 수색영장만 빛이 바랬다.

다른 팀에 연락한 수사관이 당황한 얼굴로 보고했다.

"아무래도, 다른 곳도 사정이 비슷한 것 같아요."

* * *

같은 시간, 또 다른 팀 블랙은 괴산 인근에 있는 한 야산에 진입했다. 이들은 수사본부에 있는 블랙 쓰리가 아닌 개인 차량을 갖고 왔다. 혹시 블랙 쓰리로 인해 정체가 발각될 수 있을 것 같았기 때문이다.

야산에 진입한 수사팀은 30m 전방에 있는 한 곡물창고를 확인했다. 가지고 온 야간투시경으로 곡물창고를 확인하던 팀 블랙은 의아한 표정을 지었다. 알려진 정보와 달리 곡물창고가 너무 조용했기 때문이다.

"CCTV 보여?"

"아뇨. 전혀 없는데요. 사람도 안 보이고요."

"가서 확인해볼까요?"

혹여 뉴 제녹스를 제조하는 일당이 있으면 장기간 수사를 진행하기 위해 텐트까지 가져온 팀 블랙이었다. 그들은 곧바로 짐을 챙겨 곡물창고로 이동했다. 감시카메라는커녕 철조망 하나 없는 곡물창고를 확인한 수사팀은 무언가 잘못되었다는 걸 깨달았다. 곡물창고는 자물쇠 하나 없이 문이 열려 있었다.

바닥을 확인한 수사관 한 명이 말했다.

"바닥에 타이어 자국이 있어요. 만들어진 지 얼마 안 됐는데요."

"이 자식들 벌써 알고 튀었네."

"어떻게 하죠?"

"뭘 어떡해? 빨리 철수해. 다른 팀한테도 이 사실 알리고."

"차 이사라는 사람을 풀어줘서 이런 걸까요? 그럼 다른 곳도…."

"쓸데없는 소리 그만하고, 본부로 복귀할 준비나 해."

허탕을 쳤다는 생각에 수사관들은 한숨부터 나왔다. 이윽고 다른 팀 블랙에서 연락이 왔다. 어디 하나 뉴 제녹스나 그것을 만드는 일당을 검거했다는 소식은 들리지 않았다. 그들 모두 차돌반 이사가 알려준 현장을 덮치러 지방까지 내려온 상황이었는데.

소식을 접한 수사관들은 고개를 저었다. 이대로 가다간 현장 수사는 불가능했다. 간신히 입수한 정보마저 서서히 사라지고 있었다.

* * *

같은 시간, 천안삼거리 휴게소에 있던 윤 이사는 여러 곳에 통화를 하느라 정신이 없었다. 그는 자신이 관리하는 충청도 지역에 퍼져 있는 용제와 뉴 제녹스를 계속 다른 곳으로 옮겼다. 전부 백 회장의 지시였다.

"젠장. 뭐가 이렇게 바쁘게 움직이는 거야? 알려주지도 않고."

윤 이사가 바닥에 침을 탁 뱉었다. 한때 포항의 '살사'라는 별명으로 포항을 주름잡던 인물이다. 그런 그가 지금은 백 회장의 명령을 듣고 있으니 속이 뒤틀렸다.

사업 확장으로 백 회장이 경상도 세력을 장악했을 때, 윤 이사는 그의 밑으로 들어갔다. 이사라는 직책도 얻고, 나름 사업을 해서 돈도 많이 벌었지만 그래도 속이 뒤틀리는 건 참을 수 없었다.

차돌반 이사가 괜히 백 회장의 뒤통수를 쳤는가. 대유 물류 김대충 이사는 왜 걸핏하면 회합에 참석하지 않겠는가. 이게 다 백 회장 때문이었다. 그 덕분에 많은 걸 얻었지만, 많은 걸 감추어야 했다.

"차라리 나도 한탕 하고 도망가는 게 낫겠어."

윤 이사가 직접 탱크로리를 이끌고 천안삼거리 휴게소를 찾은 이유이기도 했다. 탱크로리에 있는 뉴 제녹스 80톤을 판매망에 넘길 예정이었다. 그리고 선불로 5억 원을 받은 것이다. 그 정도면 당분간 먹고 살 수 있었다.

"이봐, 곽 과장!"

"예, 윤 이사님."

"우리 라인 판매망에 메시지 넣어, 새벽 1시에 물건 받을 준비 하라고. 장소는 다시 알려 주겠다고 해."

"네, 알겠습니다."

"그리고 탱크로리 3대는 평택에서 음성 가는 고속도로 미곡쉼터로 보내."

"박 사장님께도 보고할까요?"

"쓸데없는 짓 하지 말고 빨리 시키는 일이나 해!"

윤 이사는 곽 과장을 윽박질렀다. 곽 과장은 일단 그가 시키는 대로 움직였다.

박허세 사장이 이 사실을 알면 안 된다. 윤 이사는 박허세 사장의 눈을 피하기 위해 그 누구도 생각하지 못한 고속도로 갓길을 작업장으로 선택한 것이다. 그러면 백 회장이나 박허세 사장 모두 모를 것이다. 아예 평택 간 고속도로 IC와 중부고속도로 IC가 겹치는 곳, 그러니까 쉽게 빠져나갈 수 있는 미곡쉼터에서 물건을 바로 제조해서 자신의 판매라인에게 넘길 계획이었다.

자정이 지날 무렵, 유류 트럭들이 미곡쉼터로 속속 도착하기 시작했다. 윤 이사는 곧바로 곽 과장에게 뉴 제녹스를 제조하라고 지시했다. 하지만 그는 자신을 따라오는 검은 SUV를 알아차리지 못했다.

"블랙 투, 여기는 블랙 쓰리."

"여기 블랙 투."

"천안휴게소에서부터 탱크로리에 부착된 GPS를 추적하고 있다. 음성 톨게이트로 진출했는데, 탱크로리가 보이지 않아. 모니터로 확인 부탁한다."

얼마 지나지 않아 블랙 투에게서 연락이 왔다.

"주변에 아파트나 주택가가 많아요. 탱크로리가 갈 만한 곳은 없는데요."

뭔가 이상했다. 블랙 쓰리에 타고 있던 수사관은 아파트와 주택가 사이를 오갔다. 그러다 고속도로 안쪽에 있는 쉼터에서 차량전조등 불빛이 흘러나왔다.

"잠깐, 저길 봐!"

차량전조등을 유심히 살폈다. 그건 탱크로리였다.

"한국 석유관리공사에 연락해. 빨리 이쪽으로 오라고."

"예, 알았습니다."

4명의 팀 블랙은 현장침투복을 착용하고 곽 과장 일당이 눈치채지 못하게 엎드린 자세로 슬금슬금 전진했다.

"아니, 대체 왜 여기서 작업을 하는 거예요? 누가 상상이나 했겠어요?"

"쉿, 다 왔다. 준비해."

곽 과장을 비롯한 사람들이 탱크로리에만 집중하느라 수사관들이 다가오는 걸 몰랐다. 이윽고 어둠 속에서 모습을 드러낸 수사관들이 사람들에게 돌진했다.

"모두 꼼짝 마!"

"뭐꼬?!"

"쟤네들 뭐야?!"

사람들이 우왕좌왕하는 사이, 수사관들이 그들에게 다가와 수갑을 채우려 했다.

"당신들을 가짜휘발유 제조 및 유통혐의로 체포합니다. 변호사를 선임할수 있고…."

"헛소리 마!"

뉴 제녹스를 혼합하던 남자가 용제호스를 잡더니 팀 블랙을 향해 돌렸다. 이윽고 거대한 기름 줄기가 마치 대포처럼 뿜어져 나왔다. 여기에 다른 남자들이 쇠파이프와 야구방망이를 들고 마구 휘둘렀다. 생각보다 저항이 극렬했다.

하지만 수사관 모두 베테랑이었다. 그들은 거침없이 기름 줄기를 뚫고 트럭으로 뛰어들었다. 이어 수사관 한 명이 트럭으로 올라가 기름 줄기를 뿜어내는 남자를 덮쳤다. 다른 수사관들도 삼단전자 봉을 꺼내 다른 남자들을 제압했다.

"이 빌어먹을 놈들!"

작업 중이던 곽 과장이 탱크로리에서 벗어나 고속도로 옆 절벽으로 뛰어갔다. 이미 다른 남자들을 모두 체포한 수사관들이 곽 과장을 발견하고는 그의 뒤를 쫓았다.

"어딜 가려고?!"

놀랍게도 곽 과장은 절벽으로 몸을 던졌다. 그리고는 마치 뱀처럼 절벽을 타고 올라가는 게 아닌가?

"그만 내려와! 가면 어디까지 갈 건데?"

"너 같으면 이 상황에서 내려가겠냐?! 잡을 거면 올라와서 잡아보든가!"

곽 과장은 주머니에서 잭나이프를 꺼내 휘둘렀다. 하지만 곽 과장도 알고 있었다. 절벽은 높았고, 그 위로 올라가는 건 불가능했다.

결국 절벽에서 뛰어내린 곽 과장이 가드레일을 넘어 다른 곳으로 도망치려 했다. 하지만 밑에서 기다리고 있던 수사관들이 그를 쫓아가 덮쳤다.

곽 과장은 잭나이프를 휘두르며 자신을 향해 다가오는 수사관들을 위협했다.

"내 몸에 손가락 하나 건드리기만 해봐. 다 죽여 버릴 거니까."

곽 과장의 눈빛이 독사처럼 번뜩였다. 이어 가까이 오는 수사관을 향해 잭나이프를 빠르게 휘둘렀다. 수사관이 얼른 뒤로 물러났다.

"한꺼번에 덮쳐!"

수사관 한 명이 다가오는 순간 곽 과장이 다시 한 번 칼을 번쩍였다. 하지만 그가 칼을 휘두르려는 순간, 다른 수사관이 칼을 잡은 곽 과장의 손을 잡는가 싶더니 곽 과장이 하늘로 붕 뜨다가 언덕에 거꾸로 처박혔다.

"놔!"

"못 놔!"

20분 동안 저항했던 곽 과장은 수사관의 업어치기 한판으로 간신히 체포할 수 있었다.

한편, 천안삼거리 휴게소에서 대기하고 있던 윤 이사는 곽 과장을 하염없이 기다리고 있었다. 벌써 약속한 시각보다 15분이 지난 뒤였다.

"이 자식들은 왜 이렇게 안 와?"

윤 이사가 탱크로리 운전사와 판매업자를 기다리는데, 그의 핸드폰에 문자 메시지 한 통이 도착했다.

[여기 경찰이 덮쳤어요!]

곽 과장은 미곡쉼터 절벽에서 블랙 쓰리와 대치 중에 문자 메시지를 보낸 것이다. 윤 이사는 무언가 크게 잘 못되었다는 생각에 옆에 있는 운전사에게 명령했다.

"차에 타."

"네? 왜요?"

"새끼야. 빨리 올라타! 출발해!"

그때, 누군가 그들을 향해 다가와 탱크로리 앞을 막아섰다. 두툼한 사파리를 입은 두 남자였다. 윤 이사가 낌새가 이상하다는 걸 눈치채고 운전사를 툭툭 치면서 출발을 지시하는데, 젊은 남자가 그에게 다가와 물었다.

"안녕하십니까, 경찰입니다."

윤 이사가 경찰이라는 말에 멈칫거렸다. 그가 천천히 고개를 돌려 수사관을 바라봤다. 수사관이 웃으며 말했다.

"수사 중인데, 협조해주셨으면 합니다. 안에 뭐가 있나요?"

검문이라니. 윤 이사는 천안삼거리 휴게소로 온 걸 후회했다. 그는 수사관들을 바라보다 나지막이 말했다.

"갑자기 불심검문이라도 하는 거요? 쌍팔년도도 아니고."

"안에 있는 내용물을 확인해야 합니다."

수사관이 신분증을 보여주며 말했다. 분명 경찰이었다. 하지만 윤 이사는 절대 탱크로리에 있는 걸 보여줄 생각이 없었다. 이게 무엇인지 알려지는 날에는, 그는 끝이니까.

윤 이사는 손을 휘이 저으며 다시 운전석으로 들어가려 했다.

"영장 있어요? 영장도 없으면서 뭘 보겠다고."

"탱크로리 안에 수상한 액체를 저장하고 다닌다는 제보가 있어요. 불응하면 체포될 수도 있습니다."

수사관들의 말에 윤 이사가 다시 한 번 멈칫거렸다. 이윽고 그가 운전사에게 눈길을 건넸다. 시동을 걸라는 눈빛이었다. 운전사가 시동을 걸려는 모습을 보이자, 다른 수사관이 운전석에 다가와 저지했다.

"이러시면 특수공무집행방해죄가 추가되는데!"

"원 재수가 없으려니까. 당신들 이런 식으로 나오면 내가 가만히 있을 줄 아쇼? 나중에 고소할 수도 있어."

윤 이사가 으르렁거렸다. 여차하면, 그는 안주머니에 있는 잭나이프를 꺼낼 생각이었다. 나이프로 상대의 급소를 한 번에 노려서 살사라는 별명을 얻었다. 그리고 경찰이라면 지긋지긋했다.

상황이 이상하다는 걸 짐작한 수사관들이 서로 눈빛을 주고받았다. 이어 한 수사관이 운전사에게 접근했다.

"주입구 열어요."

그 순간, 윤 이사가 나이프를 꺼냈다. 안주머니에서 튀어나온 나이프가 운전사에게 접근하는 수사관의 어깨를 찔렀다.

"악!"

수사관이 쓰러지자 다른 수사관들이 나이프를 든 윤 이사와 대치했다. 윤 이사의 눈이 표독스럽게 변했다. 그는 과거 살사의 모습으로 돌아가 나이프를 자유롭게 흔들었다.

"그래, 이 자식들아. 어차피 잡히면 끝이고, 도망쳐도 끝이면 그냥 여기서 죽자. 내가 뭘 더 바라겠어?!"

윤 이사가 다시 한 번 날카롭게 잭나이프를 휘둘렀다. 가까이 있던 수사관이 재빨리 잭나이프를 피했지만, 번쩍이는 칼날이 수사관의 손목을 스쳤다. 뜨끔한 느낌과 함께 수사관의 손등에서 피가 주르륵 흘렀다.

"덮쳐!"

수사관 하나가 재빨리 윤 이사의 손목을 붙잡았다. 이윽고 손등을 다친 수사관이 몸을 날려 윤 이사의 몸을 붙잡고는 그대로 발을 걸어 넘어뜨렸다.

"빨리 도망쳐!"

윤 이사가 소리치자 운전사가 액셀을 밟으려 했다. 하지만 수사관이 저지했다. 운전사도 결국 잡히고 말았다.

검은 현장침투복을 입은 수사관이 운전사와 함께 탱크로리 위로 올라 주입구로 향했다. 수사관이 나지막이 말했다.

"주입구 열지."

주입구를 열자 안에서 알싸한 석유 냄새가 나왔다. 수사관이 휴대용 전등으로 안을 살피자 액체가 가득 들어있었다. 수사관이 그에게 물었다.

"저게 뭐죠?"

"모, 몰라요. 난 몰라!"

운전사가 모른다고 시치미를 떼자 두 수사관이 윤 이사를 바라봤다. 윤 이사는 이만 갈 뿐 아무 말도 하지 않았다.

결국 한국 석유관리공사에 지원요청을 했다. 강 과장이 주입구에서 샘플을 채취하여 액체를 분석했다.

몇 분 뒤, 강 과장이 수사관들에게 말했다.

"뉴 제녹스입니다."

판매점에서 찾을 수 없었던 뉴 제녹스가 휴게소에서 발견되었다는 소식이 곧바로 용인 수사본부로 전해졌다.

* * *

천안삼거리 휴게소에서 뉴 제녹스가 발견되고 윤 이사 일행이 검거되었다는 소식이 수사본부 상황반에 전해졌고, 곧바로 김성호 팀장에게 보고되었다.

"그리고 인명 피해가 있습니다. 수사관 둘이 다쳤어요. 한 명은 중상입니다."

또 인명 피해라고?! 모두가 김성호 팀장을 바라봤다. 김성호 팀장은 곽 과장 일행이 검거되고 천안에서 뉴 제녹스가 발견되었다는 소식에도 기뻐하지 않았다. 양승연이 그에게 물었다.

"팀장님, 이제 어떡하죠? 이게 또 총장님한테 보고가 되면…."

그때는 정말 어쩔 수 없다. 경찰들까지 중상을 입었다는데, 어떻게 김성호 팀장이 청장을 설득하겠는가.

"우리는 우리 일을 한다."

"그럼 다친 사람들은요?"

"그건 내가 알아서 하지. 일단 사건부터 파악해."

냉정해야 한다. 이럴 때일수록 냉정하게 움직여서 사건을 빨리 마무리해야 한다. 경찰 인명 피해가 청장의 귀에 들어간다면, 그때는 정말 팀 블랙이 해체될 수 있다.

"차돌반 이사가 알려준 곳은 전라도야. 그런데 천안에서 뉴 제녹스가 발견되었잖아. 전라도에서는 소식 없지?"

"전혀요."

"이미 다 옮기고 있다는 뜻이야."

"그럼 어떡하죠?"

"혹시 차돌반이 잘못 정보를 알려준 건 아닐까요?"

수사관 한 명이 물었다. 김성호 팀장은 고개를 저었다. 그는 차 이사가 조사실에서 작성한 종이를 훑어봤다. 빅원 에너지를 비롯한 뉴 제녹스를 제조, 유통하는 일당이 적힌 정보였다. 그 정보는 차돌반 이사와 함께했던 유실장이 알려준 정보와 일치했다. 그러니 거짓 정보일 가능성은 작았다.

차돌반 이사가 알려준 정보 중 세부적인 내용은 차돌반 이사가 관리하는 전라도 지역이었다. 서울과 경기도, 강원도, 충청도와 경상도 등에도 뉴 제녹스를 유통하는 일당이 있는데, 그 지역을 담당하는 보스들과 제조, 유통업체의 이름만 있었다.

즉, 차돌반 이사도 다른 지역에서는 뉴 제녹스가 어떻게 유통되고 있는지 모르고 있다는 뜻이다. 그래서 김성호 팀장은 일단 팀 블랙을 전라도 지역으로 보내 차돌반 이사가 제조, 유통했던 곳을 먼저 조사하게 했다.

결과는 대부분 허탕이었다. 아무래도 차돌반 이사가 관리하는 뉴 제녹스를 빅원 에너지가 가로챈 게 분명했다.

김성호 팀장은 전종진에게 연락했다.

"차 이사는 지금 어디서 뭘 하고 있지?"

"계속 누구랑 통화 중이에요."

"만난 사람은?"

"없어요. 통화도 시원치 않나 봐요. 통화가 끝나면 욕을 한 바가지 퍼붓고 있어요."

전종진과 백세정이 수사본부에서 풀려난 차돌반 이사와 함께 있었다. 차돌반 이사는 대구에 있는 자신의 사무실과 집을 찾았으나, 이미 박허세 사장 일당이 한바탕 쓸고 간 뒤였다.

이때, 음성 IC 미곡쉼터에서 윤 이사와 곽 과장을 체포한 블랙 쓰리가 수사본부에 도착했다.

조금 전에 도착한 조기연, 정철호가 숨 돌릴 여유도 없이 김성호 팀장은 사파리를 입었다. 그가 나갈 준비를 하자 양승연과 사무실에 있던 수사관들이 눈만 깜빡거렸다.

"뭐해? 나갈 준비 해야지."

"나가다니요? 검거한 사람은요? 화장실이라도 다녀올게요."

"이러다가 죽겠어요. 허리라도 폈다가 시작하죠."

"아니야, 우리가 좀 힘들더라도 이번 기회를 놓치면 어렵게 될 수 있어. 먼저 잡혀 온 놈들은 유치장에 입감해. 나머지는 출동하지."

"어디로요? 천안은 이미 해결했잖아요?"

"천안은 불똥에 지나지 않아. 불길을 진화하려면 불씨 자체를 없애야 해."

그때, 수사본부에 있던 수사관들이 김성호 팀장에게 소리쳤다.

"팀장님! 대전이랑 세종 톨게이트에서 연락이 왔습니다! 두 곳에서 탱크로리들이 움직이고 있대요! 세종에 있는 트럭은 경상도로, 대전에 있는 탱크로리들은 전라도로 빠졌어요!"

"모두 몇 대지?"

"대략 7대 이상입니다."

낮에 김성호 팀장은 경찰청장과 수사국장에게 부탁하여 새벽에 움직이는 탱크로리들이 있으면 수사본부에 알려달라고 부탁했었다. 천안에서 잡힌 윤 이사도 바로 여기서 효과를 얻은 것이다.

하지만 그보다 더 큰 움직임이 포착되었다. 10대가 넘는 탱크로리가 톨게이트를 벗어났다는 소식에 수사팀이 분주히 움직였다.

충청도에 있는 물건들도 모두 움직이는 모양이었다. 미리 수를 쓴 게 분명했다. 하나라도 놓치면 또 아무것도 못 할 수 있다!

"한국 석유관리공사에도 연락해. 이번에는 뉴 제녹스를 확실히 확보해야 해. 그리고 충청도에 있는 다른 수사관들한테도 연락해서 탱크로리를 추적하라고 해."

수사본부에서 김성호 팀장과 조기연, 정철호, 양승연이 출발했다. 블랙 원과 블랙 쓰리를 탄 그들은 용인을 벗어나 먼저 세종으로 향했다.

한편, 연락을 받은 한국 석유관리공사도 팀 블랙에 합류하기 위해 다시 한 번 이동했다. 유 팀장과 현장대응팀 전원이 윙트럭과 한국 석유관리공사 법인 차량을 이끌고 출발했다.

꼬 리 자 르 기

2018년 11월 12일 새벽 1시 50분

충청도 각 지역에 흩어져 있던 뉴 제녹스는 탱크로리들에 옮겨진 뒤 세종과 대전에서 출발했다. 한 대당 약 25톤의 뉴 제녹스가 들어있었고, 금액만 따지면 3억이다. 총 15대, 45억 원 상당의 뉴 제녹스가 대구와 광주로 향했다.

"형님, 아니 사장님. 물건은 각 지점에 옮길 건가요?"

"헛소리. 대구와 광주에 도착하면 곧바로 회장님의 지시를 받아서 다른 곳으로 옮길 거다."

경기도에서 출발한 박허세 사장과 그 무리는 곧 대구에 도착한다. 하지만 그들은 대구에 들어갈 생각이 전혀 없다. 세종에서 출발한 7대의 탱크로리도 마찬가지다. 대구에 가까워지면, 그다음에 다른 곳으로 이동할 것이다.

얼마 지나지 않아 대구로 향하는 탱크로리 중 한 대에게서 연락이 왔다. 30분 뒤에 대구에 도착한다는 연락이었다. 국도에서 대기 중이던 박허세 사장이 사내들에게 명령했다.

"좋아. 우리도 간다. 광주는?"

"그쪽은 아직 기다려야 합니다."

"도착할 때가 되면 광주에 있는 놈들도 움직이라고 해."

"네!"

박허세 사장의 명령에 사내들이 소리 높여 외쳤다. 박허세 사장 무리 외에 경기도에서 출발한 또 다른 무리가 있었다. 그들은 대전에서 광주로 향하는 탱크로리에 합류할 예정이었다.

미리 충청도에 있었던 직원들에게 물건을 옮겨 담으라고 지시했었다. 유통을 중지하고, 물건을 제조하는 데 필요했던 저장탱크도 모두 철수한 상황이었다.

그리고 대구에 도착할 때쯤, 대전에서 연락이 왔다. 마무리 정리를 하고 있던 페인트가게에 웬 남자들이 들이닥쳤다는 소식이었다. 박허세 사장은 소식을 듣자마자 자신을 쫓는 무리가 음성까지 쫓아온 놈들과 똑같다고 판단했다. 그리고 그놈들은 차돌반 이사가 알려준 정보로 움직이는 게 분명했다.

"문어 대가리, 이 자식. 어디 한 번 걸리기만 해봐."

한때 구미를 비롯하여 경상남도를 주름잡았던 검은 곰 박허세였다. 다른 사람은 무섭지 않았지만, 유일하게 백 회장만은 무서웠다. 때문에 차돌반 이사가 아직 살아있다는 사실을 백 회장에게 보고했을 때, 박허세 사장은 덩치에 안 맞게 마음을 졸여야 했다.

"사장님, 탱크로리에서 연락이 왔습니다."

"곧 도착한다고 하나?"

"네, 그런데 누가 쫓아오고 있답니다."

박허세 사장의 눈썹이 꿈틀거렸다. 분명 경찰일 것이다. 박허세 사장이 보고하는 사내에게 물었다.

"얼마나 된대?"

"대충 서너 대 정도라고 합니다."

"경찰차는?"

"없답니다."

경찰차가 없다고? 그리고 고작 서너 대? 박허세 사장은 무언가 이상하다고 생각했다. 만약 차돌반 이사가 경찰에 정보를 제공했다면 대대적인 수사가 펼쳐질 텐데, 고작 그 정도라고?

"그냥 쓸어버려도 되겠는데."

지금 박허세 사장과 함께 있는 사내의 수는 대략 스무 명이다. 다들 경상도에서 함께 했던 놈들이고, 형사들과 대적했던 놈들도 꽤 많았다. 여차하면 싹 쓸어버리면 되지.

하지만 박허세 사장은 침착하게 행동하기로 했다. 괜한 짓을 해서 백 회장에게 또 욕먹고 싶지 않았다. 박허세 사장은 곧바로 백 회장에게 연락했다.

얼마 지나지 않아 백 회장에게서 지시가 내려왔다. 박허세 사장이 내용을 읽고는 사내들에게 소리쳤다.

"가자!"

"네!"

박허세 사장 일당은 여덟 대의 차량과 다섯 대의 탱크로리를 가져왔다. 모두 경기도에서 사용하는 차량들이었다. 백 회장의 명령에 따라 경기도에서 운영하는 차량 모두를 끌고 온 것이다. 비슷한 숫자의 차량들도 광주에서 대기 중이었다.

가장 먼저 탱크로리가 움직였고, 그 뒤를 세단과 승합차들이 쫓아갔다. 세단과 승합차에는 말소된 차량 번호판이 붙어 있었다. 탱크로리와 합류하기 전에 미리 교체했다.

30분 뒤, 대구로 들어가는 국도를 따라 뉴 제녹스를 실은 탱크로리들이 보였다. 박허세 사장은 탱크로리들에게 앞서 움직이는 탱크로리를 따라 움직이라고 명령했다.

"뒤에 뭐가 있나?"

"있습니다. 세단 세 대입니다."

먼저 보고받은 대로 탱크로리들 뒤로 세 대의 차량이 쫓아왔다. 박허세 사장은 그 차량들을 확인한 뒤 저도 모르게 피식 웃음을 터뜨렸다. 백 회장은 있는 인력을 전부 끌고 내려가라고 했는데, 뭔가 허탈하기만 했다.

이어 백 회장에게서 지시가 내려왔다.

[국도에서 탱크로리를 섞은 다음, 다시 세종으로 빠질 것. 도착하면 연락.]

세종으로 다시 빠지라고? 기껏 대구까지 왔는데? 박허세 사장은 추적하는 차량이 얼마 없다고 보고했지만 똑같은 문자가 다시 도착했다.

"별거 아닌데 굳이 이래야 하나?"

"혹시 대구에 다른 놈들이 기다리고 있을 수도 있죠."

"그러면 먼저 더 많은 놈들을 붙였어야지. 너 경찰들이 쫓아오는 거 못 봤어?"

박허세 사장의 말에 운전하고 있던 사내가 고개를 끄덕였다. 경찰은 추적할 때 절대 소수로 움직이지 않는다. 지금처럼 대형화물트럭이 섞여 있다면 더더욱.

보잘것없는 추격 인원에 박허세 사장은 느긋하게 의자에 몸을 기댄 채 손짓했다.

"일단 세종으로 돌아가."

대구로 들어가는 입구에서 탱크로리들이 다시 우회했다. 총 12대의 탱크로리가 도로를 따라 움직였고, 그 주변을 세단과 승합차가 에워쌌다. 그들을 따라 3대의 차량이 분주히 움직였다.

박허세 사장은 세종으로 가는 동안 뉴 제녹스가 들어있는 탱크로리와 비어있는 탱크로리를 적절하게 섞었다. 앞에 있던 탱크로리가 속도를 천천히 줄이면, 뒤에 있는 탱크로리가 이를 추월했다. 동시에 차선을 변경했다.

탱크로리만 움직이는 게 아니었다. 세단과 승합차들도 탱크로리와 수시로 연락하여 그들이 차선 변경을 할 수 있도록 도와줬다. 그동안 뒤에 있는 세단들은 박허세 일당을 쫓아올 뿐이었다.

새벽 국도는 차량 한 대 없었다. 덕분에 대구에서 세종까지 빠른 속도로 이동할 수 있었다. 박허세 사장이 다시 한 번 백 회장에게 연락했다. 동시에 광주에 있던 탱크로리도 움직이고 있다는 소식이 전해졌다. 그들도 대전으로 돌아오는 길이었다.

[평택, 원주, 구미로 움직일 것.]

세종으로 들어가기 전에 탱크로리들이 다시 방향을 틀었다. 박허세 사장은 12명의 탱크로리 운전자들에게 일일이 명령을 내려 평택, 원주, 구미로 이동하라고 지시했다. 마찬가지로 그들을 보호하던 차량들에게도 삼등분하여 흩어지라고 명령했다. 박허세 사장은 평택으로 이동할 예정이었다.

국도에서 흩어진 탱크로리들을 쫓아오던 세단들도 흩어졌다. 박허세 사장을 쫓아오는 세단은 낡은 세단이었는데, 박허세 사장이 그것을 확인하더니 씨익 웃었다.

평택에 탱크로리가 들어갈 확률은 없었다. 분명 백 회장이 다시 명령을 내리리라. 그때까지도 세단이 계속 쫓아온다면, 저놈들부터 손봐주겠다고 박허세 사장은 판단했다.

천안을 돌파할 무렵, 탱크로리들의 속도가 갑자기 느려졌다. 탱크로리 뒤에서 쫓아가고 있던 박허세 사장은 급격히 줄어드는 속도에 운전사에게 물었다.

"뭐야? 갑자기 왜 느려져?"

"물건 앞에 뭔가 있습니다."

"있긴 뭐가 있…."

4대의 탱크로리가 국도를 따라 움직이고 있는데, 갑자기 검은 SUV 한 대가 나타났다. 그리고 뒤에서 쫓아오는 세단 뒤로 또 다른 검은 SUV가 따라붙었다.

박허세 사장은 그 차량들이 무엇인지 기억했다. 음성에서 쫓아왔던 SUV들. 박허세 사장은 이를 부득 갈며 말했다.

"오냐. 여기까지 올 줄 알고 있었단 말이지?"

"사장님, 어떻게 할까요?"

세종까지는 아직 가야 할 길이 멀었다. 그리고 그때까지 녀석들은 끝까지 따라붙을 예정이다. 거머리 같은 놈들.

박허세 사장이 탱크로리를 호위하는 차량들에게 명령했다.

"무기 준비해서 떨어뜨리라고 해. 버러지들은 빨리 쫓아내야지."

박허세 사장의 지시에 따라 탱크로리를 호위하던 세단과 승합차가 앞뒤로 이동했다. 박허세 사장이 탄 SUV는 뒤에서 쫓아오는 검정 SUV 곁으로 붙었다.

운전사 외에 SUV에는 박허세 사장 혼자 있었다. 그가 직접 나설 예정이었다. 박허세 사장은 뒷좌석에 있는 길쭉한 쇠파이프를 빼내 그것을 손에 단단히 묶었다.

"이것도 참 오랜만에 하네. 구미에서 한 게 마지막이었나…? 오늘 그 시절을 떠오르게 하네."

창문을 연 박허세 사장이 쇠파이프를 묶은 손을 호기롭게 뺐다. 창문이 열리자 칼바람이 SUV에 들이닥쳤지만, 그는 개의치 않았다.

박허세의 차량이 검정 SUV 가까이 붙었다. 순간, 눈을 번쩍이던 박허세 사장이 쇠파이프를 휘둘렀다.

허공에서 위협적으로 움직이던 쇠파이프가 그대로 검은 SUV의 옆구리를 때렸다. 탁! 하는 소리와 함께 무언가 깨지더니 도로로 떨어졌다.

"야! 똑바로 운전해!"

"알겠습니다!"

박허세 사장이 운전사에게 불호령 하자 차가 조심스럽게 검은 SUV 옆에 달라붙었다. 박허세 사장은 이번에 운전석 창문을 때릴 생각이었다. 창문이 깨지면 운전석이 괜찮겠는가? 여차하면 도로에서 떨어뜨릴 생각이었다.

박허세 사장의 SUV와 검은 SUV가 가까이 붙었을 때, 갑자기 검은 SUV 뒷좌석 창문이 내려져 열렸다. 어둑한 내부로 웬 남자가 보였다.

실루엣만 슬쩍 보이던 남자가 창문 밖으로 고개를 내밀었다. 머리카락이 바람에 많이 휘날렸지만, 박허세 사장은 그가 누구인지 확인하자 표정을 일그러뜨렸다.

"야! 더 붙여!"

박허세 사장이 조수석을 발로 차며 말했다. 검은 SUV에서 박허세 사장을 본 사람은 다름 아닌 차돌반 이사였다. 차돌반 이사는 놀란 눈으로 SUV를 바라보고 있었다.

차돌반 이사가 나타나자 박허세 사장은 분노를 감추지 못했다. 저 자식이 원흉이다. 저 자식만 없었다면 이런 일도 없었다.

"붙이라고!"

"네, 네!"

운전사가 박허세 사장의 불호령에 차량을 검은 SUV 가까이 붙였다. 박허세 사장이 차돌반 이사를 노려보며 쇠파이프를 휘두르려는 순간, 갑자기 차가 멈췄다. 차돌반 이사가 박허세 사장의 시야에서 빠르게 사라졌다.

"이 새끼야! 운전 똑바로 못해?!"

"태, 탱크로리가 멈췄어요."

"뭐?"

국도를 장악하고 있는 탱크로리 4대 중 한 대가 멈췄다. 그 때문에 박허세 사장의 차량도 멈출 수밖에 없었다. 박허세 사장이 앞을 확인했다. 탱크로리 앞에 있던 검은 SUV가 도로에 멈춰 있는 바람에 탱크로리가 움직일 수 없었다.

"저 자식 뭐해? 빨리 옆으로 움직이라고 해!"

그 순간, 검은 SUV에서 검은 유니폼을 입은 사람들이 내리더니 탱크로리 운전석에 접근했다. 이게 무슨 상황인지 몰라 눈만 크게 뜨고 있던 박허세 사장이 이를 갈며 외쳤다.

"저놈은 버려. 빨리 옆으로 움직여."

박허세 사장의 차량이 국도에 멈춘 탱크로리를 지나쳐 다른 차선으로 빠졌다. 검은 SUV 말고 다른 차량이 있다는 걸 그제야 알게 되었다. 탱크로리만큼이나 덩치가 큰 윙트럭이었다.

"저건 또 뭐야?"

"사, 사장님! 앞에…"

운전을 하던 사내가 말했다. 박허세 사장이 도로를 확인했다. 검은 복장을 입은 사내들이 탱크로리 운전석으로 다가가는 동안, 앞에 있던 SUV가 박허세 사장의 차량으로 접근했다.

박허세 사장이 고개를 돌려 뒤를 확인했다. 다른 검은 SUV와 세단이 빠르게 박허세 사장의 차량을 에워쌌다.

"빨리 빼!"

무언가 잘못되고 있다는 걸 직감한 박허세 사장이 운전사에게 소리쳤다. 타이어가 도로를 긁었고, 차체가 왼쪽으로 심하게 기울었다. 순간, 차체가 심하게 떨리는가 싶더니 둔탁한 소리와 함께 차체가 가드레일 쪽으로 점점 움직이는 게 아닌가?

쿵! 하는 소리와 함께 가드레일에 SUV가 부딪히자 박허세 사장은 정신을 차리지 못했다. 간신히 움직임이 멈추자 박허세 사장은 머리를 붙잡고 주변을 둘러봤다.

박허세 사장의 SUV는 가드레일과 완전히 달라붙어 움직이지 못했다. 운전하던 사내는 충격에 정신을 잃고 신음소리만 냈다. 박허세 사장이 그의 뺨을 후려쳤지만 움직이지 않았다.

"빌어먹을 놈들. 하나같이 도움이 안 돼."

박허세 사장의 SUV를 덮친 건 다름 아닌 검은 SUV였다. 박허세 사장은 맹수처럼 날카로운 눈을 뜬 채 SUV에서 내렸다.

박허세 사장이 모습을 드러내자 검은 SUV들에서 특이한 복장의 사람들이 내렸다. 김성호 팀장, 전종진, 백세정, 그리고 조기연이였다. 그들 뒤로 차돌반 이사도 따라 내렸다. 차돌반 이사를 보자 박허세 사장은 어이가 없다는 듯이 웃다가 바닥에 침을 탁 뱉었다.

"구미에서 죽었어야 했는데, 용케도 살아 있구만. 하지만 이번에는 그냥 안 넘어간다."

박허세 사장이 들고 있는 쇠파이프를 꽉 쥐었다. 상대는 네 명. 이상한 유니폼을 입고 있었지만, 덩치는 자신보다 작다는 걸 알 수 있었다. 그리고 한 명은 여자였다.

"어이! 차 이사! 고작 이런 놈들로 날 어떻게 하겠다는 거냐?"

"내 사무실을 홀랑 뒤집어 다 빼간 놈이 할 소리는 아니지!"

큰 소리로 말했지만 차돌반 이사는 SUV에 뒤에 숨었다. 그 모습에 박허세 사장은 코웃음을 쳤다. 지금도 사람 10명은 거뜬히 상대하는 그다. 구미의 검은 곰이라고 불렸던 그이지 않는가.

"자, 어떤 놈부터 먼저 덤빌래? 엉?"

박허세 사장이 손을 까딱이며 도발했다. 김성호 팀장과 팀 블랙이 서서히 박허세 사장에게 접근했다.

순간, 박허세 사장의 쇠파이프가 허공을 가르며 조기연의 머리를 노렸다. 허공에서 씨~윙 쇳소리를 가르던 쇠파이프를 조기연이 간신히 피했다. 이어 박허세 사장은 주먹을 휘둘러 그 옆에 있는 전종진을 공격했다.

물컹한 느낌과 함께 전종진이 꼬꾸라졌다. 현장침투복은 게놈 C를 막을 수는 있어도 물리적인 충격은 제대로 흡수하지 못했다. 주먹이 먹혔다는 생각에 박허세 사장이 다시 한 번 쇠파이프를 휘둘렀다.

쇠파이프는 백세정을 노렸고, 그녀는 그대로 고개를 숙인 뒤 박허세 사장을 향해 돌진했다.

"검은 곰의 쓴맛 좀 보여주지!"

"어림없지! 이 덩치야!"

박허세 사장이 발길질하려는 순간, 백세정이 몸을 돌려 그의 무릎을 발로 찍었다. 둔탁한 소리와 함께 박허세 사장이 균형을 잃었다. 하지만 그는 균형을 잃으면서 백세정을 향해 다시 한 번 주먹을 날렸다.

이번에는 백세정이 주먹을 막았다. 그녀의 몸이 잠시 기울어졌지만 그 반동을 이용해 반격했다. 백세정이 몸을 돌리더니 박허세 사장의 머리를 노렸다.

픽, 하는 소리가 짧게 퍼졌다. 박허세 사장이 비틀거리다 백세정을 있는 힘껏 밀었다. 백세정이 균형을 잡으려다 쓰러졌다. 뒤이어 김성호 팀장이 그를 향해 달려들었다.

"재롱 그만 피우자, 덩치야!"

"누가 할 소릴! 웃기고 있어!"

김성호 팀장이 박허세 사장의 손을 붙잡아 꺾으려 했다. 하지만 완력이 대단한 박허세 사장은 김성호 팀장의 힘을 그냥 제압했다. 그사이, 조기연과 전종진이 박허세 사장을 덮쳤다.

"팔 꺾고 조르기! 좋지!"

"놔!"

박허세 사장이 진드기처럼 달라붙은 수사팀을 떨어뜨리기 위해 안간힘을 썼다. 전종진이 먼저 나가떨어졌고, 그의 팔을 꺾고 목을 발로 걸어 짓누르던 조기연도 그냥 나가떨어졌다. 마지막으로 김성호 팀장까지 박허세 사장의 쇠파이프를 뜯어내며 바닥에 나뒹굴었다.

정말 곰처럼 괴력을 뿜어내는 박허세 사장이었다. 어쩌면 지원인력이 필요할 것 같다는 생각에 조기연이 탱크로리를 바라보려는데, 갑자기 쓰러진 자기 위로 무언가 번개처럼 지나갔다.

　박허세 사장을 향해 백세정이 몸을 날렸다. 그녀는 박허세 사장의 명치급소를 향해 발을 뻗었다. 백세정의 발차기에 박허세 사장의 배가 물컹거리더니 그가 허리를 굽혔다.

　"으~윽, 이 여자가!"

　이어 백세정은 박허세 사장의 팔을 붙잡았다. 박허세 사장이 다시 완력을 쓰려는 순간, 백세정의 손날이 한 번 더 그의 관자놀이를 가격하고 팔을 꺾었다. 반동으로 박허세 사장이 바닥에 쓰러졌다.

　대자로 뻗은 박허세 사장을 내려다보던 백세정이 허리에 찬 수갑을 꺼냈다. 그녀는 차가운 눈빛으로 박허세 사장에게 수갑을 채우며 말했다.

　"그냥 여자가 아니라 경찰이라서 미안하게 됐네, 허세는 그만 부리는 게 좋을걸."

　"뭐?! 허세, 허세라고⋯ 으."

검 은 곰 과 한 판 승 부

2018년 11월 12일 아침 9시 14분

"종진이는 괜찮대?"

"지금 누워 있어요."

"병원에 안 가도 된대?"

"자기가 괜찮다고 하니까요. 일단 지켜봐야죠."

조기연이 팔짱을 낀 채 구석에 누워 있는 전종진을 바라봤다. 박허세 사장에게 맞은 뒤 그는 좀처럼 간이침대에서 일어나지 못했다. 끙끙 앓는 소리를 내는 전종진의 모습을 백세정이 안쓰럽게 쳐다봤다.

수사본부로 온 다음부터 백세정은 전종진 곁에서 떨어지지 않았다. 백세정은 전종진에게 필요한 게 없느냐고 재차 물었다. 그럴 때마다 전종진은 괜찮다고 대답할 뿐이었다.

조기연이 두 사람을 바라보다 옆에 있는 정철호가 은근슬쩍 물었다.

"저 두 사람, 사귀는 거 아냐?"

"설마요."

"같은 소속이잖아. 그리고 같이 움직였고."

"듣고 보니까 그러네요."

조기연과 정철호가 흥미롭다는 듯이 두 사람을 바라봤다. 하지만 전종진이나 백세정은 다른 사람의 시선을 신경 쓰지 않았다. 조기연이 어깨를 으쓱였다.

그러다 조기연은 다른 쪽으로 고개를 돌렸다. 양승연이 의자에 앉아 심통이 난 얼굴로 팔짱을 끼고 있었다.

조기연이 정철호에게 다시 물었다.

"저 친구는 또 왜 저래?"

"자기가 박허세 사장을 못 잡아서 아쉽대요."

"탱크로리를 확인한 게 얼마나 대단한 건데?"

"그렇게 설명했는데도 분이 안 풀리나 봐요."

"열혈 경찰이 확실해!"

조기연이 양승연을 물끄러미 바라봤다. 아마 차돌반 이사를 놓친 경험이 있어서 그런 것이리라.

조기연이 양승연에게 다가갔다. 양승연은 조기연이 다가왔는데도 별다른 반응을 보이지 않았다. 조기연이 양승연의 어깨를 두드렸다.

"표정 풀어. 충분히 너도 열심히 했어. 뉴 제녹스를 찾은 게 쉬운 일은 아니잖아."

"저희 고모님이 말씀하시길 사내란 모름지기 불의를 보면 맨 앞에서 그를 제압하시라 가르침을 주셨기 때문에, 저도 선배님들처럼 날아서 이단옆차기를 딱!"

"충분히 도움이 됐어. IT 장비를 조종해서 증거 영상 확보했던 게 누군데 그래? 그리고 아직 끝난 게 아니야."

"안 끝났다니요? 그럼 또 뭐가 있는 거예요?"

"나머지 일당도 찾아야지. 그때 네가 더 나서면 되지."

조기연은 원래 다른 사람을 다독이는 일에 익숙하지 않았다. 특히 수사에 관해서는. 하지만 이번에는 자신이 먼저 나서야겠다고 마음먹었다.

양승연이 고개를 끄덕이며 자리에서 일어났다. 여느 때처럼 밝은 미소를 지었다. 약간 억지스러운 표정이었지만, 조기연은 양승연이 마음을 돌렸다고 판단했다.

"그럼 압수물부터 분석할까요? 제가 또 컴퓨터 도사 아니겠어요?"

"그러게. 이제 다시 일할 시간이네."

조사실에는 박허세 사장의 차에서 압수한 물건들이 있었다. 스마트 폰 3대, 폴더 폰 3대, 내비게이션, 그리고 노트북, 약간의 통장 등이었다.

양승연은 자신의 전공을 살려 노트북을 확인할 예정이었다. 통장은 대포통장일 가능성이 높았다. 조기연은 차돌반 이사와 함께 통장내역을 확인했다.

사무실에서 압수한 물건을 분석하는 동안, 조사실에는 김성호 팀장과 백세정 그리고 박허세 사장만이 있었다. 김성호 팀장은 박허세 사장에게 공격을 받아 팔에 멍이 들었지만, 그는 신경 쓰지 않았다.

백세정이 박허세 사장에게 물었다.

"탱크로리에 있던 물건이 뉴 제녹스로 밝혀졌습니다. 가짜 석유제품 제조 및 유통혐의를 인정하겠습니까?"

"당신네들은 물건을 그렇게 부르나 보지?"

박허세 사장이 빈정거렸다. 그는 조사실 벽에 설치된 유리 벽을 바라봤다. 유리창으로 박허세 사장의 모습이 반사되었다. 체포되면서 얼굴에 작은 상처가 생겼다. 박허세 사장은 수갑을 찬 팔을 올려 상처를 긁적였다.

"내 평생에 여자한테 잡히다니 망신살이야. 당신 제법이야!"

"그래! 이 예쁜 손으로 팔찌를 채워 주었으니 영광으로 생각하셔."

"쓸데없는 소리 그만하고, 차돌반 이사가 모든 걸 털어놨습니다. 그러니까 더 시간 끌지 말고 빅원 에너지 사무실이 어디에 있는지 말하는 게 좋을 겁니다. 그리고 천안에서 두세 명 더 잡힌 건 알고 있지요?"

천안에서? 박허세 사장은 천안에서 누가 잡혔다는 소식을 전혀 들은 바 없다. 천안이라면 윤 이사가 담당하는 지역이다. 박허세 이사가 이런저런 생각을 하다 피식 웃음을 터뜨렸다.

"천안도 당신네가 관리하지요?"

"변호사가 올 때까지는 할 말 없수."

"와도 증거와 정황이 너무 명확해서 별 도움은 안 될 거요."

"그건 가서 봐야지 알지."

박허세 사장은 빙긋 웃었다. 여유가 있었다. 이미 상황이 그에게 불리하게 돌아가고 있다는 걸 알면서도 웃음을 잃지 않았다.

수사팀은 박허세 사장을 체포하면서 약 300톤가량의 뉴 제녹스를 확보했다.

차돌반 이사의 진술, 확보한 뉴 제녹스, 차에서 압수한 통장과 스마트 폰 등 증거는 얼마든지 있다. 만약 차돌반 이사처럼 큰 증거가 없다면 수사팀은 박허세 사장을 설득해야만 했다. 하지만 그럴 필요가 없다. 총알은 얼마든지 있으니, 사냥감은 슬슬 포위망을 좁히며 압박하면 된다.

백세정은 박허세 사장에 대한 정보를 훑으며 말했다.

"박허세, 75년생. 구미에서 폭력사건으로 두 번 구속된 적이 있었지요?"

"경찰들은 꼭 옛날 일을 먼저 들추더라. 난 그게 정말 싫어."

"구미 강호파 출신? 같이 일하는 놈들 중에서 강호파 출신도 있나요?"

2000년대 초반까지 박허세 사장은 구미에서 소문난 조직폭력배였다. 당시 강호파라는 이름으로 수배되었는데, 2000년대 중반에는 대구를 비롯한 경상북도에 영향력을 행사하는 조직으로 거듭났다. 몇 년 만에 입지를 다져서 경상북도 경찰 내에서도 소문이 자자했던 조폭이었다.

박허세 사장은 상처를 긁적였다.

"강호파니 근육파니 당신네들이 부르기 편하게 하려고 붙인 이름이잖아. 우린 그렇게 유치하게 부른 적 없어. 그리고 때가 어느 땐데 아직도 조폭 운운하고 그러쇼?"

"그래서 사업이라는 명목하에 조직을 끌어들였잖아. 이 뉴 제녹스 말이야."

백세정이 뉴 제녹스와 관련된 보고서를 가리켰다. 지금 이 시각에도 뉴 제녹스와 관련된 보고가 이어지고 있었다. 특히 게놈 C에 대해서 말이다.

이번엔 김성호 팀장이 옆에서 박허세 사장에게 물었다.

"빅원 에너지에서 제조한 뉴 제녹스에서 독성물질이 형성되는 건 알고 있나? 게놈 C라는 독성물질이지. 그것도 1급 독성! 체내에 쌓이면 사지 마비가 될 수도 있고 죽을 수도 있지."

박허세 사장은 김성호 팀장의 말에 별다른 반응을 보이지 않았다. 그가 팔을 움직일 때마다 수갑에서 쇠 긁는 소리가 들렸다.

"그래서 하나씩 그렇게 죽어 나간거구만."

"빅원 에너지 사무실이 어디에 있는지 말해. 그리고 각 지역에 흩어져 있는 보스들 사무실도."

"그러면 형량이 좀 깎이나?"

박허세 사장이 빈정거렸다.

흥정 따위는 할 생각이 없었다. 그리고 박허세 사장도 똑같이 생각하리라. 백세정은 갖고 있던 보고서를 정리했다. 그 모습에 박허세 사장이 씨익 웃으며 말했다.

"뭐요? 벌써 꽁무니 빼는 거요?"

"그럼 변호사 없이 한 번 얘기해 볼까?"

김성호 팀장이 박허세 사장의 눈을 똑바로 쳐다봤다. 조사실에 들어온 사람들은 크게 두 가지 모습을 보인다. 하나는 불안해하거나, 다른 하나는 당당하거나. 정말 특이하게 조사실을 신기해하는 이도 있지만, 보통은 두 가지 모습으로 나눌 수 있다.

그 모습은 죄가 있든 없든 상관없다. 하지만 분명히 죄가 있는데도 당당한 사람은 흔하지 않다. 성격이 대범한 게 아니다. 도덕성이 결여되고, 윤리적 기준이 없다는 걸 뜻한다. 악질이다. 그런 범죄자를 볼 때마다 피가 끓었다.

박허세 사장은 김성호 팀장의 눈을 피하지 않았다. 그는 코웃음을 쳤다.

"쓸데없는 힘 빼지 마쇼. 나도 그러고 싶지 않으니까. 혹시 나 나가면 당신들 고소할 거요. 차는 박살 냈고 사람은 다치게 했으니까. 그냥 못 넘어가지."

"이름답게 허세는 대단하구만, 말처럼 쉬운지 한 번 해보지."

김성호 팀장은 조사실을 나갔다. 박허세 사장은 나가는 그를 보며 비릿한 웃음을 지었다. 믿는 구석이 있는 게 분명했다.

사무실로 온 김성호 팀장은 수사팀이 부산히 움직이는 걸 바라봤다. 조기연은 차돌반 이사와 함께 압수한 통장이 무엇인지 일일이 확인했다. 그중에는 차돌반 이사가 사용한 대포통장도 있었다.

"이건 대전에서 사용한 금액을 이체한 거예요. 그 밑에 1억 원이라고 적힌 것부터 6억 원까지 적힌 부분까지요."

"당신들 정말 엄청 해먹었네."

"그러니까 달라붙은 사람들이 있었지."

"그중 한 명이 당신이라는 걸 잊었어요?"

조기연이 힐난하자 차돌반 이사는 멋쩍게 웃기만 했다. 그러다 김성호 팀장을 보고는 그에게 다가가 조용히 물었다.

"혹시 박 사장이 그런 말은 안 하던가요?"

"무슨 말?"

"그… 혹시 대구에서 나랑 같이 지냈던 여자에 대한 말이요. 이름이 안여신이라고 하는데…"

안여신이라는 여자는 들어본 적도 없었고, 박허세 사장은 김성호 팀장에게 빅원 에너지에 대한 이야기는 일언반구도 하지 않았다. 그러니 김성호 팀장은 할 말이 없어 어깨만 으쓱였고, 그 모습에 차돌반 이사는 허탈하다는 듯이 한숨만 내뱉었다.

"팀장님, 손님 왔어요."

정철호가 김성호 팀장에게 말했다. 김성호 팀장이 사무실을 나가니 윤창구 팀장이 있었다. 윤창구 팀장은 피자와 치킨, 음료가 든 박스를 든 채 김성호 팀장에게 손을 흔들었다.

김성호 팀장은 윤창구 팀장을 보며 웃었다. 수사본부에 합류한 이후 처음 웃을 수 있었다.

"어쩐 일이야? 이 먼 데까지 다 오고."

"나 참, 내가 형님을 여기까지 데려다준 거 잊었어요? 그리고 어떻게 사람이 연락 한번 안 하고 지내요? 벌써 용인에 온 지 보름이 넘었어요."

"바빠서 그렇지. 거기는 잘 돌아가?"

"형님 없어도 일은 얼마든지 있고, 그 일을 처리할 사람들도 있어요."

김성호 팀장이 조용히 웃기만 했다. 윤창구 팀장이 그에게 피자 한 조각과 음료를 건넸다. 아마 용인 수사본부에 오면서 빈손으로 오는 게 쉽지 않았을 것이다.

"가서 직원들이랑 먹어요. 설마 내가 한 말에 기분 나쁜 건 아니죠?"

"그런 거 없어. 그런데 정말 어쩐 일이야?"

"왜긴 왜에요. 형수님이 걱정하니까 왔죠."

"마누라가?"

갑자기 윤창구 팀장이 자신의 아내에 대해 말하니 김성호 팀장은 놀란 표정을 지었다. 윤창구 팀장은 쇼핑백 하나를 건넸다. 안에는 속옷과 옷이 있었다. 윤창구 팀장이 한숨을 내뱉었다.

"형수님이 가져다 달래요."

"여기 오기 전에 집에 들렀어?"

"아뇨. 형수님이 직접 서에 왔어요."

수사본부에 온 다음부터 김성호 팀장은 집에 잘 연락하지 않았다. 수사가 바쁜 것도 있었지만, 아내에게 사건에 대해 제대로 말하지 못한 게 후회되어 연락하지 않은 마음도 있었다.

"어제 찾아왔어요. 혹시 형님 만날 수 있으면 이것도 전달해달라고요."

"좀 어때 보여?"

"많이 아픈가 봐요. 몇 분 얘기하지 않는데, 말할 때마다 기침을 얼마나 내뱉던지. 괜찮냐고 물어보니까 스트레스 때문이라고 하던데요."

김성호 팀장은 쇼핑백을 받아 그 안을 확인했다. 항상 말없이 자신을 챙겨주던 아내다. 수사 때문에 바쁜 자신을 위해 자식들을 성실히 챙겨준 사람도 아내고.

쇼핑백을 물끄러미 쳐다보는 김성호 팀장을 보며 윤창구 팀장이 물었다.

"빨리 마무리 짓고 다시 복귀해야죠. 얼마나 진행됐어요?"

"거의 됐어. 머리를 잡았거든."

"그럼 끝난 거 아니에요?"

"아직 아냐. 흩어진 놈들을 잡아야 해."

"사건이 많이 커요?"

김성호 팀장은 윤창구 팀장에게 뉴 제녹스에 대한 이야기를 간략히 했다. 전국으로 제조, 유통되는 뉴 제녹스의 양은 한 달에만 80만여 톤에 달했다. 연간 1,000만 톤, 경제규모만 따지면 3,800억 원에 달했다.

"규모가 거의 대기업 수준인데요? 하여튼 돈 모으려는 놈들은 어떻게든 모은다니까."

"그만큼 수요가 있으니까 뉴 제녹스를 만들었겠지. 나중에는 중국으로 진출하려고 했어."

"그게 가능해요?"

"알잖아. 법은 교묘하게 이용할 수 있다는 거. 얼른 가봐. 할 일이 많아."

김성호 팀장이 윤창구 팀장을 수사본부에서 내보내려는데, 용인 수사본부로 검은 세단 두 대가 도착했다. 경찰 차량은 아니었다. 곧 정장을 입은 세 남자가 차에서 내려 수사본부로 들어가려 했다.

번듯한 정장 차림에 서류가방, 그리고 이런 곳이 익숙하다는 표정과 자세를 읽은 김성호 팀장은 그들이 박허세 사장과 관련이 있다는 걸 알았다. 김성호 팀장은 윤창구 팀장에게 멀어진 뒤 남자들에게 다가가 물었다.

"어디서 오셨습니까?"

"박허세 사장 변호인단입니다만."

가장 앞에 있는 남자가 대답했다. 이마가 넓고, 깊은 주름을 가지고 있었

다. 금테 안경에 매부리코를 가진 남자였는데, 여간 깐깐해 보이는 얼굴이
아니었다. 아마 빅원 에너지와 연줄이 있는 변호사일 가능성이 컸다.

"뒤에 두 분도 변호사입니까?"

"그렇습니다. 혹시 담당 형사입니까?"

"팀장입니다. 김성호라고 하죠. 제가 안내하죠."

김성호 팀장은 윤창구 팀장과 짧은 인사를 나눈 뒤 헤어졌다. 윤창구 팀장
은 김성호 팀장과 함께 수사본부에 들어가는 변호인단을 유심히 쳐다봤다.

"변호인단까지 있으면 엄청 크게 판을 벌인 건 맞네."

수사본부로 들어온 김성호 팀장은 박허세 사장의 변호인단을 직접 조사
실까지 안내했다. 그들은 변호인신분증 제시와 함께 사건선임계를 최 수사
관에게 주고는 접견신청서를 작성했다.

조사실에 있던 박허세 사장이 김성호 팀장과 함께 들어오는 변호인단을
바라봤다. 그러고는 편안한 자세를 취했다.

"이제 어쩔 겁니까?"

박허세 사장은 김성호 팀장에게 물었다. 변호인단이 왔으니 팀 블랙도 대
응을 해야 했다.

그런데 변호사가 김성호 팀장에게 말했다.

"일단 박허세 사장이랑 이야기를 나누고 싶은데요."

"그러세요."

"형사님은 빼고요."

"그리고 저 상처는 뭐죠?"

변호인단 중 한 명이 박허세 사장의 상처를 가리키며 물었다. 회색빛 머리
의 남자였다. 김성호 팀장은 그를 잠시 바라보다 변호사에게 답했다.

"체포 과정에서 몸이 좀 뒤엉켰습니다."

"그렇게 말씀하시면 안 된다는 거 형사님이 잘 아실 텐데요."

"형사가 아니라 인권을 존중하는 수사팀장입니다만."

김성호 팀장과 박허세 사장의 변호인단이 눈싸움을 펼쳤다. 경찰과 변호사가 서로 신경전을 펼치는 건 흔하지 않다. 김성호 팀장은 이들의 반응이 이상하다는 걸 직감했다. 무슨 꿍꿍이가 있는 게 분명했다. 하지만 그게 무엇인지 예상할 수 없었다.

"짧게 이야기만 나누겠습니다. 5분이면 됩니다."

회색빛 머리의 남자가 말했다.

어차피 조사실에서는 무슨 짓을 할 수가 없다. 카메라가 있고, 거울 너머 진술녹화실에서 지켜보는 수사관들이 있으니까.

김성호 팀장이 조사실에서 나가는 걸 확인한 변호인단이 박허세 사장을 바라봤다. 박허세 사장은 금테 안경의 변호사를 보다 그 옆에 서 있는 회색빛 머리의 남자에게 눈길을 돌렸다.

"어떻게 여기까지 왔습니까?"

"조용히 해."

회색빛 머리의 남자가 엄한 말투로 말했다. 그는 머리카락을 뒤로 넘기며 날카로운 눈으로 박허세 사장을 내려다봤다.

"무슨 짓을 했는지 알고 있지?"

"상황이 안 좋게 흘렀어요."

"그걸 변명이라고 말하는 거야?"

회색빛 머리의 중년 남자, 백 회장이 박허세 사장을 향해 천천히 상체를 숙였다. 편한 자세로 있던 박허세 사장이 자세를 고쳤다. 그의 표정이 점점 굳어졌다.

"새벽에 네가 잡혔다는 얘기를 들은 내 기분이 어떻겠냐? 천안에서 살사가 잡혔다는 말은 신경도 쓰지 않았다. 하지만 넌 다르지."

"그건…."

"정말 실망했다. 이번 일은 그냥 넘어갈 수가 없어."

"잠깐만! 그게 무슨…."

"입 다물어라."

백 회장이 낮은 목소리로 말하자 박허세 사장은 명령대로 입을 다물었다. 백 회장은 금방이라도 박허세 사장을 공격할 것처럼 날카로운 눈으로 그를 바라봤다.

"경찰한테 아무 말도 하지 마라. 상황이 안 좋다는 건 너도 알 거다. 네가 독박 써라. 그게 나를 위해서, 그리고 너를 위해서라도 좋다."

박허세 사장이 입술을 깨물었다. 머리를 쓰는 것보다 주먹이 먼저 나가는 박허세 사장이라고 해도, 백 회장이 무슨 생각을 하는지 충분히 알 수 있었다. 두 사람은 정말 오랫동안 함께 했으니까.

총대 메기. 백 회장은 박허세 사장에게 그것을 요구했다. 백 회장은 조사실에 설치된 유리 벽을 슬쩍 바라보았다. 그 뒤로 김성호 팀장이 있을 것이다. 그가 없어도 그의 기운을 느낄 수 있었다. 백 회장은 다시 박허세 사장을 보며 말했다.

"널 잡은 게 아까 그놈이냐?"

"네."

"내 왕국에 도전하는 것이 무얼 의미하는지… 그 대가를 치르게 해주지."

백 회장이 다시 상체를 꼿꼿하게 세웠다. 이어 그는 변호사에게 고개를 끄덕였다. 변호사는 나중에 다시 찾아오겠다면서 테이블에 올려놓은 서류가방을 챙겼다. 박허세 사장은 테이블을 멍하니 바라봤다.

백 회장의 예상대로 김성호 팀장은 유리 너머로 조사실을 확인하고 있었다. 박허세 사장과 변호인단의 대화는 생각보다 빨리 끝났다. 의외라면 의외였다.

다만, 박허세 사장이 변호인단과 이야기를 나누는 모습이 영 수상쩍었다. 처음에는 편한 자세로 있던 박허세 사장은 왜 표정이 굳어진 걸까. 사건이 어떻게 진행되는지 확실히 알게 되어서?

그건 아니다. 이미 박허세 사장은 그걸 예상하고 있을 것이다. 다른 이유가 있다. 김성호 팀장은 조사실을 나가는 변호인단의 모습을 주시했다.

"팀장님."

조기연이 김성호 팀장을 찾았다. 그가 밖으로 나오라고 손짓하자 김성호 팀장은 복도로 나왔다.

복도에는 차돌반 이사가 있었다. 피곤한 기색이 역력했는데, 조기연이 그를 가리키며 말했다.

"어떤 통장인지 파악이 됐어요. 내역도 확인했고요."

"그런데 왜 끌고 왔어?"

"화장실 가고 싶다고 해서 잠깐 나왔어요. 박허세 사장 변호인단이 왔다면서요?"

"이제 갈 거야."

"벌써요?"

그때, 조사실에서 나온 변호인단이 복도를 따라 밖으로 나가려 했다. 변호인단이 김성호 팀장, 조기연, 그리고 차돌반 이사를 확인했는데도 말 한마디

걸지 않았다. 그런데 변호인단을 확인하던 차돌반 이사의 얼굴이 급격히 안 좋아졌다. 그는 눈을 동그랗게 뜨며 밖으로 나가는 변호인단을 바라봤다.

"당신 왜 그래?"

차돌반 이사는 조기연의 질문에 대답하지 않았다. 그는 고개를 숙이더니 이내 화장실을 향해 빠른 걸음으로 걸어갔다.

김성호 팀장은 아직까지 들고 있던 서류를 다시 펼쳤다. 차돌반 이사가 말한 정보와 함께 박허세 사장과 관련된 개인정보가 있었다. 이윽고 김성호 팀장이 화장실로 가서 차돌반 이사를 찾았다. 막 지퍼를 내리려던 차돌반 이사가 다가온 김성호 팀장을 보더니 흠칫 놀랐다.

"나한테 더 하고 싶은 말이 있을 것 같은데?"

"무, 무슨 말이요?"

"똑바로 말해. 박허세 사장 위는 누구야?"

"그런 사람 없어요!"

김성호 팀장이 차돌반 이사를 구석으로 밀쳤다. 갑작스러운 상황에 조기연은 어찌할 바를 몰라 두 사람을 번갈아 바라봤다.

"왜 그러세요, 팀장님?"

"말해. 당신네 조직의 탑이 누구야? 아까 변호인단에 있었지?"

조기연이 눈을 동그랗게 떴다. 분명했다. 수사본부까지 들어올 정도로 대범한 놈이라니.

김성호 팀장이 얼른 수사본부 밖으로 나갔다. 정문으로 나온 그는 검은 세단을 찾았다. 하지만 검은 세단은 이미 수사본부를 빠져나가 모습을 감춘 뒤였다. 이윽고 조기연과 차돌반 이사가 김성호 팀장을 따라 나왔다. 여전히 차돌반 이사는 불안한 모습이었다. 이미 상황이 거의 끝나가는데, 왜 그는 불안에 떨고 있는 것일까.

"그렇게 무서운 놈이야? 대체 어떤 놈인데? 이미 조직이 밝혀졌는데 그만 털어놔."

"배, 백 회장입니다."

"백 회장? 정확한 이름은 뭔데?"

"몰라요. 그냥 백 회장이라는 것만 알아요. 다들 그렇게 불러요."

암흑가의 제왕, 히드라 같은 놈!

김성호 팀장은 수사실로 들어갔다. 양승연은 여전히 스마트 폰과 노트북을 확인하고 있었고, 전종진은 상태가 많이 좋아졌는지 배를 어루만지며 소파에 앉아있었다.

"왜 그러세요, 팀장님?"

백세정이 김성호 팀장의 얼굴을 확인하더니 물었다. 사무실 컴퓨터를 만지고 있던 정철호도 의아한 표정으로 김성호 팀장을 바라봤다. 김성호 팀장이 정철호에게 다가갔다.

"빅원 에너지와 관련된 사람들에 대한 기록을 보여줘."

정철호가 빅원 에너지 임원과 그와 관련된 페이퍼 컴퍼니에 대한 기록을 보여줬다. 모두 차돌반 이사에게 얻은 진술정보였다.

김성호 팀장이 보스들의 얼굴을 살피다 정철호에게 지시했다.

"박허세 사장이랑 예전에 함께 했던 강호파 놈들 얼굴도 있어?"

"지금 정리 중인데요."

"정리된 것만이라도 보여줘."

정철호가 강호파 일당 얼굴을 차례대로 보여줬다. 수사팀은 빅원 에너지가 박허세 사장의 소유라는 걸 알았는데, 과거 강호파 일당이 관련되었을 것 같아 그들의 정보도 파악하고 있었다. 조직폭력배들답게 각종 전과로 교도소에 수감된 적이 있었다.

30명의 얼굴이 모니터에 차례대로 지나가고 있을 때, 김성호 팀장이 손짓했다.

"잠깐만."

컴퓨터 모니터에 한 명의 얼굴이 나타났다. 30대 중반의 남자였다. 정면을 응시하는 남자의 얼굴을 살피던 김성호 팀장이 중얼거렸다.

"이놈이야."

곧 정철호가 남자의 얼굴을 프린트해서 김성호 팀장에게 건넸다. 김성호 팀장이 그것을 가지고 조사실로 향했다. 수사팀은 이게 무슨 일인지 몰라 서로를 바라보기만 했다.

조사실로 돌아온 김성호 팀장이 테이블에 인쇄한 종이를 올려놓았다. 여전히 굳은 표정으로 바닥을 보고 있던 박허세 사장이 테이블에 올라온 종이를 향해 눈길을 돌렸다.

김성호 팀장이 말했다.

"강호파였던 식구들 중에 이 사람도 지금 일하고 있지?"

박허세 사장이 종이를 살피다가 눈살을 찌푸렸다. 곧 그가 고개를 들어 김성호 팀장을 바라봤다. 김성호 팀장은 어느 때보다 엄한 표정으로 박허세 사장을 바라봤다.

"네 친형, 박허상이 이 사건 조직의 우두머리지? 백 회장이라는 가명으로 활동하고 있다는 거 알아."

박허세 사장은 김성호 팀장을 물끄러미 바라봤다. 거만한 표정은 사라진 지 오래였다. 무언가를 빠트렸다고 생각한 김성호 팀장은 조사실을 나와 정철호 수사관을 불렀다.

"박허세 사장에게 압수한 핸드폰에 통화내역을 확인해서 박허상으로 추정되는 이름이나 백 회장 등 닉네임을 찾아. 번호가 나오면 차돌반 이사 핸드폰에 저장된 번호랑 일치하는 게 있는지 확인해. 확인되면 즉시 통신 위치 추적해서 동선을 파악해 봐."

"예, 바로 조치할게요."

김성호 팀장이 조사실에 다시 들어오자, 박허세 사장이 웅얼거리듯 말했다.

"혐의 인정할 테니까 펜이랑 종이나 주슈."

김성호 팀장이 그를 노려봤다. 이제 박허세 사장은 친형 박허상 회장에 대한 이야기를 하지 않을 것이다.

펜과 종이를 가져온 김성호 팀장이 그것을 박허세 사장에게 건넸다. 진술서를 작성하는 그를 보며 김성호 팀장이 말했다.

"쫓는 건 금방이야."

"그건 당신네 생각이지."

박허세 사장이 코웃음을 쳤다. 그는 고개를 들어 김성호 팀장을 바라보지 않았다. 종이에서 눈을 떼지 않을 뿐이었다.

"팀장님?! 석유관리공사 유 팀장이 급히 찾는데요."

* * *

한국 석유관리공사 유 팀장의 얼굴빛이 하얗다 못해 핏기가 전혀 없다. 이마에는 땀방울이 메였다.

"유 팀장님, 무슨 일 있으세요?"

"일이 생겼습니다."

"무슨?"

"어젯밤 미곡쉼터에서 압수한 뉴 제녹스가 모두 감쪽같이 사라졌어요."

"그게 무슨?"

곽 과장이 미곡쉼터에서 윤 이사의 판매라인에게 뉴 제녹스를 넘기려다 블랙 쓰리에 의해 체포되었다. 그리고 한국 석유관리공사에 의해 뉴 제녹스임이 확인되었다.

미곡쉼터의 분석을 끝낸 유 팀장 일행의 윙트럭은 천안삼거리 휴게소의 분석을 위해 이동하여야 했다. 그래서 미곡쉼터의 압수물을 보관소까지 이동할 수 없어 석유관리공사 천안지역본부에 그 관리를 지시했다.

"예, 어젯밤 갑자기 천안과 음성 두 곳에서 분석이 이루어졌죠."

"그게 잘못된 일인가요?"

"아니요. 그게 아니라 압수한 뉴 제녹스는 바로 보관소로 옮기는데, 어제는 급하게 두 곳의 분석을 처리해야 했어요. 때문에 미곡쉼터의 압수물을 옮길 수가 없었습니다."

"그래서 어떻게 되었는데요?"

"천안지역본부에 지시했죠."

"그런데 뉴 제녹스가 없어지다니 무슨?"

김성호 팀장은 증거물이 없어졌다는 말에 너무 황당했다. 유 팀장의 지시를 받은 천안지역본부 직원들의 반응은 정말 가관이었다.

"오늘 아침 일찍 저희가 미곡쉼터에 있는 탱크로리를 확인했는데 텅 비어 있었습니다."

"예?! 탱크로리는 그대로 있는데 내용물만 없어졌다니요? 그게 있을 수 있는 일인가요?"

"당연히 있을 수 있는 일도 아니고 있어서도 안 되죠."

"천안지역본부 직원들은 뭐라고 합니까?"

"심야라 차량이 고속 주행해서 너무 위험하고 소음 때문에 고속도로 안에 있을 수가 없었다고 합니다."

"그러면 상급부서의 명령을 무시하고 지키지 않았다는 것인가요?"

"그들은 탱크로리가 움직이지 못하게 천안지역본부 법인 차로 앞뒤에 주차시켜 막아두고 고속도로 밖에서 지켜봤다고 합니다."

"그런데 뉴 제녹스가 없어졌다? 누가 그 말을 믿겠어요?"

"탱크로리의 움직임이 없으니까 이상이 없는 것으로 생각했다고 합니다."

한국 석유관리공사의 유 팀장이 창백한 얼굴로 식은땀을 흘릴 만했다. 뉴 제녹스 사건 수사의 지휘를 맡은 김성호 팀장에게도 심각한 변수가 생긴 것이다. 윤 이사와 곽 과장 일당의 범죄행위를 입증할 80톤가량의 증거물이 없어졌다. 유 팀장은 안경테를 걷어 올리며 김성호 팀장에게 물었다.

"김 팀장님, 이제 어떡하죠?"

"글쎄요, 우선 보고는 해야겠지요."

수사팀은 한국 석유관리공사 천안지역본부 직원들을 의심하는 눈초리였다. 양승연이 김성호 팀장에게 말했다.

"팀장님! 천안지역본부 직원들을 조사해야 하는 거 아니에요?"

"검찰에 또 갔다 오게 생겼어."

김성호 팀장은 난감했다. 지금 시점에선 압수물 도난사건에 집중할 여력이 되지 않는다. 조직적으로 움직이는 빅원 에너지, 박허상에 대한 수사가 급선무라고 판단했다.

"정철호 수사관."

"예, 팀장님."

"미곡쉼터에서 최근 거리에 있는 중부와 평택 음성 간 고속도로의 톨게이트에 그 시간대에 진·출입하는 탱크로리나 유류 트럭에 대한 CCTV 영상자료를 요청해 줘."

"네, 알겠습니다."

"다른 수사관들은 각자 위치에서 하던 일 계속 진행하지."

김성호 팀장은 증거물 도난에 대해 우선 보고하고, 박허세 사장의 진술을 토대로 수사를 계속 진행해야만 했다. 그러나 문책은 면하기 어렵다는 것을 안다. 그것이 형사적이든, 행정적이든, 검찰도, 청장도, 총리도, 가만히 있지 않을 것이라 생각했다.

맞춰지지 않는 퍼즐 한 조각

2018년 11월 13일 아침 10시 48분

팀 블랙은 10시간 동안 박허세 사장을 조사했다. 박허세 사장은 지난 새벽에 세종과 대전에서 출발한 탱크로리의 위치를 알려줬다. 여기에 빅원 에너지 사무실 위치와 경기도에서 제조된 뉴 제녹스가 어떻게 유통되었는지를 수사팀에 알려줬다.

빅원 에너지는 용제 생산업체에서 대량의 용제를 페이퍼 컴퍼니로 구입한 다음, 그것을 각 지역에 유통하여 뉴 제녹스로 탈바꿈하였다. 이후 대리점이나 판매업체에 넘겨 전국으로 팔았다. 이 정보는 차돌반 이사가 이미 알려준 정보이기도 했다.

"박허세 사장이 진술한 내용과 일치합니다."

내비게이션의 차량 이동 목적지 내역, 카드 사용 내역서, 통장 거래 내역 모두 박허세 사장의 진술과 일치했다. 박허세 사장은 혐의를 인정하고, 빅원 에너지가 자신의 소유라고 주장했다.

하지만 김성호 팀장은 그것을 믿지 않았다. 그는 계속해서 백 회장, 곧 박허세 사장의 형인 박허상에 대해 추궁했다. 분명 박허상이 빅원 에너지를 총괄 지휘하는 두목이라고 확신했기 때문이다.

박허세 사장은 자신의 형인 박허상에 대해서는 아무런 말을 하지 않았다. 그는 박허상이 빅원 에너지와 관련이 없으며, 뉴 제녹스의 제조와 유통에는 관여하지 않았다고 주장했다.

"그게 말이 된다고 생각하나?"

조사실에서 박허세 사장을 추궁하던 김성호 팀장이 물었다. 하지만 박허세 사장은 그의 질문에 앵무새처럼 똑같은 말만 반복했다.

"다 인정한다니까. 괜한 짓 그만하고 구속시키쇼."

김성호 팀장은 그를 노려봤다. 더 이상 추궁한다고 해도 박허상에 대한 이야기는 듣지 못할 것 같았다.

"하나만 확실히 말하지. 우리가 박허상을 그냥 둔다고 생각하면 오산이야. 우리나라는 생각보다 좁거든."

"그럼 나도 한마디 하지, 팀장 나리."

박허세 사장이 수갑 찬 손을 테이블에 올려놓았다. 김성호 팀장보다 두 배나 큰 팔뚝이었다. 박허세 사장이 씨익 웃었다.

"경찰들은 범인을 쉽게 잡을 수 있다고 생각하지. 삼면이 바다고, 위로는 북한이 있어서 도망갈 길이 없다고 생각하지. 그리고 어느 도시든 CCTV가 많아서 범죄를 저지를 수 없다고 믿어. CCTV로 도배한 섬! 그거 경찰이 일하기 참 좋은 환경이야. 하지만 그거 아쇼? 내가 이 일을 10년 동안 했는데 당신들은 지금까지 몰랐어. 허술한 부분이 있다는 거지. 빈틈 말이야."

박허세 사장이 손가락을 말아 작은 동그라미를 만들었다. 그는 동그라미를 자신의 눈 가까이 움직였다.

"이 작은 동그라미에 불빛이 들어올 때까지, 당신들은 동그라미의 존재를 몰라. 한참이 지나서 불을 비추어야만 동그라미가 있다는 걸 알지. 근데 이

동그라미가 하나가 아니야."

"그 동그라미를 메우는 게 우리 경찰들이 하는 일이지. 충고 고맙군."

김성호 팀장이 서류를 정리하여 조사실을 나갔다. 박허세 사장은 그를 보며 콧방귀를 뀌었다. 이제 그는 자신의 운명을 받아들였다. 정확히 말하면 자신의 운명만.

조사실을 나온 김성호 팀장이 조기연, 전종진, 백세정, 정철호, 양승연을 불러 모았다. 먼저 조기연에게 물었다.

"수사본부에서 나간 차량들이 어디로 갔는지 확인했어?"

"용인에서 출발한 차량들은 수원을 지나 인천으로 향했습니다."

"박허상은 찾았나?"

조기연은 고개를 저었다. 그는 입수한 CCTV 영상과 프린트한 사진을 테이블에 올려놓았다. 수사본부를 찾았던 검은 세단 두 대가 사진과 영상에 있었다.

"남인천 톨게이트를 지나친 사진이에요. 여기까지는 좋죠. 그런데…."

조기연이 다른 사진을 보여줬다. 세단에서 내린 남자들이 사진 속에 있었다. 하지만 그들은 박허세 사장을 만나러 온 변호인단이 아니었다. 당연히 박허상도 보이지 않았다.

"중간에 사람들이 바뀌었어요. 어디서 바꿔치기했는지 지금 파악 중입니다."

"차량번호는 확실해?"

"차량번호가 일치해요. 그런데 이 차량번호도 말소된 차량번호에요."

"핸드폰 위치추적은 어떻게 됐어?"

"예, 수원 장안동에 있는 한라아파트 단지에서 어제저녁 9시부터 움직이지 않고 있습니다."

"일단 정철호, 양승연 두 사람은 한라아파트로 출발해. 관리실 CCTV 확인해 박허상 일행의 은신처를 찾아. 변호인단이 건넨 신분증은?"

"모두 위조된 겁니다. 대한변호사협회에도 연락해서 이런 변호사가 있느냐고 문의했는데 없었어요. 이름, 주민등록번호, 주소 모두 가짜예요."

간이 커도 매우 큰 놈들이다. 설마 변호사로 위장해서 허를 찌를 줄 누가 알았겠는가. 양승연이 고개를 저으며 말했다.

"이거 기자들이라도 알면 해외 토픽감 아니에요? '수사에 구멍이 뚫린 한국 경찰' 뭐 이런 제목으로…"

딱! 하는 소리와 함께 양승연이 고개를 숙였다. 옆에 있던 정철호가 그의 뒤통수를 때린 것이다.

"제발 낄 때 안 낄 때 좀 구별해라."

박허상이 어디로 사라졌는지 정확히 알 수 없었다. CCTV를 다시 확인하면 되겠지만, 다소 시간이 걸리는 일이었다.

확실한 건 박허상이 인천이나 수원 등 수도권에서 활동한다는 점이었다. 하지만 넓은 수도권을 일일이 수색하는 건 어려웠다.

CCTV에서 박허상 일행은 보이지 않았다. 한참을 잠복하였으나 박허상의 그림자도 미동하지 않았다. 더 이상은 시간 낭비라는 판단하에 정철호와 양승연이 한라아파트를 수색했다. 박허세나 박허상의 명의로 된 집은 없었다. 엉뚱한 명의로 된 아파트, 방에는 핸드폰만 덩그러니 놓여 있었다.

"그냥 철수할까요?"

허무해진 정철호가 김성호 팀장에게 물었다. 김성호 팀장도 허탈하긴 마찬가지였다. 수사팀은 지금 박허상의 성동격서聲東擊西 간계에 넘어간 것이다. 박허상은 전국규모의 가짜 석유제조 조직을 이끌 만큼 용의주도, 아니! 아주 영악했다.

하지만 아직 포기했다는 건 아니다. 박허상을 찾아야만 했다. 압수한 뉴 제녹스는 약 300톤. 하지만 여전히 유통되는 뉴 제녹스가 있었다. 300톤도 어마어마한 양이지만, 그 몇 배에 달하는 뉴 제녹스가 아직 전국에 흩어져 있었다.

무엇보다 뉴 제녹스를 제조하는 사람이 버젓이 활보하고 있다. 차돌반 이사가 알려준 정보에는 한계가 있었다. 박허세 사장이 입을 열지 않는 한, 박허상은 계속해서 뉴 제녹스를 만들 것이다. 뿌리까지 통째로 뽑아내지 않는다면 그리스 신화 속 괴물 히드라의 머리처럼 또다시 자라고 자라날 것이다.

"저어, 팀장님."

조기연이 할 말이 있는지 김성호 팀장을 불렀다. 김성호 팀장과 다른 팀 블랙 수사관들이 그를 바라봤다. 조기연은 귀찮다는 듯 한숨을 짧게 내뱉었다.

"무슨 일인데?"

"차돌반 이사가 자꾸 귀찮게 해서 물어봐야 할 것 같아서요."

"뭐가?"

"혹시 박허세 사장이 차 이사의 사무실을 찾았냐고 물어보더라고요."

"그건 인정했지. 그게 왜?"

"혹시 사무실에 여자가 있었냐고 자꾸 물어서요."

여자? 수사팀이 의아한 얼굴로 조기연을 바라봤다. 하지만 김성호 팀장은 그가 무슨 말을 하는지 이해했다. 전에도 차돌반 이사가 어떤 여자에 대해 물어본 적이 있었기 때문이다.

"이름이 뭐였지? 무슨 여신이었나?"

"안여신요. 차 이사는 박허세 사장이 안여신을 데려갔다고 생각해요."

"엄청 집착하네요. 남자들은 다 그래요. 으! 소름 돋아."

백세정이 어이가 없다는 듯 코웃음을 쳤다. 조기연도 머리를 쓸며 말했다.

"내 말이 그 말이야. 엄청 좋아했나 보더라고."

"뭐 하는 여자인데요?"

"동거인이래. 가끔 사무실에 데려왔다고 하더라고. 차 이사는 박허세 사장이 사무실을 찾았을 때 거기에 있었을 거라고 생각하더라고."

"사무실에 있을 수도 있죠. 그런데 왜 박허세 사장이 그 여자를 데려갔다고 생각하는 거예요?"

"아마 사무실에 있는 어떤 정보를 안여신이 알고 있다고 생각해서 데려갈 수도 있지."

"정보?"

김성호 팀장의 추리에 조기연이 어리둥절한 표정을 지었다. 김성호 팀장은 차돌반 이사에게 얻은 정보를 정리한 서류를 다시 훑어보더니 어느 부분을 가리켰다.

"아마 이거겠지."

김성호 팀장이 손가락으로 가리키는 부분을 수사팀이 쳐다봤다. 뉴 제녹스를 중국으로 유통하겠다는 계획이었다. 전종진이 등을 두드리며 물었다.

"그건 프리케미컬부터 진행하던 계획이잖아요?"

"차돌반 이사가 가지고 있던 정보이기도 하지. 차돌반 이사가 프리케미컬에서 진행하던 정보를 갖고 있었을 거야. 그리고 그걸 박허상이 뺏었겠지."

"그리고 그 정보를 안여신이 알고 있는데, 박허상이 데려갔다는 거죠?"

"차돌반 이사 다시 데려와."

조기연이 차돌반 이사를 데려왔다. 김성호 팀장은 그에게 자신이 생각한 걸 말했다. 차돌반 이사가 마지못해 고개를 끄덕였다.

"맞아요. 프리케미컬은 뉴 제녹스로 국내시장에 일정한 점유율을 확보하면 중국으로 진출하려고 했어요. 그런데 중간에 틀어졌고, 회사는 공중분해가 됐죠."

"당신은 그 정보를 어떻게 안 거야?"

"돈 되는 아이템은 몽땅 챙겼으니까요. 내가 괜히 횡령죄가 생긴 줄 알아요?"

"그 정보를 안여신도 알고 있나?"

차돌반 이사는 다시 한 번 고개를 끄덕였다. 그러면서 김성호 팀장에게 슬쩍 물었다.

"그래서, 박 사장은 안여신에 대해 말하던가요?"

"집착은 버려. 만약 그 사람도 이 일에 관여됐다면 수사대상이니까."

"잠깐만요! 여신은 이 일과 아무 관련이 없어요!"

"그럼 왜 자꾸 그 여자한테 집착하는 거야?"

"겨울만 되면 감기에 걸리는 여자예요. 몸이 약하다고요. 혹시 병원은 갔는지 궁금하고, 혹시 백 회장이랑 같이 있는 게…."

김성호 팀장이 고갯짓하자 조기연이 그를 이끌고 수사팀 사무실을 나갔다. 그 모습을 백세정이 한심하게 쳐다봤다.

"죄는 죄고, 사랑은 사랑이다? 대체 뭐하는 놈들일까요?"

"사랑은 무슨, 치정이지. 팀장님, 그럼 안여신이 어디에 있는지 조사할까요?"

정철호가 묻자 김성호 팀장은 잠시 고민했다. 만약 박허상이 안여신에게서 정보만 얻고 처리했다면? 아니면 차돌반 이사의 생각대로 박허상이 안여신을 데리고 있을까?

"일단 신원조회부터 하지."

팀 블랙이 안여신에 대해 조사했다. 가장 최근에 확인된 모습은 대구에 있는 차돌반 이사의 사무실에 있었던 모습이었다. 차돌반 이사는 사무실 주변에 CCTV를 설치했었는데, 수사팀에서 그 정보를 모두 압수해서 안여신을 확인할 수 있었다.

팀 블랙이 CCTV에 잡힌 안여신을 확인했다. 백세정이 그녀의 모습을 보더니 말했다.

"정말 예쁘게 생겼네요. 차돌반 이사가 집착하는 이유가 있네요."

"남자들이 좋아하게 생겼네."

전종진이 나지막이 중얼거렸다. 그의 말을 들은 백세정이 다른 사람들 몰래 전종진의 옆구리를 꼬집었다. 전종진이 앓은 소리를 내며 백세정에게 꼬집힌 부위를 만졌다.

마지막으로 안여신이 차돌반 이사의 사무실에서 잡힌 모습은 박허세 사장과 함께 움직이는 모습이었다. 차돌반 이사의 예상대로 박허세 사장이 안여신을 데리고 간 게 맞았다.

김성호 팀장이 CCTV를 보며 물었다.

"박허상이 안여신을 그냥 뒀을까? 어떻게 생각해?"

"설마… 죽였을까요?"

"가능성은 낮아. 녀석은 자기가 가진 권력에 대한 신념이 강해. 그러니까 여기까지 당당하게 들어왔지. 그런 사람이 저런 여자를 쉽게 죽이지 않았을 거야."

"그럼요?"

"자기가 가진 권력을 보여주면서 자기 여자로 만들었겠지."

"그건 정말 치정인데요?"

"그럼 어디서 찾을까요? 카드 사용 내역서를 알아볼까요? 아니면 핸드폰?"

"아마 박허상이 카드나 핸드폰을 사용하지 못하게 했을 거야. 위치가 발각될 가능성이 있으니까. 전화는 대포폰을 사용했겠지. 돈이 필요하면 현금으로 줬을 수도 있어."

의외로 개인정보는 쉽게 얻을 수 있다. 체크카드와 신용카드는 물론, 버스와 택시에서 사용되는 교통카드로도 위치 추적이 가능했다.

한 번 위치가 발각되면 그다음에 추적하는 건 쉬웠다. 시간이 오래 걸리긴 하지만. 그렇기에 박허상은 안여신에게 카드를 주지 않았을 것이다. 영악한 놈이니 분명 현금을 사용하라고 했을 것이다. 그것도 아니면 아예 어디에 가두어 두었을 수도 있고.

"그럼 어디에 있는지 모르잖아요?"

"아니, 알 수 있는 방법이 있어."

김성호 팀장이 안여신의 얼굴을 빤히 바라봤다. 얼굴을 기억하기 위해서다.

곧 그가 수사팀에게 지시했다. 차돌반 이사를 처음 찾던 방식을 다시 사용하기로 했다. 겨울이면 감기에 자주 걸리는 여자라고 했지? 그럼 이번 겨울엔 그냥 넘어갔을까?

"보건부에 연락해봐. 최근 안여신이 병원에 다녀온 흔적이 있을 수도 있어."

순간, 수사본부에서 비명소리가 들렸다. 안여신을 찾아내기 위해 보건부에 의뢰하고 있던 사람들이 소리를 듣고 모두 뛰쳐나왔다.

"무슨 일…"

쾅! 하는 소리와 함께 무언가가 벽을 뚫고 들어왔다. 그것은 유류 트럭이었다. 유류 트럭이 수사본부를 덮치면서 사방에 흙먼지가 날렸다.

"코, 콜록! 다친 사람?!"

김성호 팀장이 소리쳤다. 새하얀 시멘트 가루가 사방으로 날리면서 수사관들이 유류 트럭에서 도망치기 바빴다.

김성호 팀장은 얼른 유류 트럭으로 접근하여 운전석을 확인했다. 아무도 없었다. 운전사 없는 유류 트럭이 수사본부를 덮친 것이다.

"팀장님! 얼른 나오세요!"

조기연이 김성호 팀장의 어깨를 잡고 운전석에서 끌어당겼다. 김성호 팀장은 날카로운 눈으로 유류 트럭을 바라봤다. 이런 짓을 할 사람이 누구겠는가?

"백 회장 짓이야."

이건 경고다. 자신을 쫓지 말라는 경고.

하지만 트럭이 수사본부를 덮치는 걸 그냥 두겠는가?!

"조기연."

"네, 팀장님."

"부상자들 있는지 체크하고 다친 사람은 빨리 병원으로 옮겨. 그리고 우리는 움직인다."

"…알겠습니다."

김성호 팀장을 바라보던 조기연이 주변에 있는 수사관에게 지시했다.

김성호 팀장의 표정에는 살기가 가득했다.

경고를 받아들이겠는가? 절대로!

* * *

2018년 11월 13일 오후 2시 15분

안여신이 감기를 치료한 뒤 병원을 찾았다. 폐공장을 다녀온 다음부터 몸이 으슬으슬 추웠는데, 아무래도 감기인 듯했다.

좀처럼 떨어지지 않는 감기에 안여신은 머리가 어지러웠다. 아무리 건강을 유지해도 독감은 1년에 한 번씩 찾아와 그녀를 괴롭혔다.

최근에는 박허상과 함께 하면서 증상이 더 심해졌다. 병원에 가고 싶다고 박허상에게 얘기를 했는데도 불구하고 그는 듣지 않았다. 박허상이 여비서에게 지시해서 약을 챙겨줬지만, 그래도 소용없었다.

어느새 독감에 시달린 지 이틀이 지났다. 결국 그녀는 박허상 몰래 개인병원을 찾았다. 아무리 독감이 심해도 주사를 맞지 않았던 안여신였지만, 이번에는 주사를 맞을 수밖에 없었다.

"내일까지 호전이 없으면 다시 방문해주세요."

간호사가 안여신에게 처방전을 내밀며 말했다. 하지만 안여신은 다시 병원을 찾을 수 없을 것이라고 믿었다. 박허상 때문이었다. 안여신은 대답 없이 병원을 떠났다.

병원을 나선 안여신은 거리에 섰다. 거리를 오가는 사람들이 많았다. 안여신은 마스크를 눈 밑까지 끌어올렸다. 다른 사람들이 자신을 보지 않았으면 하는 생각에서였다.

그녀는 박허상이 자신을 억압하고 있다는 걸 잘 알고 있었다. 하지만 익숙했다. 차돌반 이사도 그랬었으니까. 지금까지 만났던 남자들이 대부분 그랬다. 그러니 안여신은 지금 만나는 박허상의 행동에 저항하지 않았다.

부모 없이 자랐다. 형제는 없다. 어린 안여신은 할머니의 손에서 자랐지만, 할머니는 그녀를 좋아하지 않았다. 굶지 않을 정도만 밥을 줬고, 춥지 않을 정도만 옷을 입혔다. 학교도 정규 교육까지만 받았다. 친구는 없었고, 그래서 그녀는 어릴 적 추억이 거의 없었다.

하지만 어릴 때부터 한 가지 기준은 분명했다. 자신을 믿는 사람은 필요하다는 기준. 세상은 냉정했고, 아무리 가까운 사람이라도 자신을 버릴 수 있다는 걸 깨달았다. 그래서 안여신은 자신의 든든한 편이 필요했다. 이왕이면 돈도 있고, 다른 사람들이 함부로 하지 못하는 사람 말이다.

그래서 차돌반 이사를 만났다. 차돌반 이사는 그녀가 일하는 카페의 단골이었다. 원래부터 단골이었는지, 아니면 그녀에게 접근하기 위해 일부러 카페를 더 찾은 것이었는지는 알 수 없었다. 하지만 차돌반 이사가 돈 많은 사람이라는 걸 알고 그에게 붙었다. 자신이 할 수 있는 최선의 선택이라고 믿었다.

지금은 차돌반 이사보다 더 힘 있는 사람을 만났다. 그녀는 그걸로 만족했다. 수상한 일을 하는 사람이었지만, 안여신에게는 중요하지 않았다. 자신을 감싸줄 든든한 울타리가 되어준다면, 어느 누구든 상관없었다.

신호가 바뀌자 사거리에 있던 사람들이 건너편으로 발걸음을 옮겼다. 안여신도 그들과 함께 움직였다. 건너편 인도에 도착했을 때, 웬 남자들이 그녀의 길을 막았을 때도 안여신은 감기 때문에 머리가 어지러웠다.

"안여신 씨."

안여신은 자신을 부르는 소리에 반응하지 않았다. 그녀는 고개를 숙인 채 그들을 지나치려 했다. 그러자 남자들이 다시 길을 막았다. 두툼한 사파리

점퍼를 입은 남자가 그녀의 어깨를 잡았다.

"안여신 씨."

그제야 안여신이 고개를 들어 자신의 어깨를 잡은 남자를 봤다. 길에서 흔히 볼 수 있는 중년 남자였다. 우연히 눈이 마주쳐도 서로 지나치면 금세 잊을 얼굴. 안여신은 그를 보며 눈을 깜빡였다.

"안여신 씨 맞죠?"

중년 남자가 사파리 점퍼 안에 있는 신분증을 보여줬다. 특별수사팀 김성호 팀장이라는 이름이 적혀 있었다. 그 옆에 있는 남자도 자신의 신분증을 보여줬다.

"경찰입니다. 조사할 게 있는데, 잠시 저희와 함께하시죠."

경찰이라는 말에 안여신이 경직되었다. 그녀가 뒷걸음질을 쳤다. 안여신은 자신의 편이 되어줄 사람을 찾았다. 그녀의 눈이 불안하게 떨렸다.

"차돌반 이사 알죠? 그리고 박허상, 아니 백 회장도?"

안여신은 대답하지 않았다. 그녀는 숨을 거칠게 내뱉었다. 마스크 사이로 하얀 김이 뿜어져 나왔다.

"빨리 데려가야겠는데요?"

"상태가 안 좋군."

김성호 팀장은 수사본부에서 나서기 전에 차돌반 이사에게 안여신이 어떤 사람인지 알아냈다. 잦은 병치레를 하는 여자라고 들었다. 김성호 팀장은 안여신이 뉴 제녹스를 만드는 현장에 있었다면 위험할 거라는 걸 알았다. 혹여 게놈 C에 노출되면 위험해질 수 있기 때문이다.

"백 회장이 어디에 있는지 알아야 합니다. 그 사람이랑 같이 다니죠?"

"몰라요. 그런 사람… 몰라요."

안여신이 힘없는 목소리로 대답했다. 김성호 팀장이 조기연을 바라봤다. 조기연이 고개를 저었다. 사거리에서 이야기를 나눌 수는 없는 상황이었다. 하지만 안여신을 강제로 데려갈 수도 없는 노릇이었다.

김성호 팀장이 차분히 말했다.

"지금 차돌반 이사가 저희와 함께 있습니다. 차 이사가 다 말했어요."

"몰라요. 모른다고요."

"박허세 사장도 저희랑 있어요. 대구에서 여기까지 데리고 온 사람이요."

"몰라요. 몰라…."

그 순간, 타이어 긁히는 소리가 요란하게 들렸다. 김성호 팀장과 조기연이 소리가 들리는 방향을 바라봤다.

선팅한 SUV 한 대가 김성호 팀장과 조기연을 향해 돌진했다. SUV는 성난 황소처럼 움직여 김성호 팀장과 조기연을 들이받으려 했다. 거리를 걷던 사람들이 요란하게 움직이는 SUV를 피해 빠르게 움직였다. 짧은 비명소리가 퍼졌다.

"앗, 피해요!"

조기연이 재빨리 SUV를 피했다. 김성호 팀장은 곁에 있던 안여신을 자신의 몸쪽으로 이끌었다. 바닥에 쓰러진 김성호 팀장이 안여신을 감싼 채 자신을 향해 돌진한 SUV를 확인했다.

SUV는 거친 타이어 소리를 내더니 이내 뒤로 물러나 도로를 따라 사라졌다. 번호판이 없었다. 유리창이 모두 썬팅되어 있어서 안을 확인하는 건 불가능했다. 하지만 그 차가 무엇인지 알았다.

"빌어먹을 놈! 이제 이런 식으로 나오네! 팀장님, 괜찮으세요?"

조기연이 바닥에서 일어나 몸을 툭툭 털며 김성호 팀장에게 다가왔다. 주변에 있던 행인들이 그들을 보며 웅성거렸다.

김성호 팀장이 안여신을 일으켜 세웠다. 안여신은 멍한 표정으로 바닥만 내려다봤다. 김성호 팀장이 그녀에게 물었다.

"안여신 씨, 괜찮아요?"

"몰라요. 몰라… 사람 좀 불러줘요. 회장님을 불러줘요. 회장님이…."

조기연이 그녀를 보더니 김성호 팀장에게 물었다.

"충격이 컸나 봐요. 병원으로 데려갈까요?"

김성호 팀장이 안여신을 바라봤다. 안여신은 알아들을 수 없는 말을 중얼거렸다. 김성호 팀장이 그녀를 진정시켰다.

"그 사람들, 이제 당신 편이 아니에요."

조기연이 바닥에 떨어진 처방전을 주워 안여신에게 건넸다.

"안여신 씨, 백 회장은 이제 당신을 버렸어요. 우리가 도와줄 수 있어요."

"그러려면 협조가 필요합니다!"

김성호 팀장은 확신했다. 안여신이 있는 걸 뻔히 알면서도 돌진한 SUV가 무엇을 뜻하겠는가.

박허상은 자신의 행적을 지우기 위해 관련된 사람들을 모두 없애고 있었다. 버려야 하는 카드는 빨리 버리는 놈이었다. 예상보다 더 무서운 놈이었다.

히드라의 최후

2018년 11월 13일 오후 6시 33분

김포에 있는 공장. 안에는 20명의 불법체류자들이 바닥에 앉아있었다. 그들은 멍하니 공장에 있는 저장탱크와 탱크로리를 바라봤다. 아침 해가 뜰 때까지 일해서 정신이 몽롱했다.

"빨리 움직여."

정장을 입은 남자가 20명의 외국인들에게 명령했다. 안전 조끼와 장갑이 외국인들 앞에 아무렇게 놓여 있었다. 외국인들은 그것을 잡지 않았다. 정장을 입은 남자가 바로 앞에 있는 남자를 붙잡고 소리쳤다.

"빨리 안 일어나?"

"우리 새벽에 일했어요. 쉬고 싶어요."

"쉬긴 뭘 쉬어? 조금 더 일했다고 안 죽어! 불법 체류하고 있으면 대한민국 경제발전에 이바지라도 해야지!"

정장을 입은 남자의 말에 불법체류자들은 움찔거렸다. 벌써 며칠째 함께 일했던 사람들이 쓰러졌다. 이유는 알 수 없었다. 저장탱크에서 용제를 옮기다 한 사람이 쓰러졌고, 탱크로리를 운전하던 사람이 또 쓰러졌다. 사흘 만에 5명이 쓰러졌고, 남아 있는 사람들도 통증을 호소했다.

하지만 정장을 입은 남자는 아랑곳하지 않았다. 그는 몽둥이를 들고 와서 불법체류자들을 위협했다.

"나한테 죽고 싶지 않으면 얼른 일어나. 이 버러지들아."

몽둥이가 눈앞에서 움직이자 외국인들이 하나씩 자리에서 일어났다. 일하는 속도가 늦어지면 그는 몽둥이를 휘둘렀다. 얼마 전부터 그랬다. 한 번도 그런 적이 없었는데 말이다. 장갑을 끼던 외국인이 중얼거렸다.

"바보 놈들."

"너, 방금 뭐라고 했어?"

정장을 입은 남자가 장갑을 낀 외국인의 멱살을 잡았다. 외국인들이 할 수 있는 욕은 몇 가지 없었다. 더욱이 한국에 들어온 지 얼마 되지 않은 불법체류자들이라면.

남자가 소리치니 주변에 있던 다른 외국인들이 말렸다.

"그만해요!"

"가자. 가서 일해."

외국인들이 자리에서 일어나 방금 전까지 일했던 자리로 돌아갔다. 저장 탱크에 있는 액체를 탱크로리에 옮기면 됐다. 벌써 13대째였다. 한 대가 공장을 떠나면, 또 다른 탱크로리가 공장으로 돌아왔다. 쳇바퀴처럼 탱크로리가 들어갔다 나갔다.

"진작 말을 들을 것이지."

정장을 입은 남자가 비릿한 웃음을 짓더니 바닥에 침을 뱉었다. 그는 뉴제녹스를 옮긴 탱크로리가 공장을 떠나는 걸 확인했다.

이어 다른 탱크로리가 공장으로 들어올 차례였다. 그런데 탱크로리가 들어오지 않았다. 몽둥이를 든 남자가 밖에 연락했다.

"이 자식들은 급한데 뭐하는 거야?"

핸드폰을 들어 전화를 걸었다. 신호음이 길게 울려 퍼졌다. 전화를 받지 않았다. 남자는 몽둥이를 바닥에 내려놓은 다음 공장 입구로 향했다. 밖에 대기 중인 탱크로리에는 운전사가 보이지 않았다.

"야! 빨리 안 오고 뭐 해?!"

남자가 소리치는 순간, 공장으로 웬 차량들이 들이닥쳤다. 검은 SUV 두 대, 승합차 두 대, 중형세단 세 대였다. 그리고 그 뒤로 윙트럭 한 대가 보였다. 남자는 다른 차가 들어온다는 이야기를 들은 적이 없었다.

"저건 또 뭐야?"

공장 앞에 멈춰선 차량들에서 사람들이 쏟아져 나왔다. 대부분 검은 특수복장을 입고 있었다. 공장에 있던 중년 남자들이 무슨 일인지 몰라 사람들을 바라봤다.

그리고 얼마 지나지 않아 경찰차들이 공장으로 모이기 시작했다. 정장을 입은 사람들은 무언가 잘못되었다는 걸 직감했다.

맨 앞에 있던 남자가 외쳤다.

"체포해!"

김성호 팀장의 외침에 팀 블랙과 경찰들이 공장으로 뛰어들어갔다. 그들은 공장을 지키고 있는 사내들과 일하고 있는 중년 남자들에게 달려들었다. 순식간에 벌어진 일이었다.

공장을 지키는 사내들이 무기를 들고 저항했지만 소용없었다. 검은 특수복장의 사람들은 귀신같이 움직여 사내들을 제압했다. 불법체류자들은 도망치다 발목을 붙잡혔다.

김포에 있는 공장은 빅원 에너지가 운영하는 뉴 제녹스 제조 공장이었다.

전국에서 유통되는 뉴 제녹스 제조 공장 중 가장 큰 규모였다. 안여신에게 정보를 들은 수사팀은 곧바로 영장을 발부받아 공장을 덮쳤다.

공장에 있는 빅원 에너지 직원들만 40명에 달했다. 그들 모두를 붙잡은 팀 블랙은 빅원 에너지 직원들을 경찰차에 태웠다.

"박허상은?"

"보이지 않습니다."

"그럼 아직도 수원에 은신 중이라는 거야? 그럴 리가 없는데."

공장을 확인한 조기연이 김성호 팀장에게 보고했다. 안여신은 박허상이 공장에 있을 것이라고 말했다. 하지만 공장 어디에도 박허상은 보이지 않았다.

"벌써 튄 거야?"

"빠져나갈 구멍은 있겠지만, 이제 별로 없지."

경찰차에 체포된 사람들을 태우려는데, 공장 뒤편에서 요란한 소리가 들렸다. 뒤편을 확인하고 있던 경찰이 무전했다.

"도주차량 확인! 도주차량 확인!"

무전을 들은 김성호 팀장은 도주하는 차량에 박허상이 있다는 걸 직감했다. 그는 조기연, 전종진, 백세정, 정철호, 양승연에게 소리쳤다.

"승차!"

블랙 원에 탑승한 수사팀이 도주한 차량을 쫓았다. 흙먼지를 일으키며 달아나는 차량은 검은 세단이었다.

블랙 원은 거칠게 운전하며 검은 세단을 쫓았다. 김성호 팀장이 뒷좌석에 있는 전종진에게 지시했다.

"무슨 일이 있어도 놓치지 마. 이번에 놓치면 끝이야."

"알겠습니다!"

한참 뒤에, 김포를 빠져나가려던 세단이 앞을 가로막은 경찰차를 보고는 방향을 틀었다. 세단은 길에서 벗어나 논밭을 뚫고 지나갔다. 그 뒤를 팀 블랙이 움직였다. 차량이 심하게 덜컹거렸다.

"무식하게 도망치는데요?"

"그럼 우리도 무식하게 나가야지."

논밭을 달리던 세단이 도로로 올라왔다. 세단이 잠시 비틀거리다 균형을 잡고 빠르게 움직였다. 정철호가 운전하는 블랙 투가 세단을 간신히 따라잡았다. 이어 블랙 투가 상공에 참수리 2호를 날렸다. 양승연이 블랙 원에게 연락했다.

"여기는 블랙 투. 참수리 2호로 추적 중입니다."

"블랙 투. GPS 투하."

양승연이 참수리로 빠르게 박허상의 세단을 쫓으며 액상 GPS가 투하되었다. 하지만 세단이 뒤로 빠지려다 방향을 틀었다. GPS는 세단에 달라붙지 못했다. 블랙 원에서 참수리 1호를 날려 GPS를 붙이려 했지만 이번에도 헛수고였다.

김성호 팀장은 세단에서 시선을 떼지 않았다.

"어쭈~ 제법인데, 영리하게 움직이네."

"어떻게 할까요?"

"참수리로는 어림도 없어. 그냥 옆으로 밀어붙여."

조기연이 김성호 팀장의 지시에 따라 핸들을 돌렸다. 블랙 원이 세단 바로 옆에 붙더니 이내 옆면을 긁었다. 세단이 흔들거렸다. 앞서가던 정철호의 블랙 투가 반대편에 달라붙어 세단을 못 움직이게 했다.

사방으로 끼이익, 하며 쇠 긁는 소리가 퍼졌다. 이어 세단이 덜컹거리더니 앞바퀴 하나가 빠졌다. 세단이 간신히 팀 블랙의 SUV 사이에서 빠져나가려다 중심을 잃었다. 앞바퀴가 빠진 세단이 도로에서 몇 바퀴 돌았다.

이윽고 세단이 도로에서 멈췄다. 김성호 팀장과 팀 블랙이 차에서 내렸다. 세단에서도 사람들이 내렸다. 박허상과 사내 둘이었다. 그들은 손에 사시미를 들고 있었다.

박허상이 사시미를 흔들더니 김성호 팀장을 노려봤다.

"차라리 용인에서 바로 죽였어야 했는데 말이지."

"그런다고 도망칠 수 있다고 생각하나? 체포해!"

팀 블랙이 박허상 무리를 향해 달려들었다. 백세정과 전종진이 사내 하나를 상대했고, 정철호와 양승연이 다른 사내를 제압했다.

김성호 팀장과 조기연이 박허상을 상대했다. 박허상은 날카로운 사시미를 휘두르며 자신에게 다가오는 김성호 팀장을 위협했다. 허공에서 쨍그랑 쇳소리가 짧게 울려 퍼졌다.

"헛수고 그만하고 칼 내려놔!"

"뭔 개소리!"

박허상이 김성호 팀장의 틈을 노렸다. 사시미가 허공에서 움직였다. 조기연이 뒤에서 박허상을 향해 달려들려다가 상처를 입었다. 저항이 심했다. 동시에 박허상은 도망갈 구멍을 찾기 위해 눈을 분주히 움직였다.

그사이, 정철호와 양승연이 사내를 제압했다. 정철호가 양승연에게 말했다.

"가서 팀장님 도와드려!"

"옛썰!"

양승연이 재빨리 박허상에게 달라붙었다. 박허상이 자신에게 다가오는 양승연을 향해 사시미를 들이밀었다.

"조심해!"

곁에 있던 조기연이 양승연을 밀쳤다. 순간, 사시미 끝에 묵직한 느낌이 들었다. 이윽고 조기연이 바닥에 쓰러졌다.

"선배님!"

"이씨!"

박허상이 조기연의 옆구리에 꽂힌 사시미를 빼 들었다. 그 틈을 노려 양승연이 박허상을 향해 삼단전자 봉을 휘둘렀다. 퍼억! 하는 소리와 함께 박허상은 사시미를 떨어뜨렸다.

"내가 경찰대학에서 검도 좀 했거든!"

"하아, 이 자식들이 진짜."

박허상이 어이가 없다는 듯 웃더니 안주머니에서 다른 사시미를 꺼냈다. 그 사시미는 모양이 달랐다. 화려하게 수를 놓은 손잡이에 번쩍이는 칼날이 다른 사시미보다도 서늘하게 보였다.

"은도를 우습게 보면 어떻게 되는지 알려주지."

박허상이 사시미를 능숙하게 잡더니 양승연을 노렸다. 사시미 끝이 양승연의 어깨를 노리려는 순간, 양승연이 삼단전자 봉으로 사시미를 쳐냈다.

챙! 하는 소리와 함께 박허상의 사시미와 양승연의 삼단전자 봉이 몇 번 부딪혔다. 박허상은 자신들에게 모이는 수사관을 확인했다. 이러다간 정말 잡힌다.

"제길!"

박허상이 뒤로 물러나려는 순간, 눈앞이 번쩍였다. 이윽고 그의 몸이 허공으로 붕 뜨더니 이내 바닥으로 쓰러졌다. 정신을 차리니 눈앞에 김성호 팀장이 서 있었다.

"이 자식이!"

박허상이 사시미를 찾기 위해 손을 허우적거렸다. 그때 박허상의 관자놀이로 차가운 느낌이 다가왔다. 박허상이 손길을 멈춘 뒤 앞에 서 있는 김성호 팀장을 바라봤다.

김성호 팀장이 권총을 들고 있었다. 그는 정확히 박허상을 겨누었다. 박허상이 씨익 웃었다.

"선량한 국민에게 이렇게 총이나 들이밀면 민중의 지팡이라 할 수 있나?"

"헛소리는 집어치워."

수사팀장이 된 이후, 김성호 팀장은 단 한 번도 권총을 사용해본 적이 없었다. 총집에서 권총을 뽑아본 적이 언제였더라. 항상 허리춤에 차고 있었지만 잊고 있었다. 권총이 총집에서 벗어나니 허전했다. 그 느낌이 익숙하지 않았다.

하지만 김성호 팀장은 박허상에게서 눈을 떼지 않았다. 이윽고 정철호와 양승연, 백세정, 전종진이 박허상에게 달려들었다. 박허상의 손 바로 옆에, 사시미는 두 동강이 나 있었다.

* * *

2018년 11월 13일 오후 7시 12분

김포에서 체포된 박허상은 김성호 팀장과 함께 빅원 에너지와 관련된 자료를 찾기 위해 그의 집을 찾았다. 체포된 박허상은 자신의 동생 박허세 사장처럼 운명을 받아들였다.

"여기 말고 다른 곳으로 갑시다."

인천에 도착한 수사팀은 박허상의 말에 그를 쳐다봤다. 그들이 도착한 곳은 안여신이 머물던 집이었다. 양승연이 화를 참지 못하고 박허상에게 소리질렀다.

"헛수고하지 마. 당신 때문에 선배님이 다쳤어. 당신이 휘두른 칼에 찔렸단 말이야. 우리 고모님 같았으면 당신을 콱 불지옥에 처넣어…."

"그만해, 양승연."

함께 있던 정철호와 전종진이 그를 말렸다. 양승연의 외침에도 박허상은 아무런 반응을 보이지 않았다. 김성호 팀장이 박허상에게 물었다.

"이미 당신에 대한 모든 것을 알고 있어. 괜한 헛수고 하지 말지?"

"누가 말했나? 안여신이 말했어? 그 여자는 아는 게 없어. 여기에는 있는 것도 없으니까 힘 빼지 말고 차 돌려."

김성호 팀장은 박허상이 알려준 곳으로 향했다. 그곳은 다름 아닌 양평에 있는 골프장 펜션이었다. 평소 박허상이 보스들과 함께 자주 모이는 장소이기도 했다.

수사팀이 펜션 직원들에게 확인할 결과, 박허상은 그곳에서 장기투숙 중이었다. 물론 박허상 명의로 빌린 게 아니었다. 투숙을 신청한 사람은 반요정이라는 여자였다.

"이 사람은 누구지?"

"내 비서. 이 골프장에서 일했던 여자지."

김성호 팀장 일행은 어이가 없다는 듯 박허상을 쳐다봤다. 대체 몇 명의 여자들이 이와 관계를 맺은 것인가.

투숙한 방으로 들어가니 가구들이 깔끔하게 정리되어 있었다. 뉴 제녹스와 관련된 물건들은 보이지 않았다. 하지만 김성호 팀장은 함께 온 수사관들에게 지시했다.

"샅샅이 수색해봐. 분명 어딘가에 숨겨놓은 데가 있을 거야."

가구를 구석으로 정리하니 수십 개의 통장이 나타났다. 통장은 침대 매트리스에 있었다. 그 외에 보스들과 연락하는 대포폰 50여 개가 골프가방에서 나왔다.

수사관들이 현장에 있는 물건들을 압수하는 동안 김성호 팀장이 그에게 물었다.

"차돌반 이사에게 뺏은 서류는 어디에 있지?"

"구석에 있는 금고에…."

박허상이 순순히 답했다. 김성호 팀장이 금고를 확인했다. 하지만 거기에는 프리케미컬 서류가 보이지 않았다. 김성호 팀장은 다시 물었다.

"다른 곳을 찾아봐야겠는데?"

"어디? 내가 지내는 곳은 여기밖에 없는데."

"바른대로 말하는 게 좋아."

"이제 와서 무슨 거짓말을 하겠어?"

박허상이 빈정거렸다. 김성호 팀장이 방을 둘러봤다. 박허상은 여비서와 방을 함께 사용한다고 했다. 그런데 여자 옷은 보이지 않았다. 그리고 현금도 있었다고 했는데, 현금도 보이지 않았다.

상황을 파악한 김성호 팀장은 용인 수사본부에 연락했다.

"반요정이라는 여자가 뉴 제녹스에 관한 서류를 갖고 도주했다. 찾아야 해."

김성호 팀장이 수사본부와 연락하는 동안, 박허상은 방을 살피는 수사관들을 보며 낮게 한숨을 내뱉었다가 갑자기 호탕하게 웃었다.

"뽑아먹을 게 없을 것 같으니 다들 도망쳤군. 결국 허상을 좇아 여기까지 온 거야. 왜 하필…! 이름대로 가는 것인가? 팔자인가? 허상이 무어라 말인가, 진작 개명을…."

자신의 왕국이 허상처럼 사라지는 걸 그는 두 눈으로 똑똑히 지켜봤다. 반요정만 자신을 떠나겠는가. 이제 지역 보스들이 그를 배신할 것이다.

* * *

수사팀은 박허상, 박허세 형제에게 얻은 정보를 통해 전국에 흩어진 뉴 제녹스를 찾았다. 각 지역에 흩어진 뉴 제녹스의 양은 대략 120만 톤에 달했다. 수사팀과 한국 석유관리공사는 크리스마스 시즌과 상관없이 전국을 돌아다니며 빅원 에너지와 관련된 일당들을 잡았다.

박허상이 체포되었다는 소식이 전해지자 박허세도 결국 모든 걸 시인했다. 수사팀은 박허상, 박허세 형제를 석유 및 석유대체연료 사업법 위반, 대기환경보전법 위반, 위험물안전관리법 위반, 범죄단체조직, 방화, 살인미수죄 등으로 구속했다. 그리고 김성호 팀장은 청장, 총리에게도 이를 보고했다.

청장은 직접 수사본부를 방문했다. 특히 김성호 팀장을 따로 불러 그의 노고를 칭찬했다.

"파이널 라운드! 멋있게 장식했군. 내년으로 넘어갈 줄 알았는데, 이렇게 빨리 끝날 줄은 몰랐군."

"아직 끝난 게 아닙니다."

기뻐하던 청장이 김성호 팀장의 말에 의아한 표정을 지었다. 옆에 있던 수사국장이 물었다.

"남은 잔당도 모두 소탕해야죠?"

"맞습니다. 그때까지는 끝난 게 아닙니다. 큰 뿌리를 뽑긴 했지만, 아직 잔뿌리가 남았죠."

"그럼 샴페인은 아직 터뜨릴 수가 없겠네. 얼마나 시간이 걸릴 것 같나?"

"해가 바뀌기 전까지 해결하겠습니다."

김성호 팀장이 약속했다. 청장과 수사국장은 그의 말을 믿었다. 정말 마무리 작업까지 얼마 남지 않았으니까.

잔 뿌 리 제 거

"움직입니다."

"천천히 쫓자고."

김성호 팀장이 운전석에 앉은 전종진에게 지시했다. 뒷좌석에 있는 백세정이 GPS 추적모니터를 통해 도로망을 확인하고 있다.

김성호 팀장과 전종진, 그리고 백세정은 빅원 에너지와 관련된 보스들을 여전히 추적하고 있었다.

골프장 펜션에서 도망친 반요정은 박허상이 체포된 다음 날 공항에서 잡혔다. 그녀는 해외로 도피할 예정이었으나, 상황이 좋지 않았다. 크리스마스 시즌에 맞춰 여행객들이 상당히 많았기 때문이다. 결국 비행기를 탈 수 없었던 반요정은 공항에서 도망치려다 수배 중이라는 걸 안 경찰에 의해 검거되었다.

반요정을 비롯하여 빅원 에너지 보스들이 속속 검거되었다. 그들도 박허상이 검거되었다는 소식을 듣고 도망치려 했으나, 그들이 갈 곳은 마땅치 않았다. 서울의 최 전무, 경기도의 김 전무, 강원도의 홍 대표 등이 그들이었다.

닷새에 걸쳐 체포된 빅원 에너지 보스들은 곧바로 혐의를 부인하며 모든 책임이 박허상, 박허세 사장에게 있다고 책임을 떠넘겼다. 하지만 그들은 수사팀과 한국 석유관리공사에서 확보한 뉴 제녹스 서류를 들이밀자 곧바로 꼬리를 내렸다. 그리고 보스들과 함께 일하던 일당들도 속속 검거되었다.

유일하게 잡히지 않은 사람은 대유 물류의 김 실장이었다. 결국 김성호 팀장이 직접 현장에 출동했다. 블랙 원은 오랫동안 김 실장의 집 근처에서 잠복 중이었는데, 그는 나타나지 않았다.

미리 파악한 김 실장의 차량에 GPS를 붙인 뒤 그가 움직이길 기다렸다. 사흘 밤낮을 기다리고 있을 때, 김 실장 차량의 움직임을 포착됐다. 블랙 원이 GPS를 추적했다.

김 실장의 차량은 대구를 벗어났다. GPS를 확인하던 백세정이 물었다.

"어디로 가는 걸까요? 이미 다른 조직원들이 대부분 체포되었다는 걸 알 텐데."

"가보면 알겠지."

김 실장의 차량은 한참을 달려 단양에 있는 마곡산 주변에 도착했다. 당연히 뉴 제녹스와 관련된 곳이라고 생각한 김성호 팀장과 백세정, 전종진은 휴양림을 확인하고는 당황했다.

김성호 팀장이 백세정과 전종진에게 물었다.

"여기가 맞아?"

"네, GPS는 확실히 여기를 가리키고 있어요."

수사팀이 주차장에 있는 차량들을 확인했다. 김 실장의 차량이 분명 있었다. 안에는 아무도 없었다. 김성호 팀장이 휴양림을 오가는 사람들을 살피다 다른 두 사람에게 지시했다.

"흩어지자고. 분명 여기 있을 거야."

휴양림에는 수풀길만 있는 게 아니었다. 산 중턱에 휴양림을 방문한 사람들이 식사할 수 있는 작은 정자와 하우스도 있었다. 김성호 팀장이 산길을 따라 걷다가 하우스로 향했다.

하우스로 들어가니 수십 명의 사람이 통나무로 만든 테이블에 앉아 고기를 굽고 있었다. 김성호 팀장은 그들의 얼굴을 하나씩 확인하며 김 실장이 있는지 확인했다.

곧 하우스로 온 백세정과 전종진이 김성호 팀장을 찾았다. 그들은 김성호 팀장에게 다가와 보고했다.

"다른 곳에는 없는데요."

"됐어. 더 움직이지 마."

김성호 팀장이 턱으로 어느 테이블을 가리켰다. 김성호 팀장이 가리키는 방향으로 백세정과 전종진이 고개를 돌렸다.

테이블에는 가족들이 오붓하게 식사를 하고 있었다. 나이가 지긋한 할머니를 중심으로 두 가족들이 와자지껄 떠들며 고기를 굽고 있었다. 아직 초등학생도 안 된 아이들이 서로 장난을 치며 테이블 주변을 움직였다.

그 사이에, 김 실장이 보였다. 그는 입을 다문 채 열심히 고기를 굽고 있었다. 아내로 보이는 여자가 그 옆에서 쌈을 싸준 뒤 그에게 권했다. 김 실장이 쌈을 받아먹었다.

백세정과 전종진이 그 모습을 보며 한숨을 내뱉었다. 김성호 팀장도 마음이 찹찹했다. 겉으로 보기에 김 실장은 평범한 가장이었다. 그는 수사팀을 보지 못했다.

"어떻게 할까요?"

전종진이 불편한 기색을 숨기지 않고 김성호 팀장에게 물었다. 백세정도 거들었다.

"식사가 끝날 때까지 기다릴까요?"

김성호 팀장은 대답 대신 고개를 끄덕였다. 세상에 범죄자라고 드러내면서 돌아다니는 이는 없다. 겉으로 보기에는 그들은 선량한 시민이다. 누군가의 자식이고, 누군가의 부모이며, 또한 누군가의 친구이자 누군가의 애인이기도 하다.

팀 블랙은 하우스 밖에서 김 실장이 나오길 기다렸다. 김 실장이 나오면 바로 체포할 예정이었다. 백세정은 허리춤에 찬 수갑을 만졌다. 이게 뉴 제녹스와 관련한 마지막 체포이길 바랐다.

한참 뒤에, 김 실장과 그의 가족들이 하우스에서 나왔다. 가족들이 앞장섰고, 김 실장은 아내와 함께 뒤에서 이야기를 나누었다. 그 뒤를 따라가던 김성호 팀장이 조용히 다가갔다.

"김이새 실장."

자신을 부르는 소리에 김이새 실장이 우뚝 멈췄다. 그가 멈추자 옆에 있던 그의 아내 배윤정이 의아한 얼굴로 그를 바라보다 김성호 팀장에게 눈길을 돌렸다.

"누구세요?"

"당신, 애들이랑 먼저 차에 가 있어."

김이새 실장이 배윤정에게 말했다. 하지만 배윤정은 움직이지 않았다. 그녀는 불안한 얼굴로 남편과 김성호 팀장을 바라봤다.

"무슨 일인데 그러세요? 여보, 이 사람 누구예요?"

"사업 때문에 그래. 먼저가 있어."

김이새 실장이 재차 말했다. 상황을 알지 못하는 김이새 실장의 아들들이 뒤를 돌아보고는 외쳤다.

"아빠, 빨리 와!"

김이새 실장은 웃으며 아이들에게 손짓했다. 그 모습을 바라보는 김성호 팀장은 마음이 불편했다. 하지만 내색하지 않았다.

아이들이 김이새 실장에게 다가오려 하자 배윤정이 막았다. 그녀는 아이들과 함께 차로 걸어갔다. 숲길을 따라 걷는 그녀가 연신 뒤를 돌아보며 남편을 확인했다.

배윤정과 아이들이 멀어지자 김이새 실장이 힘없는 목소리로 말했다.

"내가 처음인가요?"

"아니, 거의 끝자락이야. 당신을 가짜 석유제품 제조 및 유통혐의로 체포하겠습니다. 당신은 묵비권을 행사할 수 있고, 변호사를…."

"잠시만요. 도망치지 않을게요. 약속해요. 대신 수갑은 채우지 말아 주세요. 휴양림에서 나갈 때까지만. 아내랑 아이들한테 보여주기 싫어요."

팀 블랙은 자연스럽게 약간의 거리를 두고 김이새를 에워싸고 함께 걸었다.

주차장으로 내려온 김이새 실장은 일 때문에 먼저 가야겠다면서 가족들과 인사를 나누었다. 저녁 식사 후 다른 일정이 있다고 생각하지 못한 가족들은 김이새 실장의 말에 당황한 모습을 보였다.

"자네 지금 어디를 가려고? 이 시간에?"

"급한 일이에요. 회사 일이 갑자기 생겨서요."

"그래도 그렇지 이 시간에 무슨. 이제 곧 새해고, 오늘 내 생일이잖아. 섭섭하네."

김이새 실장의 장모가 아쉬움을 감추지 못했다. 김이새 실장은 힘없이 미소를 머금었다. 이어 그는 아이들과 아내의 뺨에 입맞춤했다.

"당신, 정말 뭐예요? 나한테만 알려줘요. 아까 그 사람은 뭐고요?"

배윤정이 물었지만 김이새 실장은 대답하지 않았다. 곧 그는 뒤돌아서 김성호 팀장에게 걸어갔다.

그는 과거 자신의 선택에 후회했다. 처음부터 여기에 발을 들여놓지 않았다면, 아니면 진작 손을 끊었다면 이런 일은 없었을까.

SUV에 탑승한 김이새 실장에게 백세정이 수갑을 채웠다. 낯선 느낌에 김이새 실장이 수갑을 바라봤다. 그는 그 느낌이 가장의 무게만큼이나 무겁다는 걸 새삼 깨달았다.

휴양림에서 나온 수사팀, 그리고 김이새 실장은 곧바로 수사본부로 향했다. 김성호 팀장이 김이새 실장에게 물었다.

"대유 물류 김대충 대표는 어디에 있지?"

"중국에 있습니다."

"언제부터?"

"오래 전부터요. 벌써 한 달이 넘었어요."

"중국에 간 이유는 뉴 제녹스와 관련이 있나?"

김성호 팀장의 말에 김이새 실장이 고개를 끄덕였다.

김이새 실장의 작은 아버지이자 대유 물류 대표인 김대충 대표는 박허상, 박허세 형제 몰래 중국에서 뉴 제녹스를 유통할 계획을 갖고 있었다.

"중국기업에게 뉴 제녹스 샘플을 넘겼다고 들었어요. 성분을 분석한 다음, 거기서 제조하고 유통할 예정이었죠."

"독단적인 계획이었나?"

"차돌반 이사와 관련이 있습니다."

차돌반 이사를 거론하자 김성호 팀장은 헛웃음이 나왔다. 사건 내막을 알면 알수록 문어발처럼 차돌반 이사는 많은 일에 관여하고 있었다. 만약 안여신이 박허상과 함께 있지 않았다면, 차돌반 이사가 다른 일을 저질렀을 가능성이 높았다.

"입국 날짜는 언제지?"

"…아마 입국하지 않을 겁니다."

김이새 실장의 대답에 백세정과 전종진이 서로를 바라봤다. 김이새 실장이 나지막이 말했다.

"중국으로 갔을 때, 대유 물류나 빅원 에너지와 관련된 걸 모두 처분하고 갔으니까요. 거기서 자리 잡을 때까지 안 올 겁니다."

김성호 팀장이 수사본부에 연락하여 김대충 대표와 관련된 신상정보를 파악했다. 김이새 실장이 알려준 정보대로 그는 이미 몇 달 전에 중국으로 간 상황이었다. 중간에 입국한 적이 있었는데, 아무래도 김이새 실장이 모르는 일인 듯했다.

"올 때까지 기다려야 하나요?"

새해가 되기 전에 수사를 마무리하려고 했던 백세정과 전종진은 허탈한 목소리로 말했다. 하지만 김성호 팀장은 달랐다. 그는 다소 홀가분한 표정을 지었다. 의아해진 백세정이 물었다.

"왜 그러세요?"

"중국에 갔다고 해도 소용없어. 아마 금방 돌아올 거야."

김성호 팀장의 말을 백세정과 전종진, 그리고 김이새 실장은 이해하지 못했다.

왜 김성호 팀장이 그런 말을 했는지 백세정과 전종진은 한참 뒤에 깨달았다.

에필로그

2019년 1월 10일 오전 11시 00분

경찰청에서 특진 임용식이 진행되었다. 자리에는 청장, 수사국장을 비롯하여 경찰 고위간부들이 대거 참여했다. 수많은 경찰들과 관계자들이 임용식에 참여하느라 인산인해를 이루었다.

여기에 한국 석유관리공사 탁재준 이사장을 비롯한 현장대응팀, 산자부 제2차관, 그리고 총리도 참석했다. 임용식에는 취재진들이 참석했는데, 그들은 단상에 올라온 특별수사팀을 취재하느라 분주히 움직였다.

뉴 제녹스와 관련된 엠바고가 풀리자마자 언론사들은 이 사건을 실시간으로 보도했다. 5조 원이 넘는 가짜 석유제품이 전국으로 유통되었다는 소식이 가장 먼저 전해졌다.

"팀 블랙, 5조 원대 가짜 석유제품을 잡다"

"제녹스에 이은 '뉴' 제녹스를 잡은 경찰"

"한국 석유관리공사와 공조, 가짜 석유제품을 유통한 일당 일망타진"

수많은 기사들이 인터넷 언론으로 쏟아져 나오면서 각종 포털사이트에는 뉴 제녹스와 관련된 검색어가 인기순위에 랭크되었다. 특히 팀 블랙이라는 단어는 상위권에서 내려오지 않았다.

같은 시간, 보건부에서도 언론 브리핑을 하고 있었다. 독성물질 게놈 C의 신약과 백신 개발에 성공하였다는 소식이다. 여기에 뉴 제녹스로 피해당한 환자를 치료 중에 있다는 내용도 포함되어 있었다.

게놈 C 백신 개발 소식에 가장 안도한 곳은 청와대였다. 참으로 다행스러운 일이 아닐 수 없었다. 이 소식은 각 부서에도 전달되어 게놈 C에 대한 피해를 면밀히 조사하였다.

"누가 팀 블랙이라는 이름을 지은 거야?"

"언론사겠지."

"특별수사팀에서 그렇게 불렀다고 하던데?"

임용식에 참석한 경찰들이 뉴스를 확인하며 저들끼리 말했다. 그사이, 총리와 경찰청장이 직접 김성호 팀장을 비롯한 특별수사팀에게 표창과 계급장을 수여했다.

"차렷. 경례."

김성호 팀장의 외침에 특별수사팀이 임용식에 참석한 사람들에게 경례했다. 우레와 같은 박수가 쏟아졌다. 김성호 팀장은 사람들 사이에서 자리를 잡은 아내와 가족들을 바라봤다.

임용식이 끝난 뒤, 김성호 팀장은 가장 먼저 가족들과 대화를 나누었다. 아내와 함께 아들과 딸도 임용식에 참석했다. 아내는 예복을 입은 김성호 팀장을 보면서 말했다.

"당신, 나한테 할 말 없어요?"

"음, 다시는 이러지 않겠습니다."

"하여튼 말은 잘해요. 얼마나 걱정했는지 알아요?"

아내가 김성호 팀장의 옆구리를 꾹 찔렀다. 그 모습에 자식들이 와아, 하며 크게 웃었다.

"아빠, 엄마가 얼마나 걱정했는지 알아요? 매일 밤 잠도 못 자고."

"맞아요. 덕분에 디스크만 더 악화되었어요. 이제 어떻게 할 거예요?"

김성호 팀장은 무안하다는 얼굴로 머리를 긁적였다. 가족들이 이렇게 합심해서 추궁하니 무슨 말을 하겠는가.

다행히 아내의 상태는 많이 호전되었다. 수사본부에서 집으로 돌아왔을 때, 아내는 잠자리에서 제대로 일어나지 못할 지경이었다. 하지만 남편이 돌아온 다음부터 다시 움직일 수 있었다. 말도 없이 스트레스만 받았었는데, 이제 그럴 필요가 없었으니까.

"이야, 형님! 예복에 경정 계급장이 아직도 잘 어울리네요. 이제 과장이라니! 이대로 서에 출근해도 되겠는데요?"

임용식에는 윤창구 팀장도 참석했다. 분명 근무를 하는 날짜인데 말이다. 김성호 팀장이 눈을 가늘게 뜨고 그에게 물었다.

"너, 서에는 얘기하고 온 거야?"

"에이, 이런 걸로 혼내겠어요. 아니면 시말서라도 쓰죠! 오늘이 어떤 날인데요."

"난 널 정말 알다가도 모르겠다. 시말서 쓰다가 감봉처리 되면 어쩌려고 그래?"

"형님, 그런 농담은 하지도 마십쇼. 아마 마누라가 절 때려죽일 겁니다."

김성호 팀장이 가족들과 이야기를 나누는 동안, 다른 특별수사팀 수사관들이 모여 이야기를 나누었다. 방금 전에 받은 계급장이 어깨에서 번쩍였다.

"전원 1계급 특진이라니. 내 평생 특진을 받을 거라고 생각한 적이 없는데 말이야."

"그런데 배는 괜찮아요?"

양승연이 조기연에게 말했다. 조기연은 임용식에는 참석해야 한다면서 간신히 목발을 짚고 단상에 올랐다. 다행히 치명상은 아니었고, 칼이 깊이 들어가지 않아 몇 주만 고생하면 됐다.

"이 정도는 우습지 뭐. 아이, 양승연. 너도 조심해. 나처럼 되고 싶지 않으면."

"저의 고모님께서 말씀하시길 영광의 상처라면 기꺼이 먼저 받으라 하셨습니다. 그건 훈장이잖아요?"

"야, 막내야! 그런데 넌 무슨 말만 하면 고모 타령이냐?"

"예, 저의 고모님은 IT 박사인 데다 미래를 보고 사물인터넷을 연구개발하시고 있는 훌륭하신 분이에요. 제 인생의 롤 모델이니까요."

특별수사팀 모두는 양승연의 말에 크게 웃었다. 조기연도 웃으며 양승연의 어깨를 두드렸다. 칭찬의 의미였다. 박허상을 체포할 때, 양승연이 제대로 나서지 않았다면 위험했을 것이다. 조기연이 양승연에게 말했다.

"본청에서도 수사 잘하고. 용인에 있을 때처럼만 해."

"네, 알겠습니다!"

양승연이 큰 소리로 대답했다. 옆에 있던 정철호가 고개를 저었다. 수사본부는 빅원 에너지 일당을 검거하면서 자연스럽게 해체될 예정이었다. 정철호는 본청에서도 양승연과 함께 일해야 했다. 아마 본청에서 양승연은 자신의 활약상을 자랑하겠지.

김성호 팀장이 수사관이 모인 자리에 꼈다. 이제 각자의 위치로 다시 흩어질 예정이었다. 그러니 마지막 인사를 나누어야 했다.

전종진은 아쉬운 표정을 감추지 않았다.

"그래도 두 달 남짓 같이 일했는데 서운하네요."

"나중에 다른 자리에서 만나겠지. 인연이라는 게 쉽게 사라지겠어?"

"고생도 이런 고생이 없었죠. 수사하다가 먹은 음식이 상해서 배탈로 고생했었잖아요?"

"어우! 그때 말도 마십시오. 사람들이 얼마나 방귀를 뀌던지!"

양승연이 손을 휘이 움직이며 말했다. 수사를 하는 동안 온갖 우여곡절들이 있었다. 상한 음식 때문에 식중독에 걸렸을 뻔한 일은 약과다. 갑자기 추위에 차가 퍼진 적도 있었고, 빅원 에너지 일당을 검거하려다 빙판길에 미끄러진 적도 한두 번이 아니었다.

"아, 그리고 제일 중요한 게 있지. 둘이 결혼하면 꼭 초대해줘."

"휴가는 필수죠!"

조기연과 양승연의 말에 백세정과 전종진은 당황한 눈으로 사람들을 바라봤다. 심지어 백세정은 얼굴이 벌겋게 달아올랐다.

"다들 알고 있었어요?"

"모르는 게 이상하지. 우리 경찰이야. 그것도 베테랑. 하하, 그 정도 눈치는 있다고."

"그러니까 오빠가 너무 티를 냈잖아."

백세정이 전종진을 힐난했다. 그 모습에 양승연이 과장된 표정을 지으며 놀렸다.

"세상에. 오빠라니! 나는 현장에서 붕붕 날아다녀 남자인 줄 알고 형이라고 부르려고 했는데! 용인에 있는 동안 다른 사람한테 오빠라고 한 적 한 번도 없잖아요!"

"그럼 너한테 오빠라고 하리?"

백세정의 대답에 김성호 팀장을 비롯한 사람들이 웃었다.

"아! 그리고 하나 더! 애 낳으면 작명을 잘해야 해, 박허상처럼 부모 원망 안 하게 하려면, 하하."

수사본부에 모였던 수사관들은 각자 원하는 바를 이루었다. 모두가 큰 사건을 다루길 원했고, 그것을 해결했다. 특히 조기연은 쓰러진 외삼촌에게 당당히 사건해결을 말할 수 있었다.

"김 팀장님."

김성호 팀장이 고개를 돌리니 한국 석유관리공사 유 팀장이 서 있었다. 그는 김성호 팀장에게 악수를 청했다. 두 사람이 악수를 나누며 웃었다.

"아니, 이제 과장님이라고 불러야 하나요?"

"과장은요. 퇴직까지 얼마 남지 않았어요. 이제 나가서 일할 준비를 해야죠. 아마도 올 유월이 마지막일 겁니다."

"아쉽네요. 그래도 이번 사건은 경찰청장님이 말씀하셨던 파이널 라운드가 김 팀장님의 영광스런 파이널 라운드가 된 셈이네요. 함께한 시간 고생하셨습니다."

"같이 고생하고 그렇게 말씀해 주시니 고맙습니다. 현장대응팀은요?"

"확보한 뉴 제녹스를 파악해서 재발을 막을 예정입니다. 이사장님이 워낙 깐깐해서요."

유 팀장이 어깨를 으쓱이며 대답했다. 수사가 진행되는 동안, 한국 석유관리공사 직원들도 분주히 움직였다. 그들의 노고를 김성호 팀장이 모르지 않았다.

"현장대응팀에서 먼저 자료를 파악하지 않았다면 힘들었을 겁니다."

"천만의 말씀이죠. 팀 블랙이 움직여서 이렇게 빨리 끝날 수 있었던 겁니다."

김성호 팀장과 유 팀장은 나중에 다시 한번 만나기로 약속했다. 이어 한국 석유관리공사 탁재준 이사장도 김성호 팀장과 악수를 나눈 뒤 유 팀장과 함께 임용식장을 떠났다.

"여보, 이제 갈 시간이에요."

임용식장에 있던 사람들이 하나둘씩 떠나기 시작했다. 김성호 팀장의 아내도 남편을 불렀다.

김성호 팀장은 아내가 부르는 소리를 들었다. 아내와 딸들이 그를 기다리고 있었다. 김성호 팀장은 들고 있던 꽃다발과 표창장을 품에 안고 가족들에게 다가갔다.

* * *

2019년 3월 10일 오전 10시 13분

인천국제공항에 입국한 대유 물류 김대충 이사가 현장에서 체포되었다. 중국과 동남아를 오가며 경찰의 눈을 피하던 김대충 이사는 도피를 포기하고 한국에 입국했다. 약 6개월 만의 일이었다.

입국한 이유는 참으로 황당했다. 돈이 떨어져서, 아니면 수사망이 좁혀 와서 자수한 게 아니었다. 홀로 도피를 하던 김대충 대표가 자수를 한 건 쉽게 사람들 앞에 나서지 못한다는 외로움 때문이었다.

소식을 들은 김성호 팀장이 허어, 하며 헛웃음을 날렸다. 그리고 소식을 전달한 윤창구 팀장은 어깨를 으쓱였다.

"살다 살다 외로워서 자수하는 사람은 처음이네요."

"타지에서 생활하는 게 힘들었겠지. 말이 통하는 사람이 있는 것도 아니고. 설령 말이 통해도 대화를 나눌 수가 없었으니까."

김이새 실장을 체포하는 날, 김성호 팀장은 김대충 대표가 얼마 되지 않아 한국에 입국할 것이라고 예상했었다. 그의 예상보다 더 긴 시간과 황당한 이유로 체포되었지만, 결국 뉴 제녹스와 관련된 일당이 모두 검거되었다.

"이제 좀 홀가분하겠어요, 형님?"

"나가서 할 일이 많아."

수사본부에서 강구경찰서로 복귀한 김성호 팀장은 정년퇴직자들에게 주어진 공로연수에 들어갔다.

"어이, 윤 팀장. 가서 식사나 하지."

김성호 팀장이 윤창구 팀장에게 말했다. 윤창구 팀장은 눈을 반짝였다.

그는 김성호 팀장이 현직에서의 마지막 점심으로 분위기 있는 곳에서 고급요리를 사줄 거라고 기대했다.

"점심 메뉴는 뭡니까?"

"순두부찌개."

"아니 형님! 경정이 되었으면 메뉴도 승진 좀 시켜요. 딴 거 없어요?"

"그럼 네가 직접 골라."

"음, 형님 격에 맞으려면… 등심! 무조건 꽃등심이요!"

윤창구 팀장의 말에 김성호 팀장은 헛웃음을 날렸다. 안 그래도 지능범죄수사팀과 회식을 할 예정이었다. 메뉴가 소고기였는데 말이다.

며칠 뒤, 뉴 제녹스 사태는 공식적으로 종결되었다. 이제 뉴 제녹스는 국내에서 찾을 수 없었다. 아예 종적을 감추었다. 한국 석유관리공사에서는 뉴 제녹스 사태에 대해 〈가짜 석유근절, 신화를 쓰다〉라는 백서를 발간하였다.

파이널
라운드

펴낸날 2019년 7월 17일

지은이 김성수
펴낸이 주계수 | **편집책임** 이슬기 | **꾸민이** 유민정

펴낸곳 밥북 | **출판등록** 제 2014-000085 호
주소 서울시 마포구 양화로 59 화승리버스텔 303호
전화 02-6925-0370 | **팩스** 02-6925-0380
홈페이지 www.bobbook.co.kr | **이메일** bobbook@hanmail.net

© 김성수, 2019.
ISBN 979-11-5858-563-1 (03810)

※ 이 도서의 국립중앙도서관 출판시도서목록(CIP)은 e-CIP 홈페이지(http://www.nl.go.kr/
cip)에서 이용하실 수 있습니다. (CIP 2019025826)